書下ろし

デスゲーム

新・傭兵代理店

渡辺裕之

祥伝社文庫

目次

『デスゲーム』
関連地図
イスタンブール
トルコ
シャンルウルファ
ガズィアンテプ
ラッカ
ユーフラテス川
デリゾール
シリア
アブー・カマール
ダマスクス
エルサレム
アンマン
イスラエル
ヨルダン

各国の傭兵たちを陰でサポートする。
それが「傭兵代理店」である。
日本では防衛省情報本部の特務機関が密かに運営している。
そこに所属する、弱者の代弁者となり、
自分の信じる正義のために動く部隊こそが、“リベンジャーズ”である。

【リベンジャーズ】

藤堂浩志 …………………… 「復讐者」。元刑事の凄腕の傭兵。
浅岡辰也 …………………… 「爆弾グマ」。浩志にサブリーダーを任されている。
加藤豪二 …………………… 「トレーサー」。追跡と潜入を得意とする。
田中俊信 …………………… 「ヘリボーイ」。乗り物ならば何でも乗りこなす。
宮坂大伍 …………………… 「針の穴」。針の穴を通すかのような正確な射撃能力を持つ。
寺脇京介 …………………… 「クレイジーモンキー」。Aランクに昇級した向上心旺盛な傭兵。
瀬川里見 …………………… 「コマンド1」。元代理店コマンドスタッフ。元空挺団所属。
黒川　章 …………………… 「コマンド2」。元代理店コマンドスタッフ。元空挺団所属。
中條　修 …………………… 傭兵代理店コマンドスタッフ。
村瀬政人 …………………… 「ハリケーン」。元特別警備隊隊員。
鮫沼雅雄 …………………… 「サメ雄」。元特別警備隊隊員。
ヘンリー・ワット ………… 「ピッカリ」。元米陸軍犯罪捜査司令部（CID）中佐。
アンディー・ロドリゲス …… 「ロメオ34」。ワットの元部下。ラテン系。爆弾に強い。
マリアノ・ウイリアムス …… 「ロメオ28」。ワットの元部下。黒人。医療に強い。

森　美香 …………………… 元内閣情報調査室情報員。藤堂の恋人。
池谷悟郎 …………………… 傭兵代理店社長。防衛庁出身。
土屋友恵 …………………… 傭兵代理店の天才プログラマー。
片倉啓吾 …………………… 外務省から内調に出向している特別分析官。美香の兄。
一色　徹 …………………… 自衛隊特戦群指揮官

ダニエル・ジャンセン ……… 米海軍特殊部隊〝デブグル〟少佐。
サージタ・ウマル・イブラーヒーム … アブー・カマールを治めるIS（イスラム国）大幹部。
マフムード・アリム ………… IS幹部。ただし、現場指揮官。英国訛りがある。
オマール …………………… IS兵士のイラク人運転手。

特殊部隊の饗宴

一

　ヨルダンの首都アンマンで二年に一度、世界的な軍事見本市であるＳＯＦＥＸ（Special Operations Forces Exhibition and Conference）が開催される。中東では他にもＵＡＥのアブダビで開催されるＩＤＥＸ（International Defence Exhibition and Conference）のような軍事見本市もあるが、ＩＤＥＸの英語の原文は国際防衛見本市であるのに対し、ＳＯＦＥＸは特殊作戦の展示会と協議会となっている。要は特殊部隊のためのイベントなのだ。

　どこの国でも軍事見本市は国家行事であるが、ヨルダンは現国王であるアブドゥラー二世が国家の最高指導者であると同時に現役の軍人であることからＳＯＦＥＸは国の強力なプレゼンテーションをバックに催《もよお》される。

アブドゥラー二世は、英国に留学して英陸軍士官学校を卒業した後、米国に渡ってジョージタウン大学大学院修士課程を修了するなど文武両道の経歴を持つ指導者である。帰国後はヨルダン陸軍に所属し、一九九九年に王位を継承した。

現在は軍の最高司令官の地位にあるが、他国の元首と違い飛行機や戦車の操縦までこなし、英国軍仕込みの部隊の指揮もできるという軍事的経験と知識を持つ。また国家経営にも熱心なため軍備を防衛だけでなく、産業として推し進めている。また、ヨルダンは好戦的なイスラエルが隣国であるため、地政学的にも否が応でも軍事を優先させる必要があるのだ。

二〇一四年のSOFEXは、五月五日から八日まで開催された。参加国は六十三カ国にもおよび、軍関係者だけでなく商談のために兵器メーカーなども来場する。またコンファレンス前日から、特殊部隊による競技会が開催されるため、部隊を伴《ともな》って参加する国もある。

アンマンの中心からわずか数キロ、市街地の北部に渇いて赤茶けた地表を曝《さら》け出す空軍基地の広大な訓練場がある。

敷地の一部にヨルダンと米国の共同出資で作られた軍需会社〝パステック〟があり、この会社の巨大なハンガー（格納庫）と空軍基地の施設を使ってSOFEXの見本市が開催される。明日からはじまる見本市を予定通り開催するべく、会場となるハンガーには様々な銃器や展示物が搬入され準備が進められていた。

様々な業者が入り乱れて騒然とするハンガーのすぐ脇《わき》の敷地に、十階建てのビルの高さがある降下訓練用の塔がある。自衛隊で使われるような鉄骨を組んだだけの粗末なものではない。壁面には足場になる凹凸《おうとつ》が無数に突き出している鉄筋コンクリート製の頑丈な構造物である。

最上階の降下口からサウジアラビアの兵士が、壁面を蹴《け》りながらラペリングをはじめた。開催前日から行われるＳＯＦＥＸの名物とも言える国対抗の特殊部隊競技会の中でもラペリングのタイムを競う競技が行われていた。

訓練塔は途中で段差があり、降下口から数メートル下で壁面が一メートルほど内側にへこんでいる。つまり塔は上部が一回り大きい構造になっているのだ。

段差で宙吊《づ》りになったところからいかに速く下まで降下するかがタイムを縮めるポイントとなり、腕のみせどころでもあった。だが、ここまで高い降下塔で日頃から訓練をしている軍隊はまずない。それだけに高度な技術もいるが、度胸も要求される。

足場がなくなった途端《とたん》、競技中の兵士がもたつきはじめた。ラペリングロープを摑《つか》んでいる手を緩《ゆる》めなければ降下できない。ロープは体に巻き付けてあるが、両手を離せば十数メートル下に落下して大怪我《けが》することになる。

降下塔から百メートルほど離れたハンガーの手前に観客席があり、大勢の軍事関係者やジャーナリストが競技を見守っている。

観客席の中央に階段状になったＶＩＰ席が用意されており、各国の要人や軍人が座っており、その隣りにロープで囲われた準ＶＩＰエリアがあった。折り畳《たた》み椅子《いす》が用意され、プレス関係者の立ち入りが禁じられている。ＶＩＰ席に限りがあるため、席に漏れてしまった招待客のために確保された場所だ。

気温は午前十時を過ぎて三十二度まで上がった。湿気がないため蒸し暑くはないが、日差しが強いためほとんどの見物人はサングラスをかけている。

ＶＩＰ席と同じく観客は、アラブの正装であるカンドゥーラか、ネクタイにスーツとフォーマルな格好をしている。その中にウインドブレーカーや麻のジャケットにジーパンとラフな格好をした六人の男がいた。いずれも一八〇センチ前後の屈強な体をしており、エリアの後方で座らずに立っているため異彩を放っている。

「あれで本当に特殊部隊なのか」

一番端にいる頰《ほお》の傷を隠すように無精髭《ぶしようひげ》をはやした男が眉間《みけん》に皺《しわ》を寄せた。浅岡辰也《あさおかたつや》、〝爆弾グマ〟と異名を取る爆弾のスペシャリストである。

「ぶるっているな」

隣りで観戦している男が苦笑を浮かべた。狙撃した銃弾が針の穴をも通すと言われるほどの、射撃のエキスパートである宮坂大伍《みやさかだいご》だ。

「下を見て恐怖心が湧《わ》いたんでしょう。信じられませんが」

反対側の端にいる自衛官のように短い髪型をした男が唖然《あぜん》としている。元陸上自衛隊第一空挺団出身の黒川章《くろかわあきら》は、現役時代厳しい訓練を受けて来た猛者《もさ》だけに軍のエリート部隊であるはずの競技者の稚拙《ちせつ》さが信じられないようだ。

「金持ちの国の軍人は闘争心がない。要は訓練不足なんだ。サウジアラビアは、一昨年の二〇一二年の競技会でもラペリングで宙吊りになって失笑を買っていた」

傍《かたわ》らの牛のように首が太く、胸板も厚い男が鼻で笑った。米国陸軍最強の特殊部隊デルタフォースの指揮官の経験もあるヘンリー・ワットは、前回のSOFEXにも来ているらしい。

「参加するだけましだ」

一番真ん中に立っているサングラスをかけた男がぼそりと言った。傭兵《ようへい》仲間からは復《ふく》讐《しゅう》者である〝リベンジャー〟というコードネームで呼ばれている藤堂浩志《とうどうこうじ》である。

警視庁の腕利《き》き刑事だった彼はある事件がきっかけで傭兵となり、世界中の紛争地を転戦するうちに名が知られるようになった。数年前に彼を慕《した》う仲間で結成した傭兵特殊部隊〝リベンジャーズ〟は、日米政府から秘密作戦も請《う》け負《お》うほどの実力があり、業界で知らない者はいない。

「お恥ずかしい限りです」

浩志とワットの間に黒川のように短い髪型にした男が首に手をやり恥ずかしそうに頭を下げた。一色徹《いっしきとおる》、陸上自衛隊唯一の特殊部隊である特殊作戦群の幹部である。

SOFEXへの参加は、見本市は別としてコンファレンスは参加を申し込むか主催者であるヨルダン政府から招待されるかのどちらかである。また特殊部隊の競技会に出場するのは、軍であるため国単位になる。

だが、二週間ほど前に傭兵代理店を通じてヨルダン政府から浩志宛に〝リベンジャーズ〟に正式の招待状が届いた。七人分の往復の交通費とホテル代をヨルダン政府が負担するというものだった。特殊部隊とはいえ、傭兵の招待は、異例中の異例であることは誰でも想像がついた。

代理店の社長である池谷悟郎《いけたにごろう》は、〝リベンジャーズ〟の働きがアブドゥラー二世の耳まで届いたためではないかと推測している。とはいえ、国別の競技会に参加できるわけではないので、数日間のイベントを楽しむようにという粋《いき》な計《はか》らいのようだ。

浩志はアブドゥラー二世を敬愛すべき人物だと思っているため、招待を快《こころよ》く受けることにした。日程はコンファレンスの二日前から五日間だがスケジュールが合うのは、浩志とワット、達也、宮坂、黒川の五人であった。加藤《かとう》が一日遅れで参加できるが、他の者は仕事の都合がつかなかった。

七つの枠をすべて使う必要はないが、池谷が気を利《き》かせて個人的に特戦群の一色に声を掛けて急遽《きゅうきょ》参加することになった。本来なら自衛隊自ら代表を送るべきなのだが、日本はこれまで海外の軍事見本市にほとんど参加したことがない。

何年か前の話になるが、招待状を外務省が握りつぶしてきたことを知った特戦群の幹部が激怒したという話もあるが、政府は武器の見本市に行くような予算がないからとまったく興味を示さないのだ。国際的な見本市をまるで武器商人の集まりと勘違いする、平和ぼけした日本人らしい考え方である。

軍事見本市で出品される武器を見るだけでも世界の軍事的潮流は摑めるし、コンファレンスで各国のテロ対策や自国で起きた事件の報告を聞くことにより世界の緊迫した情勢を知ることができる。また、特殊部隊の競技会に出ることにより、他国の実力を知ることもできると同時に競技会は出場した兵士同士の情報交換の場になっているため、大会が終了しても交流することが可能となる。これほど効率よく軍事情報を得られるチャンスはまたとないのである。

日本は軍事情報を米国に頼り切っている。米国は都合のいい情報しか流さないにもかかわらずだ。二〇一三年十二月に〝特定秘密の保護に関する法律（特定秘密保護法）〟が成立した。二〇一〇年に起きた尖閣《せんかく》諸島沖漁船衝突映像を海上保安庁の職員が、無断でインターネットに流出させた事件が、発端《ほったん》と言われている。

だが、それは口実に過ぎず、米国も関係する軍事情報をスパイや自衛隊員のパソコンを通じて繰り返し中国やロシアに流出させた経緯があり、米国が日本と軍事情報や最新鋭の武器を共有することを嫌っていたというのが主たる理由なのだ。

米軍に尖閣諸島を守らせ、最新鋭の兵器が欲しかったら法律を整備しろと米国に恫喝《どうかつ》されたのである。そもそも一職員の正義を否定し、なおかつ利用しているのだから、政府の愚《おろ》かさが分かるというものだ。

軍事情報に限らないが、国外の情報は日頃から自分の金と足を使って集めるものである。現在は外務省が一手に引き受けているが、彼らが集めて来るものは文化と経済情報だけで、接待用のワインを大使館にストックする程度の能力しかない。それが日本という国なのだ。

一色は二年近く大使館で駐在武官として働いたが、日本の情報収集能力のなさを現場で身を以《もっ》て体験していた。

積極的に現地の軍関係者と接触して情報収集するのがどこの国の武官でも共通の仕事だが、日本の大使は軍事に無頓着《むとんちゃく》で武官の行動を極端に制限してしまう。駐在武官は外務省に出向して海外で働くため、身分は外交官で大使の部下ということになる。自らの意思で自由に行動ができないのだ。

武官は軍事情報を集めるのに、現地の新聞の切り抜き程度が唯一の仕事というありさまだ。外務省が軍事音痴《おんち》だからだが、そもそも軍というのは平和を維持する組織という基本理念も彼らは理解していない。しかも外交は外務省の仕事だと鼻持ちならないプライドを持っているから、自衛隊から出向してきた武官は継子《ままこ》扱いされるわけだ。

惨憺《さんたん》たる結果を出したサウジアラビア軍の競技が終わり、会場のアナウンスが鳴り響いた。現地ヨルダン軍の特殊部隊の番になったのだ。

降下口から黒い戦闘服に身を包んだ兵士が飛び出した。

「おおー」

会場からどよめきが起こった。

兵士は垂直の壁を駆け下り、段差をキックするとあっという間に地上に達したのだ。

「ほお」

辰也が感心すると、仲間も惜《お》しみない拍手を送った。

「まああだな。俺たちももっと訓練が必要だな」

ワットが目を輝かせながら手を叩《たた》いた。

「そうだな」

浩志も大きく頷《うなず》いた。

二

午前中でラペリング競技会が終了し、午後からは会場のＶＩＰ席の近くに設けられた特設ステージで、各国特殊部隊のデモンストレーションが繰り広げられた。

これはそれぞれの特殊部隊が得意とする格闘技の型を披露するもので、競技種目ではない。各国の軍隊で採用されている格闘技で有名なのは、米軍の〝ＭＡＣ〟（モダン・アーミー・コンバティブス）、ロシア軍の〝コマンドサンボ〟、イスラエル軍の〝クラヴ・マガ〟などが有名で、それぞれ他国の軍や警察でも逮捕術や護身術としても広まっている。

デモンストレーションは中近東の国の特殊部隊からはじまった。一チーム十人前後、時間は五分と決められているが、時間通りに終わらずにだらだらと八分ほど演じているチームもあれば、三分であっさりとステージを去るチームもある。どのチームも、空手やボクシングを取り入れた型を見せるが、お世辞にもうまいとは言えない。

「子供騙《だま》しのようだな」

ワットが欠伸《あくび》をしながら、日本語で言った。

新たにチームに加わったアンディー・ロドリゲスやマリアノ・ウイリアムスの二人も米国人のため、〝リベンジャーズ〟の作戦行動中の言語は、英語がもっぱら使われる。だが、ワットはこの一年ほどで日本語もかなり使えるようになり、海外では他人に聞かれても安心できると逆に日本語を好んで使うようになった。

「中東の軍隊は、総じて歴史が浅い。イスラエルとヨルダンは別だが、その他の国では格闘技を重要視していないのだろう」

ワットの隣りで見ていた浩志も欠伸を噛《か》み殺している。二人は、午前中と同じ準ＶＩＰエリアで〝リベンジャーズ〟の仲間と観戦していた。

「武器に依存する国ほど、格闘技はおざなりになる。誰しも至近距離で闘いたくないからな。もっとも、どうせどこの国も二軍を出している。これ以上見なくてもいいだろう。帰って、うまい店で〝ケバブ〟や〝マンサフ〟を食べに行こうぜ」

ワットは鼻先で笑った。

〝マンサフ〟とは羊肉をヨーグルトで煮込んだシチューである。ヨルダンの名物料理の一つだ。

「まだ午後四時だ。晩飯には早い」

浩志は腕を組んだまま動こうとは思わなかった。招待を受けたからと言って義理を果たすつもりはないが、早く帰ったところで時間を持て余すだけだからだ。

場内アナウンスが中国の特殊部隊を紹介した。

中国チームは十二人で現れ、二人一組になり中国拳法の組み手をはじめた。組み手競技の〝散打《さんだ》〟と呼ばれるものだろう、真剣勝負かと思うほど集中した組み手が一分ほどで終わった。すると、五人ずつ左右に分かれてステージの端に並び、残りの二人が槍《やり》と棍棒《こんぼう》を使って、派手に演武をはじめた。それまでステージの周囲で退屈そうにしていた外国人記者たちが、さかんにカメラやビデオを回している。演武を行っている兵士は、武術家なのだろう。見事な立ち回りをしている。

「何をするのかと思ったら、槍術と棍術じゃないか。武道大会じゃあるまいし、中国の特殊部隊は未《いま》だに棍棒で敵地に潜《もぐ》り込むのか」

ワットは低い声で笑った。

「見栄《みば》えはいいがな」

浩志も苦笑いをした。槍術と棍術でも構わないが、近代兵器を持った相手を想定していなければワットの言う通り、ただのスポーツ演武に過ぎない。素人目には派手でも場違いという他ないだろう。

「すみません。ほとんどの国が二軍なんですか？」

二人の話を片耳で聞いていた一色が尋《たず》ねてきた。

「いくら中東の特殊部隊だからって、あの程度の実力だと思うか？」

浩志は中国の演武を見ながら質問で返した。

「陸自でも普通科の部隊と変わらないと思いましたが、特殊部隊の国際会議にわざわざ二軍を出席させる意味が分からないので」

一色は首を捻《ひね》っている。

「数カ国の記者が取材している中で、バラクラバを被《かぶ》っている兵士がいない。特殊部隊でも極秘作戦を行う者は、絶対顔出しはしない。テロリストに顔を覚えられたら、意味がないからな。俺たちも間違って撮影されないように後ろの席で観戦するのもそのためだ」

浩志は観戦しながらも常に周囲に気を配っていた。基本的に人が大勢いる場所は避けるのが、ルールである。狙撃された場合、関係のない他人を巻き込む。また、テロリストによる無差別殺人は不特定多数の市民を標的にする。被害を受ける逆の場合も想定しなければならないからだ。

「なるほど、特戦群は式典でもバラクラバを被りますからね。とすると中国はレベルが高いですね」

一色は頷くと中国軍に視線を戻した。

「あれは、たぶん一軍だ。中国では人権も糞《くそ》もない。彼らの家族がテロリストの標的になろうが構わないんだ。各国が二軍を出している中で、一軍を出して見栄《みえ》を張っているのだろう。二年前もそうだった。人民軍の幹部が大勢の軍人と軍需《ぐんじゅ》会社の関係者を引き連れて、兵器の売り込みをしている。あの商魂には圧倒されるよ」

ワットが笑いながら解説した。

「うん?」

浩志は突然ステージから視線を外すと隣りのワットの腹を突いて注意を惹《ひ》き、他人から見えないように三本指、次いで親指だけ立てて横に振るハンドシグナルを見せた。ワットは、同じ仕草を辰也に送った。

辰也はすぐさま宮坂と黒川、一色を伴い、さりげなく準VIPエリアから抜け出し、人ごみに紛《まぎ》れて立ち去った。

「行くぞ」

浩志は辰也らとは反対方向から群衆に紛れ込んだ。

「新聞記者らしきやつが、出演者以外の観客の写真を撮っていたのが気になったか?」

ワットは人ごみを抜けると、周囲を警戒しながら言った。

「たぶん中国の情報員なのだろう。特殊部隊が派手な演武をしているのは、ステージに注目させて、その隙《すき》に写真を撮る魂胆に違いない。他にも目付きの悪いやつと目があった。ただ者じゃなさそうだ」

人が大勢いる場所に参加するために、浩志らは普段にも増して髪や髭を伸ばすなどして風貌《ふうぼう》を変えているが、それでも写真を撮られないように気をつけるべきだ。

「どうせ顔認証のデータベースに入れるつもりなんだろう。せこい奴らだ。軍事見本市だけに胡散臭《うさんくさ》いやつらが多すぎる」

ワットは荒々しく鼻から息を漏らした。

中国の国際空港や国境の検問所にはネットワークで要注意人物の情報が流されている。新疆《しんきょう》ウイグル自治区の砂漠地帯のような辺境のひなびた検問所でも同じで、一度ブラックリストに登録されると中国に入国するのは極めて難しい。

「人のことは言えないがな」

浩志は苦笑いを浮かべた。

三

ヨルダン渓谷《けいこく》の東側に位置する千メートルクラスの緩やかな山地にある七つの丘（ジャバル）の上にアンマンはある。中でも新市街であるジャバルアンマンは、緑が多く古くから各国の大使館や閑静《かんせい》な高級住宅街があり、ビジネスの中心地としても発展してきた。また、この地区にはグローバルな経営展開をするシェラトン、フォーシーズンズ、グランドハイアットなどの五つ星ホテルが集中している。

五月五日早朝、〝グランドハイアット〟の一階にあるスポーツジム〝クラブ・オリンパス〟のランニングマシンで浩志は黙々と汗を流していた。ＳＯＦＥＸの開催前日に行われた特殊部隊競技会に刺激されたわけではない。どこに行っても午前六時前後には起床し、二時間ほど汗を流すのが日課だからだ。

フランスの外人部隊を退役してフリーの傭兵になってからも、そのスタイルを頑《かたく》ななまでに変えることはない。戦場を流浪《るろう》し精神的に荒《すさ》んだときもあったが、体を鍛《きた》え続けてきたからこそ五十歳となった今も現役でいられるのだ。

「そろそろ飯にするか」

すぐ隣りのランニングマシンで走っていたワットが、頭のてっぺんから滝のように流れる汗をタオルで拭《ふ》きながらマシンから下りた。

「そうするか」

浩志は腕時計を見ると、マシンのスイッチを切った。時刻は午前七時五十八分、ストレングスマシンで筋トレも一通りこなし、ランニングマシン上で十八キロ走っている。流れる汗も適度で朝のトレーニングとしては充分だろう。

「俺は、もう少しやっていきます」

ストレングスマシンを使っている辰也は、一番重いウエイトを軽々と引っ張り上げながら言った。他にも黒川や宮坂、それに一色も思い思いに体を鍛えている。彼らもまだ上がるつもりはないようだ。別に強制しているわけではない。日頃から誰しもストイックに鍛錬しているのだ。今回は作戦で来ているわけではないため、誰もがリラックスしている。高級なジムで汗を流すのもたまにはいい。

浩志とワットはシャワーで汗を流して〝クラブ・オリンパス〟を出ると、ラウンジの手前にあるエレベーターの呼び出しボタンを押した。常に二人以上で行動するようにしている。今回の海外遠征は仕事ではないが、チームで活動する以上、最小限のバディ（二人組）で行動するのは当然と言えた。

「ご苦労なこった」

ワットはエレベーターのドアを見つめながら渋い表情になった。

「仕様がないだろう」

浩志は苦笑いを浮かべた。

エレベーターホールが見下ろせる階段の上から二人の男が浩志らの様子を窺《うかが》っている。巧妙に隠れているが、浩志らには簡単に識別ができた。

ヨルダン政府から極秘で招待され、ホテルも先方から指定されている。むろんホテル代はかからないが、監視の目が常にあった。客人である浩志らに何か不都合があってはという気遣いで、陰から護衛しているようだ。

警備は交代でしているらしく、客に装《よそお》った総勢八人ほどの男が常に浩志らの周囲にまとわりついている。彼らの身のこなしから見て、ヨルダンのトップクラスの特殊部隊の兵士なのかもしれない。ヨルダンは治安がいい国であるため、いらぬ心配であるが、ただで招待されている以上我慢《がまん》するほかない。

それぞれの客室で軽装に着替えた二人は、ホテル上階にあるシーフードグリルレストラン〝32ノース〟に向かった。前日客室係から朝食にお勧《すす》めと言われていたので素直に従ったのだ。

入口を入ると、レストランの窓から緑豊かなアンマンの丘が一望でき、北東の方角に観光名所にもなっている二つの尖塔《せんとう》を従えたキングアブドゥッラーモスク（通称ブルーモスク）が見える。浩志らを笑顔で迎えた年配のウエイターは、当然とばかりに自慢の窓際の席に案内した。

「すばらしい眺《なが》めだ」

ワットは、窓ガラス一面に広がる中世と近代の建物がほどよくミックスされた美しい景色に目を見張っている。

「席を変えてくれ」

浩志は舌打ちをすると、壁際の席を指差した。

ウエイターは一瞬戸惑《とまど》ったが、すぐに営業スマイルを浮かべて対応した。

「狙撃《そげき》を心配しているのか？」

入口近くの壁際の席に座ったワットは小声で尋ねてきた。

「死と背中合わせ。それが、傭兵だ」

長年人目に付かないように生活している。特に外出する際は狙撃されないように常に気を遣ってきた。闘うということは、敵を作ることであり、恨みを買うことになる。いつ命を狙《ねら》われても不思議ではない。ワットは軍人としての経歴は長いが、傭兵としてのキャリアは短いため少々甘いのだろう。

「なるほど、俺はまだ分かっていないようだな」

溜《た》め息《いき》を漏らすと、ワットはメニューを手に取った。

「それにバランスが悪い」

「バランス？」

ワットが顔を上げて訝《いぶか》しげな表情をした。

「どんなものにも、バランスがある。人生で生涯《しょうがい》幸福な人間はまずいない。些細《ささい》な事件事故も経験しなくてすむ人間は、それだけ起伏のない平凡な人生を送る。俺たちは世の中で必要悪と思われている傭兵だぞ。こんな特別な待遇《たいぐう》を受けていれば、後で何かあると思った方がいい」

浩志はワットからメニューを取り上げた。

「馬鹿な、今回の招待はヨルダン政府からだぞ。おそらく国王の意向だろう。俺たちをヨルダンが利用、あるいは陥《おとしい》れるとでも言うのか？」

ワットは太い首を縮めて両手を上げて見せた。

「国王は人格者だ。それはありえない。何か予想もつかない災難を想定して行動すべきだと言っているのだ」

メニューを見ながら浩志は答えた。

「侍の心構えというやつだな。確かに最前線でもかすり傷一つ負わなかった兵士が、帰還後につまらない交通事故で死んだなんて話はよく聞くからな。教訓として肝《きも》に銘じておこう」

大きく頷いたワットは、オーダーをするために右手を上げてウエイターを呼んだ。

「教訓で終わればいいがな」

浩志はぼそりと言った。

四

朝食を終えた浩志とワットは、気晴らしにホテルからタクシーに乗り、旧市街に向かった。特殊部隊の競技会は昨日に引き続き開かれるが、ＳＯＦＥＸは今日からはじまる。午前八時からコンファレンスの受付と登録が開始されるが、浩志らは軍事見本市だけ見学するつもりなので、寄り道して市内観光をしてから会場に入るつもりだ。

ホテルがある新市街は整備されて美しい景観だが、ヨーロッパの地方都市と変わりなく面白みがないため、ワットがホテルのフロントで遺跡のことを詳しく聞き出し、旧市街に行くことになった。辰也らは浩志らよりもジムを出るのは遅かったが、コンファレンスの受付が八時からはじまるため慌てて朝食を摂《と》って先に会場に向かっている。

ヨルダンは地下資源に乏《とぼ》しい国だが、ローマ、十字軍、オスマン帝国時代など、観光資源となる遺跡が豊富にあり、中でも映画〝インディー・ジョーンズ〟の撮影で使われ世界遺産にもなっているペトラ遺跡は有名である。

タクシーでホテルを出ると、浩志らを密《ひそ》かに護衛する男たちも白い車で尾行してきた。一九八〇年代の日産のローレルだ。ヨルダンに限らず中東では日本の中古車は人気があるため、目立つことはない。

二人はホテルから五キロほど東に位置するハーシム通り沿いにある円形劇場の遺跡、〝ローマ劇場〟でタクシーを下りた。名前の由来は解説するまでもなく、この地域がローマ帝国に支配されていた時代に作られたものだ。

気温は二十五度ほど、日差しはきついがいたって過ごしやすい。タクシーを下りた浩志とワットは、歩道をのんびりと歩きはじめた。

〝ローマ劇場〟の北側にはローマ洋式の列柱が残された広場があり、その東側には〝ローマ劇場〟の半分ほどの規模のギリシャ語で劇場を意味する〝オデオン〟がある。浩志らは遺跡に入ると見せかけて、小道に入って尾行をまくと、ハーシム通りに戻って西に向かった。ワットがフロントに遺跡のことを聞いたのは、その情報が監視している連中の耳にも達することを知っているからで、本当に遺跡に興味があるわけではない。自由時間まで拘《こう》束《そく》されたくないからだ。

通りの両端には様々な露店が並んでいる。道がスーク（市場）になっているのだ。もうもうと煙を上げるケバブの屋台を通り越し、食べ物の露店が続いた先にあるジューススタンドで浩志はタマリンドジュース、ワットはパイナップルジュースを注文した。

三十分ほどで気温は二、三度上がった。砂漠のように大気が乾燥しているため喉が渇きやすい。マメ科の植物の実であるタマリンドは酸味があり、強い甘みも喉越しがいい。中東の乾燥地帯で甘い飲み物や菓子が多いのは、体が糖分を欲するためだろう。

喉を潤《うるお》し、スークが連なるキング・ファイサル通りに曲がる。この辺りは旧市街では商業の中心地である。時刻は午前九時を過ぎたばかりなので、準備中の店も多いが、沿道にはアラブ独特の金属食器の店や貴金属店があったかと思うと、サンダルを山のように積み上げた日用雑貨を扱う店まで様々だ。時間的に観光客は少なく、地元の買い物客がゆったりとした足取りで通り過ぎて行く。

「いいねえ。俺はこの雑多な感じがアラブらしくて好きだな。それにスークが自由に発展している国は平和なんだ。どこでもそうだが、物騒な奴らが増えると市民も安心して買い物もできなくなるからな」

ワットは水タバコを売る店を覗《のぞ》き込みながら言った。

「平和の定義にもよるがな」

浩志は隣りの店先でサンドボトルを作っている職人を見ながら呟《つぶや》いた。サンドボトルは着色した砂を入れたボトルで、ヨルダンの土産《みやげ》として人気がある。大抵はボトルにラクダと背景の砂漠を表す模様を作るという単純なものだが、影絵のようなラクダも砂で作られているので少々技術がいる。

「これだから日本人は困る。先進国の中で一番平和な国のくせに自国のよさを知らないからな」

ワットは浩志を見て首を振った。

「俺たちが、日本に対するテロや凶悪事件を何度も解決したことを忘れたのか。日本人は平和と思っているだけで世界中どこでもテロは起こりうる。むしろ平和ぼけした国ほど危ないのだ。テロリストは、政治的な思想だけで挑《いど》んでいるわけじゃない。むしろ彼らを駆り立てているのは、嫉妬《しっと》だ。己の不幸が許せない。だから平和に暮らす人間や国家が憎くて仕方がないのだ」

浩志は通りの反対側を見ながら反論した。

「異論の余地はないな。特に中東のテロリストは貧困層の集まりだ。皮肉なことに彼らに資金援助をしているのは、金持ちの中東の国々や国王だ。相反するイスラムの宗派を滅ぼし、欧米を敵とすることにより、自分の立場をよくしようと金をばらまく。テロリストはパトロンの真意も知らないで、イスラムのジハードをしていると勘違いし、暴力の限りを尽くす。困ったものだ」

ワットは頭を掻《か》いた。

「さて、俺たちの自由な散歩はどうやら終わりらしい」

苦笑を浮かべた浩志は、歩きはじめた。

「見くびっていたようだな。俺たちを見つけるのに三十分しか掛からなかった。もっとも本気で逃げたわけじゃないがな」

ワットも気が付いていたようだ。水タバコの店を覗く振りをして、ショーウインドーに映った景色で尾行者を確認していたに違いない。ホテルから付いて来た護衛の男たちは、道の反対側から浩志たちを窺っていたのだ。

「コーヒーでも飲んで行くか」

浩志はハーシムレストランの近くにあるガラス張りのコーヒーショップに入った。

「さっきジュースを飲んだばかりだぞ」

ワットが慌てて付いて来た。

「やつらに一杯おごるんだ」

アラビアンコーヒーを注文した浩志は、通りの反対側にいる二人の男に手招きしてみせた。尾行している男は四人いた。他の二人は車で待機しているのだろう。呼ばれた男たちは戸惑っていたが、浩志が再び手を振ると諦《あきら》めたのか道を渡って来た。

「店に入って来る男たちに渡してくれ」

浩志はカウンターの店員に金を渡してアラビアンコーヒーを二つ追加すると、ワットの隣りに並んで席に着いた。

待つこともなく口髭をはやした二人の男が店に入って来た。

一人は三十代半ばで身長一七八センチほど、麻の紺《こん》色のジャケットに白いポロシャツとグレーの綿パン、もう一人は、三十代前半、身長は一七二センチほどでグレーのジャケットにTシャツにジーパンを穿《は》いている。二人とも腋《わき》の下に銃を隠し持っているためにジャケットを着ているのだろう。

二人は店員からコーヒーを受け取り、困惑しながらも浩志たちの前に立った。

「特殊部隊の隊員なのか？」

浩志は唐突にアラビア語で尋ね、席に座るように指差した。

「なっ、なんと、我々の正体を知っていたのですか？」

年配の男が両眼を見開いた。

「この国で、私服で監視活動をするのは秘密警察だが、我々は犯罪者じゃない。それにこの国で一番大きな組織は軍隊であり、一番優秀なのは国王直下の特殊部隊だ。尾行は高度な技術を要するからな」

カウンターの店員に聞こえないように浩志は声を絞《しぼ》って言った。

「恐れ入りました。所属は言えませんが、否定はしません。私はムハマド、彼はアハマドです。コーヒーをごちそうになります」

ムハマドはアハマドとともに椅子に座った。ヨルダン人に限らず、預言者やカリフの名前は人気がある。特にムハマドは石を投げれば当たるとさえ言われている。

「俺たちが滞在中は、監視するのか？」

コーヒーを啜《すす》りながら浩志は尋ねた。

「監視ではありません。我々が命令されたのはあなた方〝リベンジャーズ〟の護衛です。大切なお客様に何かあっては困りますので。誤解されているようですが、密かに護衛していたのはトラブルなくご自由に行動していただきたいからです」

ムハマドは視線を外すこともなく答えた。嘘はついていないようだ。

「今日は、展示会を見学する予定だが、目新しいものがなければ、明日の夜には帰るつもりだ」

午後の便で加藤が到着するが、半日でも展示会を見せれば充分だろう。

「あなた方の意思は尊重しますが、ゆっくりしていってください。ＳＯＦＥＸだけでなく、この国には見るべきところが沢山《たくさん》あります。もしガイドが必要なら私どもがご案内します」

ヨルダンには、紀元前に栄《さか》えていた〝ナバテア王国〟が残したペトラ遺跡やローマ時代の遺跡など世界的な観光資源がある。ムハマドは観光を勧めているようだが、傭兵が民間人と違うことを理解していないらしい。

「見るべきところね」

浩志はワットと顔を見合わせて苦笑した。

五

キング・ファイサル通り沿いにあるコーヒーショップを出た浩志とワットは、監視していたムハマドが会場まで送ると言って来たが体《てい》よく断り、近くのママヤホテルからタクシーに乗って市街地北部にあるSOFEX会場となっているヨルダン空軍基地内に向かった。

入口のゲートでチェックを受けて見本市の会場となっているハンガーに入った。会場はブースで区切られ、様々な武器が展示してある。展示物が一般の見本市と違う程度でコンパニオンを揃《そろ》えたブースもあり、軍服を着た来場者もいるが、会場内に緊張した雰囲気はない。

午前九時四十五分から三部構成になっているコンファレンスが、はじまっている。辰也と宮坂は一色に付き合って出席していた。米国、ドイツ、オーストラリア、フランス、イタリア、イスラエル、ヨルダン、ポーランドの八カ国の特殊部隊の代表がプレゼンテーションを行う。各国のテロ対策や実際にあった事件の解析、武器と作戦行動など内容は多岐《たき》にわたっている。現役の自衛官である一色だけでなく、辰也たちにとっても役立つ情報があるだろう。

展示物は歩兵の装備品から銃や携帯対戦車砲をはじめ、輸送ヘリや訓練用ジェット機、空対空ミサイル、装甲車、地対空ミサイルなど、様々な武器や装備が出品されている。ブースごとに数人のスーツを着た担当者が、武器の説明をしてくれる。彼らは武器メーカーの社員であり、ダークスーツを着てアサルトカービンのデモンストレーションをしている姿を見ると一般人にとっては異常な世界であることがわかるのだが、それを疑問に持つ者が来場することはまずないだろう。

「〝ハンヴィー〟かと思ったら〝猛士《モングス》〟か」

目の前のブースに展示してある軍用四駆を見たワットが、苦笑いをした。

〝猛士〟は、米国軍用四駆である〝ハンヴィー〟を中国がコピーして作った模倣品《もほうひん》であるが、〝ハンヴィー〟の民生車両であるハマーを米国ＡＭジェネラル社と提携関係にある中国の東風《ドンフエン》汽車《きしや》公司が輸入し、それを原型に開発したという経緯がある。

中国はＳＯＦＥＸだけでなく軍事見本市には、将軍クラスの軍人を筆頭に軍需メーカーや開発者も引き連れて売り込み攻勢をかけている。中国のように武器を大量に売り捌《さば》くことは褒《ほ》められることではないが、少なくとも彼らは世界の軍事情報を積極的に取り入れるべく努力していることは確かだ。

「ミスター・藤堂」

見物客の雑踏の中で浩志は背後から声をかけられた。

振り返ると警護をしているムハマドであった。雑踏《ざっとう》の中でも周囲に気を配っていたが、彼は気配を消していたようだ。浩志を驚かせるつもりではなく、日頃の訓練で身に付いたものだろう。敵でなくてよかったという他ない。

「上司から連絡が入りまして、ミスター・藤堂とミスター・ワットのお二人を至急あなた方を招待した者の元へご案内するように命じられました。お付き合い願えますか」

ムハマドはいささか緊張した面持《おもも》ちで言った。傍《そば》にはアハマドが周囲を警戒しながら立っている。

「案内してくれ」

招待した者の元へ案内すると言われれば、断れるものではない。浩志とワットは素直に従った。

ハンガーを出て装甲車や戦車が展示してある屋外の展示場を抜けて、ムハマドは空軍司令部と思われる建物に入った。入口で警備に就《つ》いていた二人の兵士がムハマドを見て最敬礼した。

正面の廊下をまっすぐ進み、衛兵が立っているドアを抜けた。誰しもすれ違うムハマドに最敬礼して過ぎて行く。ドアの向こうはエレベーターホールになっていたが、エレベーターのドアの横幅が異常に広いのが気になる。

「どうぞ」

エレベーターのドアが開き、ムハマドはドアを押さえながら言った。

「……」

無言で乗った浩志は、右眉《まゆ》を上げた。エレベーターの中の広さは、横が三メートル、奥行きは五メートル近くあったからだ。入って来たドアが普通の幅だったことから、車は無理だが一度に大量の人員と荷物を運ぶことを目的としているのは分かる。しかも、階数表示はなく、長い時間降下している。

「驚いた。空軍基地の地下に核シェルターがあったのか。もっとも、隣国のイスラエルは核を保有している。むしろ当たり前かもな」

ワットは日本語で言った。

「失礼ですが、今ワットさんはなんとおっしゃったのですか?」

一瞬顔をしかめたムハマドが、浩志に尋ねてきた。

「戦車が載せられそうだと、日本語で冗談《じようだん》を言ったんだ」

浩志は笑ってみせた。

「戦車は大袈裟《おおげさ》ですが、はじめて乗られた方は車が乗りそうだと驚かれます。すみません　が、ワットさん、我々は英語も理解できますので、アラビア語でなくても結構ですから英語で話していただけますか。あなた方が不満を持たれても対処できませんから」

ムハマドはにこりと笑って、ワットに肩を竦《すく》めてみせた。言葉遣いに軍人らしからぬ気遣いがある。頭がいい男だ。他の兵士が彼に対する態度を見てもムハマドは、若いが上級士官なのだろう。

エレベーターが止まってドアが開くと長い廊下が続いており、五人の警備の兵士が立っている。浩志らに向かって一斉に敬礼してみせた。

「物々しい警備ですが、皆様と同じように特別に招待されたお客様が集まっていますので不測の事態にいつでも対応できるようにしているのです。お仲間はコンファレンスを傍《ぼう》聴《ちよう》されているので、終わり次第《しだい》こちらにご案内するつもりです。それとも、すぐにお呼びしましょうか」

「いや、後で構わない」

ムハマドとは別のチームが辰也らを見張っているようだ。

「私は引き続き〝リベンジャーズ〟の担当になっておりますので、何かあればおっしゃってください」

軽く会釈《えしゃく》したムハマドは、一番手前のドアを開けた。

六十平米ほどの部屋に沢山の椅子が並べられ、数十人の男たちが背中を見せて座っていた。浩志が中に入ろうとすると、それまで雑談を交わしてざわめいていた男たちが一斉に後ろを振り返った。

「席はこちらです」

ムハマドは、右側の一番後ろの席に浩志とワットを案内した。

仕方なく二人は、男たちの視線に晒《さら》されながら座った。

席に着くと、他の男たちは前に向き直って雑談をはじめた。

部屋の最前列にスピーチをするための演説台が設けられている。前を向いている男たちは七人ずつのグループらしく、それぞれ人種も言葉遣いも違っていた。髪型や体型から全員軍人のようだが、浩志らと同じく私服を着ている。

「どうやら、俺たちは場違いなところにきたのかもしれないな」

ワットが日本語で言った。

「らしいな」

浩志は腕組みをして目を閉じた。

六

浩志とワットは、ヨルダン空軍基地司令部の地下壕にある一室に案内されたものの、主《しゅ》旨《し》までは教えられていなかった。

案内されたムハマドからは、SOFEXに招待した者の指示だと言われただけだ。二人ともそれはヨルダン国王だと思っているので、席を立たずにじっとしていた。

「他の連中は、どうしてここにいるのか知っているのかな。教えられていないのは我々だけか?」

ワットが周囲にいる軍人らしき男たちの雑談に耳を傾《かたむ》けながら首を傾《かし》げた。彼らはみなたわいもない話をしている。というか身元がばれないようにあえて世間話をしているようだ。もっとも、話をしているのは、フランス人とイタリア人と米国人だけで、半数近くの者は、黙って座っていた。

部屋に入って十分ほど経《た》ち、午前十一時半になった。

出入口から軍服を着た白人が入って来ると、そのまま正面の演説台の前に立った。男の年齢は五十前後、身長は一八七、八センチ、逞《たくま》しい体をした白髪まじりのアイルランド系白人で、米海軍のワーキングカーキと呼ばれる通常勤務時の制服を身に着け、階級は三本線に一つ星の階級章を着けているため、少佐である。

「むっ!」

男の顔を見たワットが、小さく唸《うな》り声を上げた。

「顔見知りか?」

浩志が耳元で尋ねると、

「まあな」

ワットは仏頂面《ぶっちょうづら》で頷いた。

「諸君、ようこそSOFEX・コンファレンスへ。進行役を務める私は、米海軍のダニエル・ジャンセンです」

米海軍の軍服を着た男は、思いも寄らないことを言った。会場がざわめいた。コンファレンスは別会場ですでにはじまっているからだ。

「驚くのも無理はないが、地上のコンファレンスは、SOFEXを意義ある展示会として位置づけるためのマスコミ向けでこちらが本物である。そのため、この会場には各国の精鋭部隊が集まっている。二回目という者もいるかもしれないが、上官から命令を受けて何も聞かされずにこの場所に来た者がほとんどのはずだ。マスコミにこの会合の情報を漏らさないためでもあるが、何よりも君らの安全を第一に考えて極秘で集まってもらったからだ」

ジャンセンは演説台に両手を置き、淡々と話している。人前に立つのが馴れているようだ。

「今や戦争は国対国ではなく、敵はテロリストになった。そのため、各国が持つ情報の共有化が必要になってくる。その一環として、本来決して顔出しをしない精鋭部隊同士の交流する機会を設けるべく、ＳＯＦＥＸに便乗した。米国をはじめとした先進国で、このような会を設ければマスコミに嗅《か》ぎ付けられ、テロリストにも情報は漏れる。その点、軍事見本市に我々軍人が足を運ぶのは、自然であるため誰も疑わないというわけだ。なおこのコンファレンスは、アブドゥラー国王のご厚意で開催が可能になった。あらためて国王とヨルダン軍に感謝を申し上げます」

ジャンセンは会場の前列に座っているアラブ系の数人の軍人に丁寧《ていねい》に頭を下げた。国王は不在だが、ヨルダン軍の高官なのだろう。

「そういうことか」

ワットは不機嫌《ふきげん》な顔で頷いてみせた。だが、浩志は首を傾げたまま聞いていた。招かれたのは各国の正規の軍隊の特殊部隊らしいが、〝リベンジャーズ〟は傭兵である。正規の部隊より劣《おと》っているとは思わないが、彼らは国家のために働き、〝リベンジャーズ〟は弱者のために闘う。行動規範がまったく違うため、同じ場所にいることすらおかしいと思えるのだ。

「先ほど世界中の精鋭部隊と言ったが、情報の共有化ができない中国とロシア、それから最強ではない北朝鮮は含まれていない。あくまでもテロの標的になっている国で、西側の同盟国でもトップクラスの特殊部隊に限定している」

ジャンセンは巧《たく》みに冗談を交えて、会場を沸《わ》かせた。

「今回参加している国は、米国、英国、イタリア、オーストラリア、カナダ、ドイツ、フランスの七カ国の特殊部隊の他に、開催国からの推薦で日本代表として特別に〝リベンジャーズ〟を招待した」

「おお」

ジャンセンが〝リベンジャーズ〟と言った途端《とたん》どよめきが起こり、ほぼ全員が振り返って浩志を見た。東洋人は彼だけだからだ。

「驚いた。〝リベンジャーズ〟は随分有名なんだな」

ワットが得意げに言った。

マスコミは決して取り上げることもないので一般人は知る由《よし》もないが、世界中を震え上がらせたロシアの国際犯罪組織〝ブラックナイト〟の軍事部門である〝ヴォールク〟を〝リベンジャーズ〟が撃破し、事実上〝ブラックナイト〟を壊滅させた。その情報は、世界中の傭兵代理店を通じて軍関係者にまで伝わり今や伝説になっている。しかも、実体は日本人を中心とした傭兵特殊部隊ということが知られているだけで、何度も死亡説が流された指揮官の浩志が、実在しているというだけでも驚くのも無理はないだろう。

「傭兵が有名になってどうする。そもそも軍事見本市を見にきただけだ」

浩志は吐き捨てるように言った。

「物は考えようだ。今後、どこの国で活動するか分からない。世界中の軍とパイプは持っておいた方がいいんだ。積極的に交流していこうぜ。こんな時、大佐なら笑って親指を立てるはずだ」

ワットは笑顔で周囲の軍人に軽く手を上げてみせた。

「大佐か……」

大佐と言われて浩志は黙った。傭兵の知恵袋とも言われる大佐ことマジェール・佐藤《さとう》はアジア諸国の軍と太いパイプを持っている。そのため、これまで浩志や〝リベンジャーズ〟が他国の軍の世話になったのも一度や二度ではなかった。

「表のコンファレンスと差別化し、今年は八カ国が参加しているためにSpecial Operations of Eightで〝SO8〟と呼ぶこととします。〝SO8〟のスケジュールは、立食パーティー中に発表します。この後、オープニングのランチを用意しています」

ジャンセンが右手を上げると、可動式になっていた部屋の右側の壁が折り畳まれて隣りの部屋と繋《つな》がった。

料理や飲み物が用意されたテーブルが壁際に並んでおり、グラスと〝アムシュテル〟の

500ミリリットル缶やソフトドリンクの瓶《びん》が置かれた丸テーブルがいくつも設置されている。

ヨルダンはイスラムの国だがアルコールには寛容でビール工場もあり、近隣諸国に輸出までしている。〝アムシュテル〟は、オランダの〝アムステルビール〟をライセンス製造したもので、他にも国産のオリジナルビールがある。

「ビール付きのランチか。サービスがいいな」

ワットはいやくも腰を浮かしていた。

席に着いていた男たちは、戸惑うことなく料理を皿に盛り、ビール缶を手に取った。だが、浩志は壁際にへばりつくように離れようとはせずに成り行きを見守った。

七

〝SO8〟のオープニングランチは、和《なご》やかに進行している。世界のトップクラスの特殊部隊だけに素養が高いせいもあるが、無用なトラブルを避けているのだろう。笑顔を作っていても互いにライバル意識が強く、簡単な挨拶《あいさつ》や会話はするが決して内側に相手を踏み込ませない言動をしていることが傍で見ていればよく分かる。

浩志は、缶ビール片手に会場の兵士を一人一人つぶさに観察していた。十二時を過ぎて腹も減っているが、人が大勢いる場所で食べ物を口に入れようとは思わない。食事中というのは、どうしても隙が生じる。他人にどんな些細《ささい》な隙や弱みも見せたくないのだ。

「相変わらず、用事深い男だな。ここの飯に毒が入っていると思っているのか?」

ワットは、サンドイッチを頬張りながら缶ビールを飲んでいる。

「お前がバカ暢気《のんき》なだけだ。俺が気にしているのは食べ物じゃない」

浩志が壁を背にしているのは、他人に後ろを取られたくないからだ。世界中からただ者でない連中が集まっている。気にするなと言う方がどうかしている。

「心構えの問題だな。俺は空腹で死にたくない、それだけの話だ。ここのクラブサンドイッチはうまいぞ」

ワットはまったく気にならないらしい。いつでも闘えるように食事というより栄養を補給しているのだろう。彼らしい考え方だ。

「ところで、さっき演説していたダニエル・ジャンセンは何者だ?」

浩志はぬるくなった〝アムシュテル〟を飲みながら尋ねた。

「悪いな。俺も元は米軍人だ。これでも守秘義務がある。お前でも話せないことはあるんだ」

ワットは渋い表情で首を横に振った。

米国陸軍の最強の特殊部隊であるデルタフォースに所属していた彼が、不機嫌そうにジヤンセンを見ていた。ワットは個人的なことで根に持つ男ではないだけに、作戦上でトラブルがあったのかもしれない。いずれにせよジャンセンは、デルタフォースや海軍の特殊部隊を統括運営する米国統合特殊作戦コマンド（ＪＳＯＣ）の幹部なのだろう。

ランチがはじまって三十分ほど経った。はじめに浩志らが椅子に座らされた部屋で何かはじまるらしい。演説台の横にはプロジェクター用のスクリーンが用意された。

ジャンセンが演説台の前に立ち、壇上のマイクのスイッチを入れた。

「歓談中の諸君、どこを向いていても構わないが、視線はこちらに向けて欲しい」

ジャンセンはマイクを叩いて、冗談を言いながら注意を惹いた。

「〝ＳＯ８〟のスケジュールを発表する。テロの最前線というテーマのコンファレンスが、一四〇〇時から引き続きこの会場で行われる。また、競技会は、二一〇〇時から予定している。競技の説明は、コンファレンスの終了後に予定している。なお競技会に優勝したチームには、賞金が授与されるので、聞き逃しがないように」

会場が静かになったのを確認したジャンセンは、まるでクイズの司会者のように大袈裟なジェスチャーを交えて言った。

「何？」

浩志は眉を上げた。同時に会場からどよめきが起こった。ほとんどの出席者は競技会のことなど知らなかったようだ。

「賞金に興味はない。コンファレンスもそうだが、競技会も自由参加なのか?」

堪《たま》り兼ねたワットが声を荒らげて尋ねた。勝手に招集されたことにワットも腹を立てていたようだ。

「リベンジャーズは別だが、参加各国の軍の参謀本部からは同意を得ている。また、他国のトップクラスと演習できる絶好のチャンスをみすみす失うのをもったいないとは思わないか」

ジャンセンは大袈裟に肩を竦めてみせた。軍の参謀本部が同意したということは、リベンジャーズ以外のチームは参加は命令だということだ。

「確かに……」

ワットだけでなく、会場の誰しもが納得したようだ。

「コンファレンスにはまだ三十分あるので、それまで飲み物と食事を楽しんでくれたまえ」

演説台から下りたジャンセンは浩志たちのところまで来た。

「楽しんでいるのかな」

ジャンセンは浩志とワットを交互に見て言った。

「随分と偉くなったようだな」

ワットは鼻先で笑った。

「そういう君は、傭兵に成り下がってもがんばっているようだな。陸軍は泥臭《どろくさ》いのがお似合いだ」

ジャンセンはワットに皮肉で返して来た。

「海軍が偉そうな口をきくなよ。どうせ、あそこにたむろしているのは、おまえの出来の悪い部下だろう」

ワットはにやけた表情でやり返した。

「相変わらず憎まれ口は、大したものだ。むろん私は精鋭を引き連れて来た。君と違って恥をかきたくないからね」

ジャンセンも笑みを浮かべて答えた。

「俺がいつ恥をかいた。言ってみろ」

ワットの表情が変わった。

「深い意味はない。部下を大量に死なせるようなヘマはしないということだ。もっともテロにまんまと遭う兵士も出来が悪かったのだろう」

ジャンセンは鼻で笑った。

「もういっぺん言ってみろ！」

眉間に皺を寄せたワットが、拳《こぶし》を振り上げた。

「止めろ！」

浩志がワットを後ろから抱きかかえた。

ワットはデルタフォースで優秀な兵士だけで構成される少人数チームであるタスクフォース、四チーム、合計十六人の部下を持つ指揮官だった。だが、二〇〇九年にブラックナイトの工作でナイロビ空港から離陸した航空機に仕掛けられた時限爆弾が爆発し、十四人の部下を一度に失っている。

「相変わらず、血の気の多い男だ」

ジャンセンは下唇を突き出して首を振ってみせた。

「放せ、浩志、こいつをぶん殴ってやる」

ワットは顔を真っ赤にして浩志の腕を振り払おうともがいた。

「ワット、腐ったカボチャを殴ってもおまえが汚れるだけだ。〝リベンジャーズ〟が、競技会で〝デブグル〟の鼻を叩き折れば、偉そうな口も聞けなくなる」

浩志はジャンセンを見て言った。

「なっ！」

ワットが驚いて振り返った。

「どうして私の所属を……」

ジャンセンはワットを睨《にら》みつけた。ワットが浩志に教えたと疑っているようだ。

「やはり、そうか。公式な場所に海軍のワーキングカーキを着て来るというのは、他国を馬鹿にした行為だ。それができるのは、Ｎａｖｙ ＳＥＡＬｓの対テロ部隊である〝デブグル〟だからだろう。ワットに聞かなくても分かる。そもそも、極秘部隊の名前を出されて否定しない時点で、おまえが間抜けなんだ」

浩志は口元を僅《わず》かに緩めて笑った。

海軍最強の特殊部隊であるＮａｖｙ ＳＥＡＬｓの中からさらに優秀な兵士で構成されるチームが〝デブグル（DEVGRU）〟である。所属は海軍だが〝デルタフォース〟と同じく、米国統合特殊作戦コマンドの指揮下で特殊な任務に就いている。

二〇一一年五月、パキスタンでウサーマ・ビン・ラーディンを殺害したのは、デブグルだった。

「なっ！……面白い、所詮《しょせん》傭兵は寄せ集めだ。それで正規の軍隊に挑戦するつもりか。勝てるものなら勝ってみろ」

捨て台詞《ぜりふ》を吐くと、ジャンセンは浩志とワットを交互に睨みつけて離れて行った。

「すまない、浩志。俺はともかく、亡くなった部下を馬鹿にされて興奮してしまった」

ワットはハンカチをポケットから出すと、頭から流れる汗を拭いた。

「俺も仲間を馬鹿にされて腹が立った」

浩志は苦笑を浮かべた。

〝SO8〟コンファレンス

一

午後二時、オープニングランチ後に〝SO8〟コンファレンスははじまった。

参加国は、米国、英国、イタリア、オーストラリア、カナダ、ドイツ、フランスの七カ国で、日本代表にされてしまった浩志とワットは、コンファレンス後に競技会の説明があると言われたので渋々会場に残っている。

ジャンセンが司会となり、米国、英国、ドイツ、フランスの特殊部隊の代表が会場の前に出て、スクリーンに映像を映しながらパネルディスカッション形式で行われていた。タイトルは、出席する顔ぶれにいかにも相応《ふさわ》しい〝最も警戒すべきテロ〟である。

ディスカッションがはじまりすでに三十分が経過していた。スクリーンには、バラクラバを被った黒ずくめの兵士が映っている。

「この写真は、三月二十八日にクリミア半島で撮影された兵士の写真である。プーチンは親ロシア派住民の自警団と主張しているが、使用している銃がＡＫ74であることからもロシア軍でも通常の部隊から派遣された兵士と思われる」

写真を提示した米軍の将校が説明した。

ディスカッションは冒頭から、ウクライナ情勢に関する話題に絞られていた。つまり、〝最も警戒すべきテロ〟はウクライナで行われており、テロリストはロシア兵で悪の根源は、それを指揮するロシアのプーチン大統領という内容である。

ことのはじまりは、二〇一三年十一月に、親露派のヤヌコーヴィチ大統領が欧州連合との政治・貿易協定を見送ったことに親欧米派国民や野党が反発し、デモに踏み切ったことである。

翌年の二月十八日、大統領はデモ隊を武力で鎮圧し、多数の死傷者が出た。この時、デモ隊を狙撃した国章を着けていない戦闘服姿の男たちはロシア軍の特殊部隊だと言われている。これに反発した国民がさらにデモを活発化させ、同月の二十二日に大統領は行方《ゆくえ》をくらまし政権はあっけなく崩壊した。

ところが今度は新政権に反発したクリミアのロシア系住民が自警団を発足して政府庁舎を占拠し、三月十一日に独立宣言をする。この間、プーチンは公式には認めなかったが、攻撃ヘリコプターの大編隊と特殊部隊を派遣していた。

米軍将校の説明が終わると、別の兵士の写真が映された。さきほどの写真と同じようにバラクラバを被り、迷彩服を着ている。

写真が入れ替わると、会場がどよめいた。

「この写真は三月一日にクリミアの政府関係施設近辺で撮影された。プーチンが自警団と主張していた兵士の写真であるが、見ての通り構えている銃は、〝ADS〟である。この兵士が所属しているのは、特殊部隊、おそらくスペツナズだろう」

〝ADS〟はロシアがA91をベースにして開発した水陸両用のアサルトライフルである。二〇〇七年に開発を終えているが、実戦配備されたことはまだ西側には報告されていない。会場がどよめいたのは、新型の銃がすでに配備されたことを知って驚愕《きょうがく》したのである。

「驚いたな。〝ADS〟が実戦配備されていたのか」

それまで退屈そうにディスカッションを眺めていたワットが身を乗り出した。

「プーチンは、クリミア半島に電撃的に特殊部隊を投入して制圧し、ウクライナ軍を追い出すと、通常軍に入れ替えたのだ」

司会であるジャンセンが、眉間に皺を寄せて補足した。

「馬鹿馬鹿しい。何がコンファレンスだ。米国主導の仲良し倶楽部《くらぶ》じゃないか」

浩志は欠伸をしながら日本語で言った。

「耳が痛いな。顔ぶれはまさにその通りだ」

ワットは肩を竦めてみせた。

「陣地取りゲームで欧米が負けただけだ。〝最も警戒すべきテロ〟というのなら、ISかボコ・ハラムを取り上げるべきだ」

ISとはイスラム国の略称でイラクとシリアでテロ活動をしており、かつては〝イラクとシリアのイスラム国〟と呼ばれISISあるいはISILの略称が使われていたが、現在は単にイスラム国と呼ばれることが多い。

粗暴な彼らの活動は当初軽視されていたが、二〇一一年に米軍がイラクから撤退した隙を突き、急激に勢力を伸ばした。彼らがこれまでのイスラム過激派と違うのは、カリフ（預言者ムハンマドの後継者）が指導する国家の樹立を宣言し、領土を獲得するという目的があることである。

また、ボコ・ハラムは、ナイジェリア北部で少女を誘拐《ゆうかい》して人身売買を行うなど凶悪なテロ組織である。両者の共通点は、サラフィー・ジハード主義でイスラムの名の下に犯罪を正当化し、西洋を悪として否定することだ。

「陣地取りゲーム？」

日本語の言葉の意味が分からなかったらしく、ワットが聞き返した。

「ウクライナの帰属の問題だ。欧米は西側管理の国家にしようとしたが、プーチンはそれを嫌った。それだけの話だ」

浩志は淡々と答えた。

ウクライナは、旧ソ連統治時代に行われたロシア化政策で、ロシア人が東ウクライナとクリミア半島に流入した。そのため長い年月を経て、ウクライナの東はロシア系住民、西でウクライナ系住民という住み分けがされている。

東は地下資源が豊富で経済的に独立できるが、西は資源に乏しくチェルノブイリ原発の負の遺産が示すようにさしたる産業もない。ウクライナ政府の膨大《ぼうだい》な借金は西部が作り出しているようなものだ。また、西はポーランドに支配されていたことからも、反ユダヤ主義を主張する民族主義的な側面を持っており、政治的にも健全とは言えない。

欧米はロシアに対抗すべく戦略的にウクライナを取り込み、自己破産させて借金をなくすことで、ＩＭＦ国際通貨基金の管理下に置こうとしたのである。だが、借金の相手国であるロシアは堪ったものではない。

「政治の裏はどこも汚いからな」

ワットは苦笑を漏らした。

「プーチンはならず者だが、反ユダヤ主義のネオナチが過半数を占めるウクライナの新政権も大した差はない。欧米は、そんな奴らに目をつぶって独立させたんだ。駆け引きという点では、どちらにも正義などない」

浩志はウクライナ情勢をならず者どうしの争いだと切り捨てた。

「だが、軍事力を使って無理矢理クリミアを独立させて、ロシア連邦に引き入れるのはまずいだろう。第二次世界大戦前の植民地戦争を合法化するようなものだ」

ワットは渋い表情で否定した。

「プーチンも国を維持するには、強いロシアをアピールする必要があった。だが、クリミアや東ウクライナを安定させるために膨大な資金を投入しつづけなければならない。クリミアは軍事要塞《ようさい》として必要だが、それは戦争をしてはじめて利になるだけだ」

浩志は眠そうに言った。

「なるほど、これからは自分の首を絞め続ける足かせをロシアがぶんどったことになるな。プーチンは利口だが、その頭の良さが仇《あだ》になったか」

ワットは大きく頷いた。

「俺は寝る。競技会の話になったら起こしてくれ」

浩志は、腕組みをすると目を閉じた。

二

〝SO8〟コンファレンスは、さながらロシアのウクライナ政策に対抗するための軍事情報交換会のようなものであった。もっともパネルディスカッションで情報を提供したのは、米国と英国だけで、他の国々は聞き役に終始している。

米国は未《いま》だに世界の警察を気取っているがブッシュの相次《あいつ》ぐ失政で権威を失い、経済重視のオバマ政権に至っては軍事費を抑え、イラクから撤退するなど軍事的プレゼンスを弱めることで世界への影響力を一気に失墜《しっつい》させた。かつての超大国は世界中から腰抜けと見られているのだ。

そのため米軍の特殊部隊幹部が映像や解説でロシアの陰謀を提示すればするほど米国の無力感が露呈し、会場には白けた空気が漂《ただよ》うというありさまだった。

午後四時、それでも米国の顔を立てたらしく、参加国からは盛大な拍手のもとにコンファレンスは終了した。

「やっと終わったか」

浩志は欠伸をしながら、背筋を伸ばした。折り畳み椅子に二時間も座っているのは、苦痛の一言である。

「無駄な時間を過ごしたな」

ワットも肩の筋肉を揉《も》み解《ほぐ》しながら席を立った。

夜間に行われる競技会の説明は、十分の休憩《きゅうけい》を挟んではじまると、コンファレンスの終了間際に司会のジャンセンから説明があったのだ。競技会が夜になっているのは、一般の入場者やマスコミを完全にシャットアウトするためである。警備の兵士が会場の右側にある二つのドアを開けた。部屋の外にあるトイレに行くため席についていた男たちが次々と会場から出て行く。

「おっ、来たか」

出入口を見ていたワットが、手を上げて振った。

トイレに行く男たちに逆《さか》らって、辰也と宮坂、黒川、一色、それに加藤が現れたのだ。

加藤はホテルに荷物を置いたら辰也らと合流する予定になっていた。

「驚きましたね。基地の地下にこんな施設があるなんて想像していませんでしたよ。それより、何の集まりですか？　やたら頑丈そうな奴らが一杯いますが」

辰也は室内に残っている男たちを見て尋ねてきた。

「世界七カ国の特殊部隊のコンファレンスだそうだ。昨日から競技会をしている部隊と違ってこっちが本物のようだ。俺たちは日本代表らしい」

浩志はかいつまんで説明した。

「米国なら、デルタフォースか〝デブグル〟。英国は特殊空挺部隊のSAS、イタリアは特殊介入部隊のGIS、オーストラリアだとしたら特殊空挺連隊のSASR、カナダは第2統合任務部隊のJTF2、ドイツはコマンド特殊部隊のKSK、フランスなら当然外人部隊の特殊作戦軍団であるCOS、それとも独立特殊グループのGSAかな」

辰也は浩志から参加国名を教えられると、各国の特殊部隊の名前を左手の指を折って数えた。

「そんなところだ。部隊名までは公表されていない。おそらくこれからも教えられることはないはずだ。だが、馬鹿野郎が俺たちのチーム名を紹介した。傭兵だと馬鹿にしているんだろうな」

ジャンセンを馬鹿呼ばわりしたワットは、苦々しい表情をした。

「そうなんですか。だけど、我々は世界のトップレベルの特殊部隊と同列として招待されたんでしょう。すげえなあ」

辰也はワットの態度を気にすることもなく誇らしげに頷いた。

「私はここにいていいんでしょうか？」

一色は困惑した表情で辺りを見ている。

「もちろんだ。それに競技会にも一緒に出てもらう」

浩志は一色のずば抜けた能力を知っているだけに迷わずに答えた。

「光栄ですが、足を引っ張るようなことになっても」

苦笑を浮かべた一色は歯切れが悪い。

「自信があるくせに、わざとらしいことを言うなよ」

傍らに立っていた辰也が、一色の肩を叩いて笑った。

「そんなことはないが……」

一色は首を横に振った。

「俺はおまえを仲間だと思っている。他のグループも七人ずつだ。傭兵と見られるのが嫌でなかったら手を貸してくれ」

浩志は一色が何を戸惑っているのか知っていた。二年ほど前に陸自を辞めて〝リベンジャーズ〟に入りたがっていた彼を、留まるべきだと断っている。そのため、浩志が部外者として扱っていると思っているのだ。

「本当ですか。がんばります」

一色は満面の笑みを浮かべた。

休憩の十分間が経過し、開放されていた会場のドアが閉まった。

「はじまるようだ」

浩志は首をぐるりと回して座った。

三

午後九時、ヨルダン空軍基地訓練場に八カ国の特殊部隊は集結した。競技には公正を期すためにヨルダン軍は参加していないが、迷彩服を来た兵士が訓練場の周囲を警備している。空軍基地は市街地から近いこともあり、一般人を警戒してのことだろう。

どこのチームもバラクラバを被り黒い戦闘服を着ている。ヨルダン軍の特殊部隊が使用している戦闘服を着ているのだ。

他にも米軍が採用している外殻《がいかく》がアラミド繊維《せんい》でできた〝ACH（アドバンスドコンバットヘルメット）〟とゴーグル、それに〝IBA（インターセプターボディアーマー）〟を着用することが義務づけられている。競技会とはいえ実弾を使用するために誰も文句も言わずに装着しているようだが、普段は身軽な装備で作戦行動するリベンジャーズには評判が悪い。

各自にヨルダン軍の制式自動拳銃である〝バイパーJAWS〟とアサルトライフルの〝H&K G36〟が渡されている。

〝バイパーJAWS〟は、9ミリパラベラム弾を使用する比較的新しい銃だが、ポリマーフレームではなく全金属製の拳銃だ。また、〝H&K G36〟はドイツのヘッケラー&コッホ社が製造したもので、ドイツ軍をはじめ数カ国の軍隊で採用されているが、銃身等に問題点がある曰《いわ》く付きの銃で二〇一四年に廃版となっている。現在は改良版であるG36A2などが生産されているが、ヨルダン軍では置き換えされていない。

この銃を参加国で採用しているのは、ドイツだけであり、〝バイパーJAWS〟はヨルダン軍のオリジナルのため、一時間前に射撃場が開放され参加者は全員が試射している。

最初の競技種目は一チームごとに降下塔からラペリングし、テロリストが潜《ひそ》んでいる民家という想定で近くの建物に潜入して、敵を殲滅《せんめつ》するというものだ。時間と射撃の正確さがそれぞれ得点になる。

競技は全部で三ラウンドまである。事前に準備ができないように、内容は直前まで教えられていない。

出場する順番はくじで決められており、〝リベンジャーズ〟は四番手になっていた。各チームは百メートル間隔《かんかく》で降下塔を取り囲むように待機している。同じ服装なのはチームを特定できないようにという配慮もあるようだ。

ライトが点灯し、暗闇から滲《にじ》み出るように降下塔が浮かび上がった。夜間訓練用のものだろう。決して明るくはないが、階段や手すりの要所に付けられているようだ。日中は三十六度まで気温はあがったが、日が暮れた途端気温は下がり、現在は十七度まで下がっていた。多少肌寒く感じるが、昼間行われるよりは体を動かすには適している。

「はじまったぞ」

ワットが二百メートル先の暗闇を指差した。作戦モードに入っているために英語で話している。ワットはまだ日本語がたまに理解できない場面もあるために、作戦中の〝リベンジャーズ〟は英語が共通語なのだ。

七つの影が高速で移動し、降下塔に上った。待つこともなく黒ずくめの男たちが、華麗に暗闇を降下してくる。各チームは自分の順番を知っているだけで、現在競技をしているのがどこの国の特殊部隊なのかは分からない。

　地上にすべての兵士が降り立つと、五十メートルほど離れた場所にある訓練用建物に突入し、銃声が鳴り響いた。同士討ちを防ぐために内部は照明が施《ほどこ》されているらしいが、建物は壁で囲まれているため、離れた場所からは突入の様子が分からない。

銃声が止んだ途端、建物の横にある電光掲示板に三分十八秒と表示された。銃撃終了を確認して出入口付近にあるボタンを押すとストップウォッチが止まり、電光掲示板が点灯する仕組みらしい。また競技場の各所には監視カメラが設置されており、競技本部からはすべて行動が記録されているようだ。

　表示されたタイムは、全員が降下塔に入った瞬間から、次の建物に潜入した後にターゲットをすべて銃撃し終えた時間が計測されている。ただし、ターゲットの命中率が加算されるため、時間だけではどこのチームが一番かは分からない。

「三分十八秒か、大したことはないな」

　ワットが鼻からふんと息を吐き出した。

「夜間の行動ですから、この記録を破るのは大変ですよ」

　黒川が声を上げげた。

「肩の力を抜け。リラックスが大切だ」

ワットは黒川に近寄り、肩を軽く揉んだ。

「緊張はしていませんから」

肩を竦めた黒川は、ワットの手を払った。

「遠慮するな、マッサージしてやる」

「勘弁してください」

くすぐったいらしく、黒川はワットから逃げ出し、仲間の失笑が漏れた。

いつもながらのワットのリラックス術である。緊張するような場面で彼の冗談には助けられる。

はじめのチームが建物から出て来ると、入れ違いにヨルダン軍の迷彩服の兵士が機材を持って建物に入って行った。銃撃された的を交換するのだ。取り替えられた的は後で採点される。単に当たっているだけでなく、的の中心からの距離も測られるそうだ。レベルが高い争いになるために、ミリ単位で計測するに違いない。また、〝バイパーJAWS〟のマガジンには二発、〝H&K G36〟には三発の弾丸しか支給されていない。的の数によっては、拳銃も使用することになるが、外せば装弾数が少ないだけに致命的である。

準備が終わり、二チーム目が動き出した。各チームは銃だけでなく、無線機も支給されており、大会を運営するヨルダン軍から無線の指示を受けて行動している。

「早そうだな」

辰也が唸った。

降下塔から下りた男たちは、瞬《また》く間に建物に潜入し、銃撃を開始した。タイムは三分四秒と最初のチームよりも十四秒も早かった。

「早ければいいとは限らないぞ」

浩志は建物から出て来る男たちを見て、首を振った。陸上競技のように電光掲示板を使うのは、競争心を煽《あお》るためで時間を気にするあまり、銃撃がおろそかになればマイナス点がついてしまうからだ。

的の取り替え作業が終わり、三チーム目が競技をはじめた。さすがに世界のトップクラスの特殊部隊である。どのチームも見劣りしない。タイムは三分十六秒だった。

――リベンジャーズ、応答してください。こちら大会本部。

前のチームが終了して十分後に大会本部からの無線が入った。

「こちらリベンジャーズ、どうぞ」

浩志が無線に答えた。

――準備ができました。スタートしてください。

「了解」

浩志は右手を前に突き出すと、加藤の肩を叩いてランニング程度のスピードで走りはじめた。時間は降下塔に入ってからカウントされるために急ぐ必要はないのだ。軽く走ることで筋肉をほぐす必要があった。気温が低くなったため、待機している間に体の筋肉がかなり硬くなっている。

先頭は加藤にしている。彼は追跡と潜入のプロで〝トレーサーマン〟とあだ名されるだけあって、敏捷《びんしょう》性に優《すぐ》れ、動物的な勘で危険を察知することができるからだ。

高さがビルの十階に相当する降下塔の入口からいきなり急な階段になっていた。ひたすら階段を駆け上がる。息を乱す者はいないが、さすがに最後の階段で浩志は歯を食いしばった。こんな時、年だということを思い知らされる。

降下口にラペリングロープは、三本垂《た》らされていた。浩志は呼吸を整えながら仲間を先に下ろしてしんがりになった。潜入時の最後尾はワットだったが、気を利かせて先頭になっている。

浩志が降下すると、待機していたワットが加藤を先頭に駆け出した。五十メートルを全力疾走《しっそう》し、一・八メートルほどの高さがある壁を乗り越えて、訓練用建物の出入口両脇に分かれて構えた。競技の規則で必ず全員が揃《そろ》ってから行動することになっており、最後尾の兵士が来る前にドアを開けた段階で失格になる。

ワットが銃を構えながらドアノブを摑んだ。

「……」

最初に突入する加藤が首を捻った。

浩志も胸騒ぎがしていた。もし、これが戦場なら、敵兵を警戒するはずだ。

「ドアを開けたら一度閉めてから突入だ」

浩志は加藤のすぐ背後に立ち、ワットに指示をした。競技会だけにまさかとは思うが、ブービートラップを警戒してのことだ。

「分かった」

ワットは頷くと、ドアを開けてすぐに閉めた。

内部で何かが連続して破裂する音がした。

「行くぞ！」

音が止んだことを確認したワットが、ドアを開けた。

加藤が低い姿勢で飛び込んだ。浩志も続き、仲間も突入する。

男たちのH&K　G36が火を噴《ふ》いた。

5・56ミリ弾が炸裂《さくれつ》し、凄《すさ》まじい銃撃音が響く。

「撃ち方、止め！」

拳を振り上げて浩志が叫ぶと、すかさずワットが出入口の脇にある作戦完了を知らせる赤いボタンを押した。

屋内には拳銃やライフル銃を持った十個のテロリストのターゲットが置かれている。だが、当然のことながらテロリストに混じって、人質のターゲットも混じっていた。人質に当てれば減点になるのだ。

ターゲットには頭と心臓に的があったが、頭の的の中心に5・56ミリ弾が二発ずつ撃ち込まれている。拳銃を使用する者は誰もいなかった。本来ならテロリストを確実に殺害するために数発ずつ当てるところだが、充分な弾丸が支給されていないのでそれはできない。

「やばかったな」

ワットは出入口近くに落ちている無数の小さな樹脂製の筒を足で示して苦笑いをした。

「ペイント弾か」

浩志は眉をひそめた。

出入口と反対側の壁際にサプレッサーを装備した二丁のH&K G36が設置してある。ドアを開けた瞬間、出入口に向かって銃撃するように仕組んであるブービートラップだ。演習で使われるペイント弾は、通常は目立つように蛍光塗料が樹脂製の弾頭に仕込まれているが、ドアや入口近くの壁は濡れているだけだ。おそらくブラックライトで発光するインクが使われているのだろう。

建物の外に出て電光掲示板を見ると、三分二十三秒になっていた。出入口での確認作業で手間取った分だけ、タイムが伸びなかったらしい。

「こんなものかな」

ワットが首の後ろを叩いて笑った。

「死ななかった。それだけだ」

ヘルメットを外した浩志は、表情も変えずに言った。

四

第一ラウンドの人質救出競技を終えたすべてのチームは、大会本部になっている訓練場脇のバンカーに集められた。一人一人ブラックライトを当てられてブービートラップのペイント弾で撃たれていないか調べるのだ。

無傷だったのは、リベンジャーズの他には米国と英国だけであり、多くのチームはブラックライトに反応した兵士が二、三人ずついた。つまり負傷者を出したことになる。また、各自の銃が回収される際に、マガジンや銃身に残っている弾丸の数も調べられた。残弾があれば加点されるようだ。

バンカーは、飛行機の格納庫のため、幅は五十メートル、奥行きは六十メートルほどある。出入口であるシャッターの近くにテーブルが置かれ、ホットコーヒーやソフトドリンクが用意されていた。競技の内容は軍事訓練と同じだが、まるでスポーツイベントのように休憩所に飲み物が提供されていることに違和感を覚える。

出場したほとんどの兵士はバラクラバを取って提供された飲み物で喉を潤している。ドリンクコーナーは、兵士の交流を勧める主催者の計らいだろう。

今回のリベンジャーズのメンバーは、ワットを除いて全員が日本人のため、他のチームから浮いた存在になっていた。積極的に交流をする者もいるが、今のところリベンジャーズに近寄って来るチームはいない。

少し離れたグループから二人の男が近付いて来た。身長は二人とも一八三、四センチ、参加チームの兵士はみな体格がいいため、とりわけ背が高いというわけでもない。二人とも無精髭を伸ばしている。一人は三十前後、もう一人は二十代後半か。

「ミスター・藤堂、ご無沙汰《ぶさた》しています。ホーガン・キャンベルです。声をかけていいものか迷っていました」

年上の男が浩志の前に立ち、右手を差し出した。

「ホーガンか、ずいぶんとむさ苦しくなったな。とすると、こっちはカールトン・クラウチだな」

笑顔を浮かべた浩志は、二人の男と握手を交わした。

昨年の四月に浩志は一ヶ月という短期間だが、ＳＡＳの格闘技教官として勤務していた。ＳＡＳでは近接戦闘であるＣＱＢ《クロース・クオーター・バトル》の訓練における格闘技で、実戦格闘技を有する者を臨時の講師として迎える枠があり、浩志は以前も働いた経験があることから招待された。

傭兵として豊富な戦地の経験とあらゆる格闘技に通じる浩志が担当する兵士は、すでに部隊で厳しい訓練を積み、特殊任務で実戦に投入される猛者ばかりであった。ホーガンとカールトンはその時の生徒である。二人とも訓練の時は、スキンヘッドで髭も剃《そ》っていたためにまったく別人に見えた。浩志らと同じく人目に触れることを予測して風貌を変えて来たのだろう。

「よろしければ、リベンジャーズの皆さんも紹介していただけませんか」

ホーガンは、傍らのワットや辰也らを見て言った。

「いいのか、俺たちに挨拶をしても？」

浩志はちらりと彼らのチーム仲間らしい男たちを見た。

「実は、リーダーから紹介してもらえないかと言われて来たんです」

彼らは中隊の中でも選抜されたチーム、つまり特殊作戦ユニットにいるのだろう。

「所属を明らかにしても平気なのか？」

浩志は首を捻った。

「中隊およびユニット名までは明かせませんが、我々が所属するＳＡＳの第二十二連隊はデルタフォースやデブグルと違って正規軍ですから」

ホーガンはにやりと笑ってみせた。SASには二つの連隊があり、現役の第二十二連隊と予備役の国防義勇軍がある。

「なっ！」

コーヒーを飲みながら聞いていたワットが、ホーガンの皮肉に吹き出した。

米軍最強と言われるデルタフォースとデブグルは、米国政府はトップシークレットだとして正式に認めていない。米国は世界中で秘密作戦を遂行するため、実行部隊の存在を隠したいのだ。

「いいだろう」

浩志は大きく頷いた。

相手が快く受け入れてくれるのなら、積極的に働きかけてもいいと思っている。浩志は仲間にも他国の軍隊とのパイプができればと思っていた。

傭兵は正規軍と違って、訓練は自分で行わなければならない。体を鍛えるのならどこでもできるが、武器を使った訓練となるとそうはいかない。そのため浩志は、オファーがない時は、海外の軍隊で教官を務める傍ら自らの訓練も行ってきた。

浩志のように教官を務めて訓練を行っているのは、いまのところワットだけである。他の仲間は日本の傭兵代理店が所有する射撃場での訓練を欠かさないが、さらにスキルを磨《みが》くために自費で海外の傭兵学校や軍事訓練所に行っているのが現状だ。中には、寺脇京《てらわききよう》介《すけ》のように訓練しながら報酬《ほうしゅう》が貰《もら》えると、フィリピンの傭兵部隊に就いて危険な任務をこなす者さえいる。

リベンジャーズが結成されてから七年近く経つが、一番の悩みは日々の訓練不足であった。個々に職業を持つということもあるが、毎日厳しい訓練に明け暮れる軍隊の特殊部隊と同じように軍事的勘を養《やしな》い維持するのは難しいのだ。

ホーガンが振り返って右の拳を握って軽く振った。すると、彼の仲間はさりげなくリベンジャーズの傍までやって来た。他国のチームはちらちらとその様子を窺っている。浩志らと接触する彼らが気になるのだろう。大会では国名だけ告《つ》げられているが、すでにどこの特殊部隊か誰もが気が付いているはずだ。彼らはSASが傭兵と接触していると興味津々の目で見ているに違いない。

「チームリーダーのダレン・リネッカーです」

顎髭をはやした三十代半ばの男が、浩志に握手を求めて来た。

「浩志・藤堂だ」

浩志はダレンの手を握った。

「お会いできて光栄です。機会があれば、あなただけでなくリベンジャーズを我が中隊に招いて合同演習をしたいと思っていたところです」

ダレンは力強く握り返してきた。

「オファーがあれば……」

浩志の声は、周囲の男たちのどよめきでかき消された。

ハンガーの出入口近くの壁に各国の得点と順位が掲示されたのだ。

ペイント弾が命中した場合のマイナス点は大きいらしく、リベンジャーズは八組中七番目のタイムだったが、現時点では百六点の三番手に付けている。一位は米国で、二位は英国であるが、トップと三位の差は、五点、二位とは三点の僅差《きんさ》となっているが、三位と四位の差は二十九点もあった。競技会ということでどのチームもブービートラップなど予想していなかったのだろうが、特殊部隊のエリートがそれでは許されない。

現実的には、負傷者がでればチームの足を引っ張ることになる。採点はかなり実戦に即した基準で決められているようだ。

「三位か、本気を出せばよかったな」

ワットが渋い表情でわざとらしく首を振った。

掲示板を見ていたダレンの頬がぴくりと動いた。

「たかだか競技だ」

浩志は表情もなく言った。ペイント弾で撃たれたところで死ぬ者はいない。所詮競技に勝ち負けがついたところで、嬉《うれ》しくも悔しくもないのだ。

「ミスター・藤堂、競技が終わったら、皆さんにヘリフォードのパブで奢《おご》りますよ。詳しい話はいずれ」

ぎこちない笑顔を浮かべたダレンは、部下を引き連れて元の場所に戻った。

「余裕かましていたが、いきなり俺たちが僅差と分かって驚いたのだろう」

ワットは片目を閉じて苦笑した。

「まあな」

ダレンの背中を見送った浩志は、にやりとした。

離れた場所からダレンが、頷いてみせた。彼はさりげなく浩志らを基地に招いたのだ。

ＳＡＳの本拠地はイングランド西部ウェールズのヘリフォード市にあるクレデンヒル基地にある。慌てて帰ったのは、僅差で二位と三位のチームが一緒にいるところを他のチームに見咎《みとが》められるのを防ぐためなのだろう。侮《あなど》れないチームである。

五

米国ジョージア州のフォートベニングにある陸軍のスナイパースクールで、国際狙撃競技会（インターナショナル・スナイパー・コンペティション）が毎年開催される。

米陸軍はもとより、海兵隊、州兵、国防総省、司法省、警察などの狙撃手、海外からはカナダ、英国、ドイツ、アイルランドなどの軍隊からも参加がある。だが、毎年優勝するのは、きまって米陸軍特殊部隊のグリーンベレーである。

スナイパーというのは、単に狙撃がうまいだけでは勤まらない。狙撃時のあらゆる条件を計算した上で狙撃ポイントを選び出し、的確にターゲットを検出する能力と同時に標的を長時間待つ忍耐力も求められる。

〃SO8〃の第二ラウンドは、狙撃競技になった。一チームから二人一組の三チームが参加して競い合う。大会一日目の競技は、この第二ラウンドで終了し、第三ラウンドは翌日に行われる予定だ。

第二ラウンドは米国で年次開催される国際大会と同じように、バディで訓練基地内の荒野に設営された狙撃ポイントまで走り、ターゲットを狙撃するというものらしい。

六人が一チームより出場し、一人だけ競技を外れるため、どのチームもリーダーが留守《るす》番《ばん》役になった。

もっとも司令塔であるリーダーがバンカーに残る理由は他にもある。サイト（射撃場）は訓練基地内の南北に三キロ、東西に二キロの敷地内にAからDの四カ所設けてある。大会本部からランダムに射撃場の使用許可が出される。リーダーが自分のどのチームを向かわせるかを決めて、命令を出すというのだ。つまり、狙撃と戦略を併《あわ》せた競技ということになる。

ルールとして、サイトに最初に到着したチームから順に一つのブースのターゲットを狙撃することができる。またすべてのターゲットが狙撃された段階でサイトは封鎖されてしまう。一カ国三チームのターゲットを狙撃した合計点で争うのだが、一チーム一つのサイトのターゲットしか狙うことはできないため、狙撃を完了した競技者は、速《すみ》やかに大会本部であるバンカーに戻って来ることになっている。

また、サイトには先着六チームだけの入場となっている。八カ国のチームがあるため、二カ国のチームは狙撃することもできずにバンカーに戻らなければならない。また、あらかじめ使われていないサイトの前で待ってはいけないというルールもあった。

参加する兵士には光学式のダットサイト（照準）とバイポッド（二脚）が取り付けられたH&K　G36が支給されている。

「夜間の狙撃で光学式とはな。役に立つのか本当に」

辰也がダットサイトを見て首を振ってみせた。

「条件は同じ、当たらない確率も同じということだ」

ワットは余裕で笑っている。

組み合わせは、ワットと辰也、宮坂と加藤、黒川と一色である。一色に残らせる選択肢《せんたくし》もあったが、何事も経験が必要だと浩志は譲った。彼は特戦群の指揮官として訓練に明け暮れているが、海外で演習訓練に乏しい。自衛官はおしなべて他国での経験は少ないのだ。

点数の掲示板の横にサイトの位置が記された基地の地形図が張り出されている。一番近いDのサイトまで五百メートル、遠い場所にあるAサイトは二キロ以上の距離があった。

――スタート地点に集合してください。最初のエリアはBです。

場内にアナウンスが流れた。

「黒川、一色。頼んだぞ」

浩志は二人を指名した。

Bの射撃場までは約一・八キロ、まずは堅実に体力も技術もある二人を選んだ。

「5、4、3、2、1、GO!」

アナウンスに従って八チーム、スリングに腕を通して銃を背負っている十六人の男たちが一斉に全力で走りはじめた。外は闇に包まれているため、頭にヘッドライトを着けているが足下を満足に照らすほどではない。二百メートルほど先で、イタリアの兵士とフランスの兵士が接触して転倒した。イタリアの兵士がつまずいた所にフランスの兵士がぶつかったようだ。

「いきなり転んだぞ。これで先着六位までは安泰《あんたい》だな」

ワットがにやりと笑った。チームごとに行動しなければならないため、相方を置いて先に行くことはできない。

「分からないぞ。まだ、一・六キロはある。他にも転倒者が出るはずだ」

浩志は厳しい表情で言った。基地内に外灯があるわけではない。アクシデントが起きる確率は高いのだ。

——こちら、コマンド1、リベンジャー応答願います。

五分後に黒川から無線連絡が入った。

「リベンジャーだ」

——残念ながら二着でした。ターゲットは動く標的です。

黒川は一番じゃなかったのが、不満らしい。

「上出来だ。健闘を祈る」

浩志は苦笑いをした。

——スタート地点に集合してください。次のエリアはCです。

場内アナウンスが再び流れた。競技は併行して行われるようだ。Cのサイトまでの距離はおよそ一・二キロである。

「Cなら、俺たちだな」

ワットは辰也の肩を叩いた。二キロ離れた場所にあるAは宮坂、加藤組が行くことになっている。二人とも足が速いためだ。ワットのチームはCを棄権《きけん》してDを待つ手もあるが、早めに三つ終わらせるつもりである。

カウントダウンが終わり、八チーム十六人の男たちが団子状態で駆け出した。スタート直後、バンカーの近くで米国と英国の兵士が激突し、英国兵が吹き飛ばされた。米国の兵士は転んだがすぐ立ち上がって駆け出した。

英国兵は頭を振りながらも立ち上がった。顎を切ったようだ。かなり出血している。同伴者が負傷した仲間に肩を貸してバンカーに戻って来た。今回は見送ったようだ。無理しても先着から漏れる可能性もある。怪我の処置をして最後のエリアに出ればいいと判断したようだ。

「なんとなく、故意に妨害《ぼうがい》したように感じたのは、俺だけでしょうか」

宮坂が渋い表情で首を捻った。中盤を走っていた米兵が前方の英国兵にわざとぶつかったようにしか見えなかった。

「今のは妨害だ。失格にしろ！」

英国の特殊部隊のリーダーが大会本部の役員を務めているヨルダンの将校に食って掛かっている。だが、役員は首を振るだけで聞き入れようとはしない。マナー違反であったとしても、他のチームを妨害してはいけないというルールはないのだ。スポーツではなく軍事競技会である限り、戦争と同じということなのだろう。

——ピッカリだ。リベンジャー応答せよ。

ワットからの無線連絡が入った。

「こちらリベンジャー、どうした？」

——サイトに入れなかった。くそったれ！　米兵に足を蹴られて転倒したんだ。

ワットのがなり声が耳に響いた。

「落ち着け。怪我はなかったか？」

——大丈夫だ。しかし、本当に腹が立つ。

数分後、鬼のような形相《ぎょうそう》をしたワットが帰って来ると、いきなり米軍チームのリーダーの胸ぐらを掴んだ。男は身長一八八センチほど、ワットより十センチほど高いが、ワットの方が胸回りや腕の太さは圧倒的に上回っている。

「貴様の部下にわざと転ばされた。お前が命令したのか！」

「人聞きの悪いことを言うな！　転んだのはお前が間抜けだからだ」

男の部下が両脇からワットにしがみついたが、ワットに突き飛ばされた。

「止めろ！　ワット」

慌ててすぐ後ろを歩いていた辰也がワットの背後から抱きついて制した。

「何をしているんだ！」

本部席にいたジャンセンが飛び出して来た。

「貴様の部下が妨害してきたんだぞ。米軍チームを失格にしろ」

今度はジャンセンにワットは食って掛かった。

他国のチームが成り行きを見守り遠巻きに囲んだ。

「自分が転んだのを人のせいにするのか」

ジャンセンは鼻白んだ顔で首を傾げてみせた。

「俺も見ていたんだぞ。おまえの部下がわざとワットの足を蹴ったんだ」

辰也がワットの体から離れた。

「所詮傭兵だな。嘘つきが」

ジャンセンは首を振って大袈裟に肩を竦めた。

「シット！」

ワットが右拳を上げた。

人の輪に割って入った浩志は、ワットの拳を右手で摑んだ。

「ここは米軍の戦場と同じだ。卑怯者《ひきょうもの》が生き抜くらしい」

「何だと！」

ジャンセンが睨みつけて来た。

「石油欲しさに、中東を戦場にした米軍に正義などない」

浩志は表情もなく言うと、ワットの肩を叩いた。

「正義なんて、これっぽちもな」

ワットがにやりと笑うと、英国チームから拍手が湧《わ》き起こった。

六

宮坂と加藤は、最終組としてAサイトに向かっていた。

ワットと辰也組は、先にDサイトが解禁になったため続けて出場し、三番手でサイトに入場できた。彼の猛烈な抗議で今回は米軍の妨害行動はなかったらしい。

最初の組の黒川と一色の話では、やはり米軍チームに走路を妨害されたために二番になった。同じ組で転倒したイタリア軍チームの話だと、何者かに押されたためにつまずいたようだ。近くにいたのは、米兵だったことから米軍チームは組織的に妨害工作をしていた可能性もある。そのため、ワットの抗議に関係なく他国の兵士も米軍を警戒しているせいで、さすがに露骨な真似《まね》はできなくなったのかもしれない。

宮坂らが向かっているAサイトは大会本部になっているバンカーから、北北東に二・二キロの位置にある。途中で地面を掘削して作った別のサイトや強襲訓練用の建物があるため、直線で走ることはできない。

前を行く加藤の背中を宮坂は必死に追いかけていた。加藤は夜行動物のように暗闇を疾走している。しかも目的地まで最短で足場が悪い場所を避けて走っていた。そのため、宮坂はトレーサーマンである加藤のあとをトレースするだけで楽ができる。

サイトまでの案内板などなく、出場者は渡された地形図を元にコンパスを使わなければならない。だが、加藤はバンカーで地形図を頭に叩き込み、コンパスも使用せずに走っていた。もはや人間業《わざ》ではない。他のチームに圧倒的な差をつけている。

百メートル前方の明かりの下に、警備のヨルダン兵がフェンスの前に数人立っていた。Aサイトに到着したのだ。

宮坂と加藤は、サイトの入口にある受付の兵士から〝ナンバー1〟と書かれたプラスチック製のプレートとスポッティングスコープを受け取った。

スポッティングスコープは市販のフィールドスコープと構造上は変わらないが、スコープの鏡内に目盛りが付いているので、距離を計算し測定できる。

二人は立ち止まらずにサイトの奥へと走った。入口近くではあとから来た兵士に邪魔をされる可能性があるからだ。

二人が位置に就くと、ターゲットの照明が点《つ》けられた。

「ほお」

宮坂は口笛を吹いた。

「なっ！」

加藤は両眼を見開いた。

ターゲットまでの距離が異常に長いのだ。サイトごとにターゲットは異なっていた。

　黒川たちが攻略したBサイトの距離は百五十メートルだったが、標的が左右に動いていた。ワットらが入場できなかったCサイトは、五百メートルのロングスパンだったらしい。Dサイトは、市街地を想定されたもので、建物の中にターゲットがあり、狙撃者は二百メートル離れたビルをイメージした建て込みの中から狙撃するというものだった。

　四つのサイトの中でも一番難易度が高いターゲットが最後に残されていたのは、続けて三つのサイトをクリアできなかった罰則なのかもしれない。

「距離は七百九十メートルだ」

　スポッティングスコープを使って距離を計測した宮坂は、てらいもなく言った。

「厳しいなあ」

　険しい表情で加藤は、銃のバイポッドを広げた。

　H&K　G36の有効射程距離は、スコープを付けた段階で八百メートルである。宮坂が言うように七百九十メートルなら、ほぼ射程距離の限界に近い。狙撃銃でもないG36の5・56ミリ弾を射程限界に正確に飛ばすのは至難の業と言えた。

　サイトは南北に長く狙撃する場所は北側にあり、ターゲットは南側にある。射程距離が長いために気象条件の影響をもろに受けてしまうが、気温十六度、湿度三十パーセント、南西の風三メートル、多少風は気になるがその他の条件はむしろいい。

　宮坂は銃を地面にセットし、腹這《はらば》いになってスコープを覗いた。ターゲットを照らすライトの光量は充分とは言えないが、なんとかスコープでターゲットを捉《とら》えられる。第一ラウンドで支給されたG36とは違う銃にスコープとバイポッドが取り付けられているため、第二ラウンドで使う銃を撃つのは参加者全員がはじめてだ。個々の銃には癖《くせ》がある。これればかりは試射してスコープを調整していくほかない。

宮坂はトリガーを引いた。ターゲットの中心部から七センチ左にずれた。すぐにスコープを調整し、今度は中心部から斜め左下に二センチ外れる。得点は中心部から一番近い五発の弾痕で計測されるルールだ。マガジンには三十発入っているので、慌てて撃つ必要はない。

調整した宮坂は、二発連続で撃った。二発とも中心部から右に一センチずれた。

「よし」

頷いた宮坂は再度微調整して二発ずつ撃つ。計十発撃ったところで、ターゲットの中心部にある黒い円が射貫かれてなくなった。多少のぶれはもちろんあるが十発の弾丸が、ほぼ真ん中を貫通したのだ。

「加藤、俺が観測手になる」

射撃を終わった宮坂は、スコープの調整に手こずっている加藤のやや後ろで腹這いになった。同じ位置に並ぶと、銃声で耳をやられてしまうからだ。

「助かります」

加藤はスコープを覗きながら答えると、トリガーを引いた。

「左に四十センチずれているぞ」

スポッティングスコープを覗きながら宮坂は笑った。

「道理でスコープから外れるはずですね」

苦笑を漏らした加藤はスコープを調整した。スコープは取り付けただけでは照準として役には立たないのだ。ターゲットまで八百メートル近く離れているため、少しの狂いで一メートル外れたとしてもおかしくはない。

「まだ左に二十センチ、それから下に十センチずれている」

「はい」

加藤は素直に返事をした。

「今度は右に七センチ、上に五センチずれた。慌てなくてもいい。落ち着いて調整するんだ」

宮坂はゆっくりと低い声で言った。

「分かりました」

加藤はスコープから目を離して深呼吸すると、再びスコープを覗きトリガーを引いた。

「いいぞ、左に二センチだ。あとはお前次第だ」

「はい」

加藤は二発ずつ間隔を空けて全弾発砲した。

中心部に二発あたり、左右に一センチほどずれた弾丸は、三発ある。

「上出来だ。帰るぞ」

宮坂は立ち上がると、傍らに置いてあった自分のG36を担《かつ》いだ。

サイトから出た二人は歩かずに流す程度で走りはじめた。

「うん?」

一キロほど走ったところで加藤が立ち止まった。

「どうした?」

宮坂も走るのを止めると、右手でヘッドライトを取り外して前方の地面を照らす。

ライトの光が、数メートル先に倒れている二人のヨルダン兵を捉えた。

「大丈夫か」

宮坂が手前の男を揺り動かすと、加藤がもう一人の兵士の肩を揺すった。

二人とも呻《うめ》き声を上げながらも目を開ける。気を失っていたらしい。

「何があったんだ?」

宮坂はアラビア語で尋ねた。

「……分かりません。……Bサイトから警備本部に戻る途中だったんですが」

男はかなり混乱しているようだ。記憶もないらしい。ヘルメットではなくベレー帽を被っているため、背後から殴られて気を失ったのだろう。

「無線で救援を呼ばなくて大丈夫か?」

立ち上がろうとする二人に、宮坂と加藤は手を貸した。

「……自分で報告しますので、……お構いなく」

男たちはよろけながらも本部に向かって歩き出した。

「……」

無言で二人の兵士を見送った宮坂と加藤は、浩志に無線で報告するとともに周囲を警戒した。

「分かった。すぐに戻って来い」

宮坂から無線連絡を貰った浩志は厳しい表情になった。

「どうした?」

競技を終えたワットがコーヒーを飲みながら尋ねた。

「きな臭くなってきた」

浩志は口元をわずかに上げて笑った。

エマージェンシー

一

〝ＳＯ８〟競技会の第二ラウンドが終了したのは、午前一時だった。

現時点で米国が二百三十二点を出してトップに立ち、リベンジャーズは二百十九点の二位に浮上した。順位を落としたものの英国ＳＡＳが二百十四点の三位と僅差で迫っている。四位から八位まではどんぐりの背比べであるが、三位と四位は第一ラウンドの差を縮めることができずに二十六点の差があった。実力が拮抗《きっこう》しているだけに少しのミスが致命傷となるのだ。

リベンジャーズは日頃の銃撃訓練不足にもかかわらず安定していたが、ＳＡＳは負傷した兵士が交代するなど混乱したために成績が伸びなかったらしい。どこのチームも最終のＡサイトの狙撃成績が振るわなかったせいで、比較的楽なサイトだけで終えた米国が抜きん出る形になったようだ。リベンジャーズもAサイトで驚異的な命中率を叩き出した宮坂の存在がなければ、三位以下に転落していた可能性は充分あった。

五時間ほど睡眠した浩志らは、〝グランドハイアット〟の〝クラブ・オリンパス〟でいつものように汗を流していた。

「第一ラウンドは、人質奪回の強襲。第二ラウンドは、様々なシチュエーションでの狙撃。どれも特殊部隊の作戦では必須だから、訓練でもよく行われる。第三ラウンドは、なんだと思う？」

ワットは隣りのランニングマシンで走っている浩志に尋ねた。競技種目は直前に知らされるため、誰しも気になるところだ。

「第二ラウンドは、ＣＱＢの格闘技で、第三ラウンドが狙撃だと思っていた」

浩志も考えあぐねていた。

「俺も格闘技が入るかと思っていたが、よくよく考えてみたらトップクラスの特殊部隊の兵士同士が闘ったら、ヘッドギアやグローブを着けていても怪我人続出だ。さすがに採用できなかったんだろう」

「残りは、潜入ぐらいか」

浩志はランニングマシンのパネルを操作して、歩くスピードにした。十五キロ走って体は温まってきた。昨夜の第二ラウンドは出場しなかったが、出番があればいつでも動けるようにしておきたい。疲れを残さない程度に筋肉をほぐすだけで終わるつもりだった。

「潜入か、なるほど。とすれば、パラシュート降下、あるいは水上か、水中か。まさか死《し》海《かい》じゃ、やらないよな。塩分濃度が高すぎる。競技時間がはやくなったことも気になる。会場を変えるのかもな」

ワットもランニングマシンを調整して歩きはじめた。昨夜は午後九時だったが、今日は午後五時半からとなっていた。軍事見本市の会場は五時過ぎには閉まってしまうが、基地内で競技会を開けば外から見える可能性がある。

「水上にせよ、水中にせよ。どこのチームも対処できるとは思えない。それはないだろう。それに死海で競技会をしたら、イスラエルから誤認攻撃を受けるかもな」

浩志は鼻先で笑った。

軍事的スキューバーダイビングの経験を持つのは、浩志とワット、辰也、黒川、それに一色も訓練を受けているはずだ。だが、陸自出身の宮坂と傭兵学校を卒業した加藤の二人に経験はない。それに浩志もフランスの外人部隊時代に訓練を受けただけで、十数年経った現在では、競技に参加できるだけの技量があるはずがなかった。

「俺も十年近く潜っていない。もし、その手の競技になったら、今度こそ間違いなくデブグルの一人勝ちになるぞ。それだけは避けたい」

ワットは額の汗をタオルで拭きながら首を横に振った。なんとかデブグルに勝って、ジヤンセンに一矢報《むく》いたいと思っているのだろう。

「もし、俺や加藤のことを心配しているのなら、平気ですよ」

ストレングスマシンで胸筋を鍛えていた宮坂が、マシンを止めて話しかけてきた。

「どういう意味だ？」

浩志は首を傾げた。

「以前からスキルを上げるために努力はしてきましたが、去年から加藤とスキューバダイビングもはじめたんです。二人ともCライセンスを取ってからも二十回以上潜っています。潜水が入ってもなんとかなりますよ」

宮坂が笑ってみせた。

七年前にチームを結成した当時から全員それぞれの分野で特化したプロフェッショナルだったが、特殊部隊として活動するには、パラシュート降下や爆弾の知識など一部の能力に欠けている仲間がいた。だが、それを悟《さと》った者は自発的に傭兵学校や専門のスクールに通うなど努力し、作戦を重ねるごとにチームのレベルは上がっている。宮坂と加藤は、スカイダイビングに続き、スキューバダイビングも会得したようだ。

「別におまえたちを気遣っているわけじゃない。特にスキューバダイビングは、二、三年潜らなければ、素人《しろうと》と同じになってしまう。オリンピックじゃないんだ。今度の種目で潜れと言われたら、棄権する」

浩志は苦笑を浮かべた。参加することに意義などない。競技会に出たところで、人を救えるわけではないからだ。

「棄権……か」

ワットが沈痛な表情になり、溜め息を漏らした。

「うん?」

浩志はランニングマシンの電源を落とした。

出入口からムハマドとアハマドが見知らぬ軍服姿の男を伴って入って来たのだ。午前七時五十分、二人は護衛しているのだから朝早くても不思議ではないが、何か異変があったようだ。

「ミスター・藤堂、こちらは、陸軍内務調査部隊のモヒミード少佐です」

浩志がランニングマシンから下りると、ムハマドが連れて来た男を紹介した。内務調査部隊は、ミリタリーポリスのことらしい。肩の徽章《きしょう》のアラビア語の下にMPという刺繍《ししゅう》がされている。

男は身長一七五、六センチ、白髪まじりの頭頂部は薄くなっており、対照的に口髭は立派である。目が窪《くぼ》んでいささか不健康な感じだ。年齢は五十前後か。

「実は昨夜の競技会で陸軍の警備兵が何者かに襲われました。二人は、日本人兵に助けられたと報告しています。詳しい事情をききたいのです。昨夜、警備兵を発見されたお仲間からお話をききたいのですが、どなたですかな?」

モヒミードは挨拶もそこそこにアラビア語で捲《まく》し立ててきた。

「まさか、俺たちに嫌疑をかけているんじゃないだろうな」

浩志は訝《いぶか》しげな目で男を見た。

「まさか、それはありません。警備兵が無線に応答しなくなった時点では、日本人兵はAサイトで競技中でした。少なくともアリバイはあります」

両眼を見開いたモヒミードは大袈裟に手を振ってみせたが、胡散《うさん》臭さは拭《ぬぐ》えない。「少なくとも」が余計だ。疑っている証拠である。

「今日も競技会がある」

浩志は憮然《ぶぜん》とした表情で言った。

「知っています。我々と一緒に朝食でもどうですか?　お時間はとらせません」

モヒミードは愛想《あいそ》笑いを浮かべた。

「分かった。俺も一緒に行く。着替えるまで待ってくれ」

浩志は宮坂と加藤に目配せをした。

二

アンマンは七つの丘（ジャバル）の上に建設された街で、ジャバルの頂《いただき》にある交差点は、ラウンドアバウトのロータリーだった。現在は信号機が付いた交差点が多いが、ロータリーだったためにサークルと呼ばれ、それを基準に街を区分している。

浩志は軍の施設に連れて行かれるのかと思っていたが、内務調査部隊のモヒミードはホテルから車で五分ほどの第一サークルに近いカフェに浩志らを案内した。

第一サークルから東に延びるレインボー通りは、アンマンで一番おしゃれな街で、カフェやレストランが趣《おもむき》のある石畳の道に沿って並んでいる。サークルを過ぎて坂道を下り、数十メートル先のカフェの前で車は停められた。

時刻は午前八時四十分、観光客や地元の買い物客も動き出すにはまだ早い時間帯だ。人通りのない通りの街路樹が、夏を思わせる日差しを浴びて歩道にコントラストのある影を落としている。だが、気温は二十四度と昨日よりは過ごしやすい。

どこの店もまだ開店前のようだが、モヒミードが〝オールド・カフェ〟と書かれたしゃれた看板の店のドアを叩くと、中から中年の小柄な男が出て来た。

「また、朝っぱらからあんたかい。たまにはかみさんの手料理を食べたらどうなんだ」

男は悪態をついている割には、笑顔でモヒミードを出迎えた。

「うちの女房が朝寝坊だと知っているだろう。もっとも、今日は忙しくて徹夜明けなんだ。日本からお客さんを連れて来た。いつもの朝飯を出してくれ」

昨日の事件のためモヒミードは徹夜をしたようだ。不健康な顔は寝不足のためらしい。警備が厳しいはずの空軍基地で兵士が襲われたのだ。関係者は慌てたに違いない。

「家に帰る時間もないし、基地に帰っても朝飯にはありつけません。それにホテルのレストランで食事をするほど、裕福じゃないですから」

モヒミードは疲れた顔で笑って見せると、店の中央の隣り合っていた四人席を寄せて座るように勧めてきた。

浩志を中心に宮坂と加藤の三人が腰を下ろすと、モヒミードが浩志の前に、車の運転をしていた部下が加藤の前に座った。

「お察しの通り、大事な競技会の最中に起きたハプニングだけに我々は総動員で捜査をしています」

気が知れた店らしいが、モヒミードは言葉を選んで言った。

店主は、大きめのカップになみなみとコーヒーを注いでテーブルに置いた。カルダモンの香りが鼻腔《びこう》を刺激する。ヨルダンではよく飲まれるターキッシュコーヒーだ。砂糖の分量を聞かれなかったので、かなり甘いだろう。

「二人の警備兵と無線で連絡が取れなくなったのは、昨日の午後十一時五十分から彼らが警備本部に戻って来る直前に連絡をしてきた午前零《れい》時十六分の間です。まだ、犯人は見つかっていません」

モヒミードは店主が厨房《ちゅうぼう》に消えると、コーヒーを啜って大きな溜め息を吐いた。

浩志は頷くと、宮坂の顔を見た。

「我々がAサイトに入ったのは、調べてもらえばわかるはずだが、午後十一時四十七分だ。競技を終えてサイトを出たのは、十七分後の零時四、五分というところだろう。二人の兵士を見つけたのはそれから、五、六分後のことだ。二人とも気を失って倒れていた」

宮坂はアラビア語も話せるが堪能《たんのう》というほどではないので、英語で説明した。

「あなた方のあとにAサイトに入場されたのは、英国、イタリア、オーストラリア、カナダ、ドイツでした」

モヒミードは浩志と宮坂を交互に見て訛《なまり》のある英語で補足した。

米国とフランスは、B、C、Dのサイトを攻略して競技を終えているので、最後のAサイトにはあぶれたチームが残ったのだ。

「容疑者は俺たち以外の五カ国にあるとでも言いたいのか?」

浩志はもったいぶった口ぶりのモヒミードを促した。

「現段階では黒ではありませんが、白でもありません。聞くところによると、米軍チームと、日本と英国チームはトラブルを起こしたと聞いております。その辺の事情をお聞かせ願えませんか」

モヒミードは答えずに質問で返してきた。

「馬鹿馬鹿しい。米国が姑息《こそく》な手を使うから抗議しただけだ」

浩志はふんと鼻から息を漏らした。

「少なくともあなた方と英国は、競技会の運営に不満を持たれたんじゃないのですか？」

モヒミードは鋭い視線を向けてきた。

「だとしても今回の事件と何が関係するんだ」

浩志は表情も変えずに答えた。

「苛立《いらだ》った選手がサイトへ向かう途中に、警備兵の態度が気に入らなくて叩きのめしたということも考えられます。なんせあなた方は、世界でトップクラスの兵士です。我が軍の警備兵を瞬時に気絶させることぐらい朝飯前でしょう」

モヒミードは人差し指を立ててみせた。

「想像力が逞しすぎる。警備が厳しいと言っても、空軍基地と演習地は高い塀に囲まれているわけじゃない。そもそも監視カメラは司令部とバンカー以外にはなかった。いくら警備兵を出したところで、外部から侵入するのは容易《たやす》い。我々を疑うのは捜査の怠慢《たいまん》だ」

浩志は淡々と言った。今更侵入者を調べるのは不可能である。そのため、内務調査部隊は仕方なく基地内で所在が分かる関係者から調べているのだろう。

「なっ……」

モヒミードは眉を吊り上げると黙ってしまった。

「お待たせしました」

店主が両手に皿を持って厨房から現れた。すぐ後ろには彼の妻らしき似たような体型の中年女がパンの入ったバケットを抱えている。

ピクルスを添えたファラーフィルと刻み青唐辛子が載せられたホンモス、それにタマネギとトマトをカットしたサラダの三皿に主食パンであるホブスを入れたバケットが各自のテーブルの前に並べられた。

ファラーフィルは潰《つぶ》したひよこ豆に香辛料を混ぜたフライで、ホンモスはペースト状のひよこ豆にレモン汁やごまを混ぜた上にたっぷりとオリーブオイルがかけられた食べ物である。どちらも中東では定番の朝食だ。

「どうぞ、食べてください。ここは私の奢りです」

皿が並んだところで、モヒミードは両手をすり合わせた。料理を前に気持ちを切り替えたようだ。

カットサラダにはドレッシングではなくバジルとオリーブオイルに塩コショウがかけられただけであるが、ほどよい甘みを野菜から引き出している。ホブスをちぎってホンモスを付けて食べた。レモンの酸味とニンニクが利いているために癖になる味だ。

「ところで、とある筋からミスター・藤堂、あなたは以前日本で刑事をされていたそうですね」

ホブスをぺろりと食べたモヒミードは浩志をちらりと見た。

「昔話だ。どこで聞いた？」

舌打ちをした浩志は、目を合わせることもなく尋ねた。

「ヨルダンにも傭兵代理店はあります。たまたま知り合いがいましてね。あなたは腕利きの刑事で、犯人を追って傭兵になり、十五年後に犯人を捕まえた。だからあなたはリベンジャーと呼ばれている。業界では超有名人だと伺《うかが》いました」

モヒミードは上目遣いで言った。

すべての傭兵代理店というわけではないが、退役軍人との関わりから軍と深い繋がりを持っている。世界中の傭兵代理店はネットワークで情報を共有しており、浩志のようなトップクラスの傭兵の履歴《りれき》なら彼らは簡単に調べることができるのだ。

「捕まえたんじゃない。殺したんだ」

浩志はじろりとモヒミードを見た。

「あなたとリベンジャーズに捜査のご協力をお願いしたいのです」

「……」

正面を向くと、モヒミードが真剣な眼差《まなざ》しで見つめていた。

三

浩志はモヒミードを無視して食事を終え、コーヒーカップを手にした。

予想通りターキッシュコーヒーには、砂糖がたっぷりと入っている。昔から中東では飲み物と菓子には大量の砂糖が使われることが多いため、諦め気分で飲むしかない。汗をかくため甘い物が欲しくなるというよりは、貴重な砂糖を使うことが贅沢《ぜいたく》と思われているのだろう。

誰も一言も口をきかずに浩志の挙動を見守っている。

宮坂や加藤も食事を終えていた。

「なぜ、俺たちを?」

コーヒーを啜りながら、浩志は長い沈黙を破った。

「理由の一つは、あなたが刑事だったという経歴です。二つ目はリベンジャーズが〝SO8〟競技会に参加している特殊部隊で、唯一国家に束縛《そくばく》されていないからです」

モヒミードは視線を逸《そ》らさずに答えた。

「だからと言って、俺たちが中立とは限らないぞ。手っ取り早い解決法を教えてやろう」

浩志はコーヒーカップをテーブルに置いた。

「それは、一体……」

モヒミードは身を乗り出した。

「大会を中止しろ」

浩志は冷淡に言った。警備する対象がなければ何も問題はないのだ。

「とっ、とっ、とんでもない。そんなことをしたら主催国である我国の恥、ひいては国王陛下の顔に泥を塗ることになる。警備責任者の首が飛ぶだけではすまない」

モヒミードは顔をぶるっと震わせた。

「昨夜の件を他のチームは知っているのか？」

「まさか、出場者に不安を与えるようなことはできませんよ」

小さく首を横に振ったモヒミードは、カウンターにいる店主に全員のコーヒーのお代わりを出すように頼んだ。

「他のチームにも知らせることだ」

「しかし……」

モヒミードは苦悶《くもん》の表情を見せた。

「自分の命は自分で守る。常識だ」

浩志は冷たく言い放つと、席を立った。モヒミードは宙をつかむように右手を前にだしたが、無言で立ち尽くす。浩志らを見送るしかなかったのだろう。

「連中、あれで諦めますかね」

店を出ると、宮坂が首を傾げながら尋ねてきた。

「さあな。コーヒーを飲み直すか」

カルダモンの香りとともに、舌に粘《ねば》り着く甘みが残っている。振り返った浩志は、ゆっくりと後ろから付いて来るローレルに手を振った。

助手席からムハマドが下りてきた。

「どうかされましたか？」

ムハマドは緊張した顔をしている。浩志らが任意で陸軍の内務調査部隊から事情聴取を受けたと思っているのだろう。

「イタリアンコーヒーが飲みたい。店を知らないか？」

「イタリアンコーヒーですか。……それなら、すぐ近くにいい店がありますのでご案内します」

浩志の質問に目を丸くしたムハマドは、レインボー通りから裏道に入った角にある〝カフェ・ストラダ〟というしゃれた店に案内した。柱はレンガ、壁と床は板張りとシンプルな内装で落ち着ける。バックパッカーらしき白人の女性が本を読みながら一人でコーヒーを飲んでいた。

浩志らは奥の壁際の席に座り、外に出ようとしたムハマドを引き止めてモカコーヒーを頼んだ。

カウンターの奥には大きなエスプレッソマシンとポットの形をした大小様々なマネキッタ（直火式エスプレッソマシン）が置いてある。カウンターの店員はオーダーを受けると、大型のマネキッタに粉コーヒーを入れはじめた。エスプレッソはエスプレッソマシンで、モカコーヒーはマネキッタで作るのが本場イタリア式である。

「警備兵が襲われたことは知っているな。今日は予定通り競技会は行われるのか？」

カウンターの店員の手つきを見ながら、浩志は向かいに座ったムハマドに尋ねた。

「警備を担当している部隊と内務調査部隊が慌てているだけです。他の部署に混乱はありませんので、予定通り午後五時半から開催されると、聞いております。ご迷惑をおかけしました」

どこの国でもそうだが、MPは嫌われる。ムハマドは浩志らにモヒミードを引き合わせたことを詫《わ》びた。

「モヒミードに昨夜の件を他のチームに知らせるように忠告した。トップクラスの部隊なら自分で危険は回避できる。大会本部にそう伝えるんだ」

モヒミードは忠告を聞かない可能性があるため、浩志はムハマドを呼んだのだ。

「同感です。ただ、我々は万全を期すことをこれまで通り要求されています。護衛はこのまま続けますので、ご了承ください」

ムハマドはにこりともせずに言った。

数分後に出された炒《い》れたてのモカコーヒーをうまそうに飲むと、ムハマドは店を出て行った。

「藤堂さんは、どうして警備兵が襲われたと思いますか？」

足早に店から消えたムハマドを目で追いながら宮坂が尋ねてきた。

「検討もつかない。だが、競技会の最中に起きたというのなら、俺たちにいずれはかかわってくる可能性もある。油断しないことだ」

香り高いモカコーヒーを浩志はブラックで飲みながら考えていた。

〃SO8〃は、トップシークレットで進行している。昨夜の件が外部からの侵入者の仕業《しわざ》だとすれば、情報が漏れているのだ。どのみち関係者による犯行だとしても警備兵以外の実害がなかったのなら、今後さらに大きな事件に発展する可能性も視野に入れるべきだろう。

浩志はおもむろに衛星携帯をポケットから出した。日本の傭兵代理店から支給されたものだ。

「藤堂だ」

――藤堂さん、ヨルダンはどうですか？　競技会は今のところ二位らしいですね。

傭兵代理店の社長である池谷の緊張感のない声が聞こえてきた。状況は、黒川を通じて池谷に報告させている。

時刻は午前九時三十八分、日本時間は午後三時三十八分である。

「どうでもいい、そんなことは。ヨルダンの傭兵代理店を紹介してくれ」

――警備兵が襲われたことは聞きましたが、それから何かありましたか？

池谷の声が引き締まった。

「武器が欲しいだけだ」

――アサルトライフルですか？

「身だしなみ程度だ」

――了解しました。先方に連絡をしておきます。まだ少し時間が早いようですね。営業は午前十時からのようです。……場所等の詳細は携帯にメールを送ります。

池谷はほっとしたらしく、落ち着いた声になった。

海外に長期滞在する場合は、どこに行っても身を守るためにハンドガンを調達することにしている。浩志らにとって銃を携帯することは身だしなみと言えた。

「頼む」

通話ボタンを切ると同時にメールが届いた。池谷はパソコンでリストを見ながら話していたようだ。

「行くか」

あまりの早業に浩志は苦笑を漏らしながらも席を立った。

四

浩志らは第一サークル沿いにあるベルヴューホテルからタクシーに乗り、旧市街のダウンタウンを通るコラッセ通りでタクシーを下りた。

途中で道が渋滞していたので、午前十時を過ぎている。眠っていた街は動きだし、幹線道路から一歩裏通りに入ると、旧市街の喧噪《けんそう》があった。

買い物客で賑わう屋台の果物屋を数軒通り越し、洋服や民族衣装を吊るした店の隣りにある雑貨店の外階段を三階まで上った。突き当たりに〝ゾサエティー・サービス〟と書かれたドアがある。池谷のメールに書かれていた会社名だ。これが傭兵代理店の名前だとしたら、ふざけているとしか言いようがないが、ドアの上に監視カメラがあるところを見ると間違いないようだ。

木製のドアを二度ノックしたが反応はない。監視カメラが生きているのなら、映像でも確認しているはずだ。まだ営業してないのかもしれない。

浩志は、衛星携帯で池谷に電話をした。

「俺だ。〝ソサエティー・サービス〟に来たが、誰も出てこないぞ」

——おかしいですね。さきほど、電話したところ、社長のフセイン・スライマニーと直接話をしたんですが。ただ、藤堂さんが行くと言ったらえらく慌てたようすでした。どうしたんでしょうね。

「分かった」

通話を切った浩志は出入口から離れると、勢いよく踏み込んでドアを蹴破り、唖然とする宮坂らを尻目《しりめ》に部屋に入った。

打ち合わせスペースなのか革張りのソファーセットの向こうに大きな木製のデスクがあり、口髭を伸ばした男が口を開けたまま座っていた。他にも窓際に三十代半《なか》ばの男が尻餅《しりもち》をついたかのように床に座っている。

デスクの男は、五十代後半、ノーネクタイだがグレーのシャツに黒いジャケットを着ていた。社長のフセインだろう。

宮坂と加藤が壊れたドアを閉め、後ろに手を組んで戸口に立った。浩志の意図を汲《く》んで誰も外に出さないという体勢である。

「俺が誰だか分かるな、フセイン」

浩志はデスクの前に立ち、男を見下ろした。

「はっ、はい。ミスター・藤堂」

フセインは顎をがくがくと引いて返事をした。

「それなら、俺がなぜ怒っているのかも分かるな」

浩志は冷淡な視線でフセインを睨みつけると、近くにあった椅子を引き寄せて座った。

「わっ、分かりません。どうして、怒っているのですか？」

フセインは肩を竦め、何度も首を横に振ってみせた。

「おまえは、陸軍内務調査部隊のモヒミード少佐に俺の個人情報を漏らした。重大なルール違反だ」

「そっ、それは……」

絶句したフセインの目がおよぎはじめた。

「おまえに貸しを作っておく。……ところで、今日はハンドガンを買いに来た。何を持っている？」

幾分表情を和らげた浩志は、足を組んで言った。

「……ハンドガンですか。ハリード、お見せしろ」

ハンドガンと聞いたフセインは落ち着きを取り戻し、窓際に座り込んでいた男の名を呼んだ。ハリードは浩志がドアを破壊したショックが収まらないのか、緩慢《かんまん》な動作で立ち上がり、ポケットから鍵の束を出して隣りの部屋に入った。

「銃は何丁、ご入用ですか？」

「七丁だ」

「現在、ヨルダンにいらっしゃるお仲間全員の分ですね」

フセインはポケットからハンカチを出して額の汗を拭うと、背後の宮坂と加藤をちらりと見た。

「おまえは、俺の求めに応じるだけでいい。何も考えるな」

浩志は能面のように冷めた表情で答えた。

隣りの部屋から戻って来たハリードが、三種類の銃を載せたトレーをデスクの上に置いた。バイパーJAWSとグロック19、それにイスラエル製のジェリコ941である。

「イスラエルは敵国じゃないのか？」

浩志はトレーからジェリコ941を取り上げた。イスラエルの軍や警察で採用されているハンドガンだ。

「イスラエルはアラブの敵ですが、隣国だけになんでも入手しやすいのです。もし、イスラエルに潜入されるようでしたら、お勧めします。しかもそれは最新のポリマーフレーム製です。お手持ちのは9ミリ口径ですが、41AE弾用に銃身とマガジンを交換できます」

武器の説明に入った途端、フセインの口は滑《なめ》らかに動き出した。

「グロック19を七丁と予備弾丸だ」

浩志はジェリコ941をトレーに戻すと、つまらなさそうに言った。珍しいと思っただけで、興味があるわけではない。使い慣れたグロック19があれば充分である。

「一丁、五百九十八米ドルです。予備弾丸は、百発サービスでお付けします。お支払いはキャッシュでもカードでもお受けできます」

フセインは狡《ずる》そうな顔で笑った。五百九十八米ドルなら欧米の相場よりも少なくとも九十ドルは高い。

「……」

浩志は無言で右の人差し指を立てて振った。

「そっ、それでは一丁五百七十ドルで、いかがでしょうか？」

フセインは慌てて値下げしてみせた。

浩志は口を開かずに、指を振り続けた。

「では一丁五百五十ドル、……五百二十、……五百、……四百九十ドルでお願いできませんか」

フセインの顔が青くなってきた。

「四百九十ドル。それとサービスの予備弾丸は三百発だ」

「なっ、なんと」

フセインは顎をがくがくと動かした。

「貸しはこれでなくしてやる。ただし、銃を購入したことを外部にばらしたら、お前の眉間に穴があく」

浩志は右手を銃の形にし、フセインの額に当てた。

「わっ、分かりました」

フセインは口元を震わせながら返事をした。

五

午後五時三十分、浩志らは空軍基地の大会本部となっているバンカーに集合していた。他のチームも昨夜と同じ黒い戦闘服に身を包んで、用意された折り畳み椅子に座り、競技会がはじまるのを待っている。

「それでは、競技内容の説明をする」

例によって大会の進行を務めるダニエル・ジャンセンが本部席でマイクを握っていた。そもそも公平を期すなら、競技会にチームを出している将校が進行役というのはおかしいのだが、米国は大国ゆえに気配りに欠けるのは今日にはじまったことではない。

「諸君には、ハーキュリーズに搭乗して、競技会場となる砂漠に行ってもらう」

ハーキュリーズとはC130H戦術輸送機のことである。

「出発に先立ち、各チームの代表にメッセージを引いてもらう。内容はすべて違う。前に出て、テーブル上の好きな封筒とGPS測定器を取ってくれ」

ジャンセンの指示に従い八チームの代表が本部席前に揃った。米軍は暫定《ざんてい》一位の特権とばかりに一番に茶封筒と傍らの軍用GPS測定器を摑んで席に戻った。

「日本チーム、先に取ってくれないか」

SASの隊長であるダレン・リネッカーが前の方から声をかけてきた。米国が一番で取ったために、他のチームは律儀《りちぎ》に順位通りに並んだようだ。

「残り物でいい。好きにしてくれ」

浩志は一番後ろに並んでいた。くじだとしたら、一番も最後も関係ない。

「どこかの国と違って、日本人は慎《つつし》み深いな」

リネッカーの嫌みが他のチームリーダーから笑いを誘った。団結しているわけではないが、今やどこのチームも米軍チームを目の敵《かたき》にしているようだ。

「がんばっているじゃないか。傭兵チームの健闘を祈るよ。まぐれが続けばの話だが」

最後に本部席の前に出ると、ジャンセンが皮肉を込めて言った。

「普段通りだ」

浩志はジャンセンの言葉を歯牙《しが》にもかけず封筒とGPS測定器を取った。

「参加できるだけでも、ありがたく思えよ」

帰ろうと後ろを向いた浩志の背中に、ジャンセンはしつこく嫌みを言ってきた。

「……」

一瞬右眉をあげたが、浩志は立ち止まらずに席へ戻った。

「それでは、封筒の中身を見てくれ」

マイクを握ったジャンセンは見本の封筒を掲げた。

封筒には数字が記入された便せんが入っている。

「座標だな」

覗き込んで来たワットが、呟いた。

「諸君はハーキュリーズからパラシュート降下し、封筒に書かれた座標に向かってもらう。それぞれの座標の場所にはあらかじめ、地図と食料を含む装備が詰め込まれたコンテナが置いてある。降下後にコンテナを速やかに発見し、その中に納められた地図に従って行動して欲しい。地図にはテロリストのアジトを想定した小屋の位置が書き込まれている。アジトを発見して写真を撮り、大会本部に報告してくれ。そのタイムを競う。だが、写真の撮影時間と報告時間が違う場合は失格となる」

ジャンセンが説明を終えると、会場がざわめいた。

「我々の装備はどうなっているんだ。まさか、丸腰でGPS測定器だけ持ってパラシュート降下しろとでも言うのか？」

リネッカーが声を荒らげた。他のチームは自前のコンバットナイフかサバイバルナイフぐらいは持っていたとしても銃は携帯していない。

「降下前の装備は、最低限の水とハンドライト、それに救急セットだけだ。最後の競技はアンマンから北東百三十キロの砂漠で行う。出発前に各チームにはコンパスとヘッドギア付き無線機の他に衛星携帯も支給される。また各チームに与えられた砂漠上のコンテナには、充分な食料と水が保管されているので、心配はいらない。制限時間は六時間。競技を終えたチームからヘリで回収する」

ジャンセンはわざとらしい笑顔で答えた。

衛星携帯はともかくヘッドギア付き無線機というのはいささか時代遅れである。ヨルダン軍の装備らしいが、最新のものなら目立たない首に巻くタイプのスロートマイクだ。

「銃の支給はないのか？」

リネッカーは立ち上がって続けた。

「今回の競技は、敵地に潜入し、テロリストのアジトを発見して誘導ミサイルの爆撃ポイントを座標で報告するというもので、交戦する想定はない。それとも、銃がないと怖いのかね」

「何……」

ジャンセンの軽蔑《けいべつ》した眼差しにリネッカーは顔面を紅潮させたが、舌打ちをすると腰を下ろした。

「やっぱり潜入だったのか。爆撃ポイントの座標を報告するなんてのは、実戦でもよくある作戦だな」

ワットは競技内容に納得しているようだ。

「明るいうちに飛行機を飛ばしたかったんだな」

辰也も競技開始時間が早まった理由が分かったらしい。

「GPS測定器と地図があっても、起伏のない砂漠で地図とコンパスが役に立ちますかね。正確な方位が分からないと話になりませんから」

黒川がポケットから支給されたコンパスを出した。

「加藤なら太陽と星さえあれば、場所は分かる。心配することはないだろう」

宮坂が笑いながら言った。

他のチームはまだざわついているが、リベンジャーズの面々は落ち着いている。全員修羅場を潜って来た猛者ということもあるが、各自自前のコンバットナイフの他にも隠し持った銃が懐《ふところ》にあるために余裕があるからだろう。

午後六時を十分ほど過ぎて、外からプロペラ機の爆音が響いてきた。C130Hの飛行準備ができたようだ。

「搭乗開始！」

ジャンセンの号令で席に座っていた男たちが一斉に立ち上がった。これまでの行動から見ても、彼らはいずれも国を代表する兵士なのだろう。緊張感こそ感じられないが、ぎらぎらとした闘争心が痛いほど分かる。

「百三十キロなら、十三、四分の旅だ。一眠りもできないな」

ワットが欠伸をしながら立ち上がった。

C130Hの巡航速度は時速五百五十キロである。郊外の砂漠までは一飛びだ。

「愉快な旅じゃないぞ」

苦笑を浮かべた浩志は、ワットの肩を叩いた。

六

午後六時二十七分、八チームの特殊部隊を乗せたC130Hハーキュリーズは、空軍基地から暮れなずむ空に飛び立った。

乗り合わせた各国の兵士はパラシュートを背負い、水とハンドライトと救急セットが入ったタクティカルバッグを胸のフックに掛けてある。予定されたポイントの三千メートル上空から降下することになっていた。

大会を運営しているヨルダン兵の案内で、リベンジャーズとSASは後部ハッチ側に、米軍は当然とばかりに後部壁面の椅子に座り、その他のチームは前方に待機している。パラシュート降下で一番都合がいい場所を主催者側の計らいで、首位から三チームに特権として与えられたようだ。

「現地到達時刻は、およそ一九〇〇時、日没には間に合わなかったな」

ワットは時計を見ながら険しい表情をしている。砂漠の闇は深い。各チームの装備を入れた大型のコンテナの座標が分かっていたとしても、暗闇で見つけ出すのは至難の業《わざ》である。コンテナを発見できずに競技に入れない可能性もあった。

「コンテナが置いてある場所は、降下地点から十キロほど東南になります」

すでに加藤の頭の中にコンテナの座標はインプットされているのだろう。この男がいれば、GPS測定器も必要がないはずだ。

「どうした、浮かない顔をして」

ワットが傍らで腕を組んでいる浩志に声をかけてきた。

「第三ラウンドは、オリエンテーリングと変わらない。ボーイスカウトじゃあるまいし、最終競技にしては簡単過ぎやしないか」

浩志はバンカーで競技が発表されてから疑問に思っていた。

オリエンテーリングは、地図とコンパスを使って屋外に定められたポイントを通過してゴールまでの時間を競う競技だ。十九世紀に軍の訓練としてはじめられたものと言われている。だが、世界でトップクラスの特殊部隊の競技に武器を使用しないことに違和感を覚えていた。

「武器を使わないのが物足りないのだろう。俺もそう思う。だが、敵地に潜入して敵と交戦せずに任務を遂行《すいこう》できればそれが一番だ。第三ラウンドの制限時間は六時間だが、地図がほとんど役に立たない砂漠じゃ、遭難する可能性もある。難易度はこれまでで最高だ。武器じゃなくて頭と体力がものを言う。ある意味、最終ラウンドに相応《ふさわ》しいんじゃないのか」

ワットはにやりと笑ってみせた。戦場で生き抜くには自らのマインドコントロールができなければ、過去に囚《とら》われてしまう。ワットはこれまでもポジティブな思考に切り替えて難局を乗り越えてきた。

「そろそろだな」

浩志は後部ハッチの開閉装置を操作するヨルダン兵を見た。時計を見ながらそわそわしている。パイロットから連絡を待っているのだろう。降下ランプが赤から青に変わるのを今かと誰しも固唾《かたず》を呑《の》んで見守っていた。

「おかしいです。加藤さん、確認してもらえませんか」

黒川がGPS測定器を加藤に渡した。黒川に大会本部から支給されたGPS測定器と衛星携帯を持たせてあった。

「あれ、故障しているのかな」

GPS測定器の表示を見た加藤が、首を捻った。

「どうした？」

浩志は加藤と黒川を交互に見た。

「GPSの表示がおかしいのです。表示されている座標が正しければ、シリア上空にいます。国境から七十キロも北側を飛んでいますよ」

加藤は座標を見ただけで現在位置が分かるのだ。

「GPSを見せてくれ」

浩志は近くにいたSAS隊員が持っていたGPS測定器の表示と見比べてみたが、まったく同じ座標を示していた。

「黒川、大会本部に緊急事態だと連絡をしろ」

浩志は黒川に命じると、後部ハッチに立っているヨルダン兵に詰め寄った。

「シリア領に侵入している。予定のコースなのか！」

「えっ！」

目を剝《む》いたヨルダン兵は、ヘッドセットのマイクで操縦室を呼び出した。

「応答がありません！」

男は甲高《かんだか》い声で叫んだ。

「ワット！　操縦室に突入するぞ！」

浩志は懐からグロックを出した。

「どうした！」

「何事だ！」

浩志らの異常な行動に驚いた他の兵士が騒ぎはじめた。

「どけ！」

人をかき分けて浩志とワットが前に出ようとした。瞬間、大音響とともに前方から火花が散って機体が大きく揺れ、瞬《また》く間に機内は白い煙に包まれた。

「操縦席が爆発した！　墜落《ついらく》するぞ！」

前方で誰かが叫んだ。

「脱出！　脱出せよ！」

浩志は後方ハッチの開閉ボタンを押しながら叫んだ。

ハッチが開き、機内の白煙が猛烈な気流で吹き飛ばされたが、同時に操縦席から勢いよく炎が舞い上がった。

「逃げろ！」

「負傷者を！」

パニック状態になったが、一瞬のことだった。各国の特殊部隊兵士は、負傷者を連れて次々と口を開けたハッチから飛び出して行った。

「浩志！　俺たちも行くぞ！」

ワットが大声で叫んだ。リベンジャーズは後部ハッチの上に全員整列している。浩志を待っていたのだ。

頷いた浩志は、ライトで機内を照らして逃げ後れた者がいないかチェックした。ヨルダン兵も無事降下したようだ。

「無線機をオンにしろ！　行くぞ！」

後部ハッチを蹴った浩志が闇空に身を躍らせると、次々と六つの影が夜空に舞った。

闇夜の襲撃

一

ヨルダン空軍のＣ１３０Ｈハーキュリーズは、午後六時四十三分にヨルダンの国境から七十キロ以上北のシリア上空で操縦席が爆発し墜落した。

爆発時の高度は四千メートル以上あったが、浩志らが脱出した時には三千メートルを切っていた。

先に降下した他国の兵士もまだパラシュートを開いていない。シリアは西側諸国にとって敵地である。砂漠地帯でも敵兵から発見されないように、ぎりぎりまで待っているのだろう。しかもなるべく国境に近くなるように体の向きを変えて南に流されるようにしているはずだ。

「うん！」

着地地点を探っていた浩志は、目を見開いた。いくつかの光が地上で点灯しはじめたのだ。しかも国境に向かって南側に固まっている。

「全員北に向かって着地せよ！」

浩志は無線で仲間に命令した。

高度は千メートルを切っている。

スカイダイビングでも使うような四角い形のスクエアパラシュートなら、ブレークコードに付いている左右のトグルを操作することにより方向もある程度自由にコントロールできる。

だが、ヨルダン軍から支給された旧式の軍事用パラシュートには四つのトグルが付いているものの、速度を抑えるだけで方向転換は難しい。むしろパラシュートを開かずに空中で体を水平にして風圧を受け、掌《てのひら》や腕の角度を変えることで方向を変える方が自由度がある。

強烈な光の帯が突如《とつじょ》として地上から浴びせられた。

先に降下した他国の兵士のパラシュートが照らし出されて夜空に浮かぶ。途端に地上に無数の赤い光が点滅した。

「銃撃だ！」

ワットの声がヘッドギアのイヤホンから響いた。

降下中の兵士が次々と銃弾の餌食《えじき》になっている。

浩志らは北に距離を稼《かせ》ぎ、高度三百メートルを切ってようやくパラシュートを開いた。あっという間に地上に落ちるので狙い撃ちされるのを防ぐことができる。砂漠に落ちることを計算の上だが、それでも着地の衝撃は大きかった。後方に回転して受け身をとり、すぐさまパラシュートのハーネスから水などが入ったバッグを外して脱《ぬ》ぎ捨てると、バッグを腰の後ろのベルトに下げた。緊急時だがバッグを捨てることはできない。水がなければ、銃で撃たれなくても砂漠で死ぬ。

浩志は加藤の肩を叩いて斥候《せっこう》に出すと、銃撃している敵の側面にリベンジャーズを移動させた。敵は暗闇で移動した浩志らに気付いていない。反撃するには絶好の場所だが、敵の数はマズルフラッシュを見る限り数十人はいる。グロックでは返り討ちに遭うのが関の山だ。

「シリア軍か」

ワットが浩志のすぐ隣りに来た。

「分からない。サーチライトまで用意していた。装備からすれば、シリア軍だ。どのみち待ち伏せされたのは間違いないだろう」

そもそも輸送機がシリア領に侵入していたこともおかしい。

「昨夜、ヨルダン兵が襲われたよな。やはり外から何者かが潜入したんだ。侵入者は輸送機に潜んでいたのかもしれないぞ。パイロットを脅《おど》して進路を変えさせ、シリア上空で俺たちを道連れに自爆したんだろう」

ワットは舌打ちをしながら言った。

「そんなところだろう。だが、シリア兵は、自爆しない」

浩志は二百メートル先の惨状《さんじょう》に眉をひそめた。上空に向けられていたサーチライトは眼前の砂漠に向けられている。降下中に撃たれた兵士が、人形のように落下して倒れていく様《さま》がライトに照らし出された。

ヨルダンとの国境に沿って複数の車が東西に二、三十メートル間隔で置かれて壁になっている。サーチライトは三台の車に搭載されているが、北側にいる浩志らからは逆光になるために全容を見ることはできない。

「シリア兵だとしたらコックピットでパイロットを手榴弾《しゅりゅうだん》で脅していたが、何かの拍子に誤爆したのか。自爆はテロリストの専売特許だからな」

ワットは首を捻った。だが、誤爆では飛行機から脱出した浩志らをタイミングよく待ち伏せすることまで説明できない。

「いずれにせよ、主催者であるヨルダン軍から情報が漏れたんだ。だから俺たちは待ち伏せされた」

浩志は拳を握り締め、呻《うめ》くように言った。殺戮《さつりく》が続く中、無事に着地した者も容赦《ようしゃ》なく叩き伏せられてロープで縛り付けられている。厳しい訓練に耐《た》えて鍛え上げられた兵士でもパラシュート降下でしかも武器を持っていない状態では、抵抗すらできないのだ。

「どうしますか？　助けるにも多勢に無勢ですよ」

辰也が痺《しび》れを切らしたようだ。

逃げるのならこのまま国境に向かって南に向かえばいい。だが、それを望む者は仲間にはいない。

「俺たちが何もしなければ、五十一人は全員殺される」

ワットが呻くように言った。誰しも答えを出せる状況ではない。

「すでに半数になっていますよ」

辰也は苛立ち気味に言った。

「……」

浩志は無言で眼前の光景を見つめている。今動けばリベンジャーズと言えど敵にダメージを与えることなく全滅してしまう。

暗闇を高速で影が移動して来た。加藤が帰って来たのだ。

「敵はハッタを被った黒ずくめの兵士です。人数は確認できただけで五十九人いました。それに機銃を備えたテクニカルが東側に六台、ピックアップが九台です。ロープで縛り付けた特殊部隊の兵士をピックアップの荷台に乗せていました。また、降下中に負傷した兵士は大型のナイフや銃でとどめを刺しています」

加藤は目視したことだけ淡々と報告した。

ハッタというのは、中東の民族衣装で頭に被る布のことだ。

「ハッタだと！　くそっ！　テロリストか。いや、待てシリア兵がテロリストの格好をしている可能性もある。分からない」

ワットは頭を叩いた。

「西側に移動するぞ」

浩志はワットを先頭に、仲間を西側に向かわせてしんがりに就いた。

二

浩志らが敵の背後から西側に回り込んでいる間に銃撃は止み、サーチライトは消えた。負傷してぐったりとしていたイタリア兵の頭に、黒ずくめの男がＡＫ47で発砲したのが、最後の銃声である。

テロリストが被っているのはハッタだと加藤は報告していたが、よく見ると黒い布で頭と口元を隠した目出し帽のようになったマスクであった。

五台のピックアップに十一人の特殊部隊の兵士が乗せられている。死体の数は目視できるだけで二十だ。確認できないだけかもしれないが、残りの二十人は浩志らのように修羅場からうまく脱出できた可能性は充分考えられる。

「撤収！」

ひと際大柄な男がアラビア語で叫び、一番東側に置かれていたテクニカルの助手席に乗り込むと、他の男たちも車に乗りはじめた。身長が一九〇センチはありそうな大男は、指揮官らしい。十五台の車が一斉にエンジンをかけると、テクニカルの荷台に黒い旗が掲げられた。

「ＩＳか」

ワットが呟いた。

黒い旗には白い円が描かれている。図柄はイスラム教では一般的なもので、旗の上に〝アッラーのほかに神はなし〟と白文字で書かれ、白い円の中に描かれた黒抜きの独特な文字は、預言者ムハンマドが署名代わりに使っていた印鑑の文様だと言われている。ＩＳ（イスラム国）が自分たちに相応しい象徴と主張して使っているものだ。

リベンジャーズを二チームに分けて、Ａチームとして浩志は黒川と加藤、それに一色を伴い、匍匐《ほふく》前進で西側の暗闇を移動している。Ｂチームのワットと辰也と宮坂は、一番西側に停めてあるピックアップの背後の闇で待機していた。

全員が車に乗り込むと、大男が乗り込んだ東側のテクニカルからライトを点灯させて動き出す。続いて黒い旗を掲げた三台のテクニカルが続く。

荷台に機銃を構えたISの兵士がいるテクニカルを避けたこともあるが、彼らがテロリストなら北東に向かうはずだと浩志は判断して西側に移動したのだ。シリアの首都であるダマスクスが近いだけにヨルダンの国境沿いは政府軍の領域である。ISにとってもかなりの危険を冒《おか》しているはずだ。一刻も早く自軍の支配地域があるシリア北部に戻りたいに違いない。

浩志は右手を振って仲間に合図を送った。

それまで腹這いになっていた男たちが一斉に動く。浩志は最後尾から二台目のピックアップの助手席のドアを開け、座っていた男の顔面を強打する。同時に運転席のドアを開けた加藤は運転手の顔面を蹴った。二人は気を失った男たちのマスクを引き剝《は》がし、車外に放り投げた。一台前の車が走り出して距離が開いたタイミングで襲ったのだ。

後部座席にも二人のテロリストがいたが、黒川らが叩きのめして外に転がしている。リベンジャーズが襲撃したピックアップには人質となった兵士は乗せられていなかったが、テロリストらを尾行するためには足となる車が必要だった。

「出せ」

浩志は助手席に乗り込むと、運転席に飛び乗った加藤に命じた。

「Bチームも成功です」

バックミラーを見た加藤が、にやりと笑った。

ワットたちは最後尾の車を襲っていたのだ。彼らを心配することはないが、浩志は車に乗り込む前に確かめている。

助手席の足下に立てかけてあったAK47と座席の下に置いてある予備弾が入ったマガジンを浩志は確認した。運転席は何も置いてない。というより置くスペースがないのだ。

「武器はどうなっている?」

後部座席の二人に尋ねた。

「AK47が三丁と、RPG7と予備のロケット弾があります」

すぐさま黒川が答えた。

「リベンジャーだ。ピッカリ、武器の報告をしてくれ」

浩志は無線でワットに呼びかけた。

——ピッカリだ。AK47が四丁とRPG7一丁、それに予備弾だ。そっちも同じだろう。だが、これで戦争をするには力不足だな。せめてテクニカルが二台欲しい。

ワットが溜め息混じりに言った。

「夜明けまでは長い。石と斧《おの》で勝つ方法を考えるんだ」

浩志は冗談交じりに言った。

現状の武器と人数で襲撃した場合、敵に大打撃を与えることはできるだろうが間違いなく人質は銃撃に巻き込まれて死亡する。

――石と斧か。俺たち傭兵の闘い方だな。考えておく。

ワットの笑い声で無線は終わった。

ローテクな武器で闘うのが傭兵だ。近代兵器を駆使《くし》するエリート特殊部隊とは違う。

「どうして、皆殺しにせずに人質を取ったのでしょうか?」

運転している加藤が呟くように言った。

「ISは、パラシュート降下してくる兵士が特殊部隊のエリートだと知っていたに違いない。武器を持っていなくても地上に下りて来たらやっかいだ。空中で狙い撃ちにして人数を減らしたかったのだろう」

浩志はテロリストに抵抗もできずに銃撃されて死んでいった男たちの姿を頭に焼き付けていた。彼らの無念を晴らし、囚われた兵士を奪回することが課せられた任務だと思っている。

「人質になったのが、超エリート兵士だけに各国政府も驚くでしょうね。ISの誘拐ビジネスは今や有名ですから」

加藤は大きく頷いた。

ISは誘拐の身代金で年間四十億から五十一億円も儲《もう》けており、支配地域の油田から採取した原油の密売で一日に約九千七百万円から一億八千九百万円も収入を得ていると、国連の専門家チームは二〇一四年十一月に指摘している。

「特殊部隊が無様に捕まったことをＩＳにばらされたら、どこの国も面子《めんつ》がまるつぶれになる。金銭的な交渉には応じなくとも、何らかの妥協《だきょう》はするかもしれない」

浩志はふんと鼻から息を漏らした。

「人質の交換や爆撃の中止をするかもしれませんが、各国は揃ってＩＳ潰しにかかりますよ。やられたらやりかえせ、それが欧米諸国の流儀ですからね」

「普通だったらな。だが、ＩＳは二十人前後の兵士をすでに殺している」

浩志は首を横に振った。

民間人を殺害したのとはわけが違う。欧米諸国は血の報復を必ず行うはずだ。そのリスクを冒す理由がＩＳにあるとしか考えられない。

「ということは、ＩＳには何か秘策でもあるんでしょうか？」

加藤は浩志の方を見ながら尋ねてきた。

「奴らのやり方は、薄汚いこそ泥と同じだ。人権を重んじる現代で、捕虜や人質の首を切り落として世界中から批判を浴びた。だが、一方でインターネットやユーチューブなどＩＴを駆使して自分たちを正当化し、あっという間に戦闘員を増やしている。馬鹿なのか利口なのかさっぱり分からない」

浩志は砂塵《さじん》で霞む二十メートル先を走る車のテールランプを見つめながら答えた。

三

墜落する輸送機から脱出した兵士らが襲われたのは、ダマスクスから東南百二十キロの砂漠地帯だった。

十八人の特殊部隊兵士とC130Hの搭乗員だった二人のヨルダン兵が殺害され、十一人が拉致《らち》されている。残りの二十人は浩志の予測通りISの背後に着地して逃走した。逃亡に成功したのは米軍デブグルの七人、オーストラリア軍のSASRの七人、それにカナダ軍のJTF2の六人である。

彼らに共通しているのは、輸送機から脱出直後にパラシュートを開いたために気流に乗って南西に流されたことだ。彼らは作戦と違い緊急脱出に重きを置いて、自由降下ではなく早期にパラシュートを開いて安全を計ったようだ。他の兵士は敵地であることを意識したことが裏目に出た。

ISは取りこぼした兵士を探すことはなかったらしい。彼らは車列を国境と平行に五百メートルの距離に配置し、その倍の範囲に落下した兵士を電撃的に襲撃して撤退したようだ。シリア軍の中でも強力な部隊が駐留する首都に近いために一刻も早くその場を離れたかったに違いない。

六台のテクニカルと九台のピックアップ、十五台の車で構成されたＩＳの攻撃部隊は、漆黒《しっこく》の砂漠を北東に向かって爆走していた。時刻は午後八時半、襲撃場所を出発してから二時間近く経過している。

ちなみにテクニカルとピックアップはすべてトヨタの白いハイラックスであった。ＩＳに限らずイスラム系過激派に最も人気がある車種で、兵士や武器を載せるのに適している上にハイラックスは高級乗用車のような居住性がある。値段も手頃で砂漠でも壊れ難《にく》いという信頼感があるらしい。白を好むのは太陽光を反射し、熱が籠《こも》らないという単純な理由からだろう。

また、機動性があり丈夫と評判のホンダの１２５ＣＣバイクも、タリバーンが専門誌で紹介するほどイスラム系過激派に圧倒的な支持を得ている。企業としては不本意に違いない。グローバル企業に成長した証《あかし》でもあるが、彼らが目の敵《かたき》にする欧米製でないことも人気の大きな要因の一つであろう。

「やはり彼らの目的地は、デリゾールのようですね」

ハンドルを握る加藤は運転席の距離計を見て言った。出発してから百十キロ、まっすぐ北東のデリゾール（ダイルアッザウル）に向かっている。出発地点からデリゾールまでは約三百五十キロ、砂漠地帯を平均時速六十キロで走っていた。浩志らはこのままアジトまで追尾するつもりだ。

二台のピックアップで後方から車列を襲うのは、あまりにもリスクが大きい。ＩＳは、働く者には金を、そうでない者は処刑するという極端な二択で兵士を管理している。仲間だろうが、人命に価値はない。襲撃に気が付けば、彼らは前方のテクニカルの重機関銃で仲間ごと容赦なく銃撃してくるはずだ。

人質を助け出すのなら、むしろ敵のアジトに潜入する方が安全と言えた。それにデリゾールなら昨年も行ったことがあるので、地理は頭の中に入っている。

ポケットの衛星携帯が反応した。

「俺だ」

浩志は画面表示を見て電話に出る。

——池谷です。米国とオーストラリアとカナダの二十人は、徒歩でヨルダンの国境に向かっている模様です。救出にヨルダン軍の特殊部隊が向かっています。

池谷からの連絡である。日本時間は日付が変わった七日の午前二時半だ。浩志らが脱出した状況は一時間前に黒川から連絡をさせてあった。

「よくそんなことまで分かったな」

——ヨルダンの傭兵代理店から情報は得ています。社長が藤堂さんから叱《しか》られたと恐縮していましたよ。どこの国の代理店も軍とは密接な関係を持ち、情報を共有しているものです。大目に見てやってください。

「余計なお世話だ」

別に本当に怒ったわけではない。代理店に行ったら居留守を使ったので、ドアの鍵を壊したまでだ。

——そうおっしゃると思っていました。〝SO8〟の大会本部だけでなくヨルダン軍は大変な騒ぎになっているようです。

浩志の言葉など歯牙にもかけないで池谷は続けた。付き合いも長いためになめられたものだ。

「当たり前だ。俺たちが追跡していることは誰にも話していないだろうな」

池谷の話が回りくどいため、浩志は面倒くさそうに答えた。

ＩＳに情報が漏れたために大会競技を利用して襲撃され、特殊部隊の隊員は拉致されたに違いない。浩志らの行動がばれれば、前方を走るテクニカルから攻撃を受ける可能性がある。

——一番早い飛行機で装備を整えた瀬川《せがわ》さん、田中《たなか》さん、京介さん、それに村瀬《むらせ》さんに鮫沼《さめぬま》さんの五人が成田《なりた》からアンマンに向かいます。また、アンディーとウイリアムスにも連絡を取ったところ、二人はロサンゼルスから出発するそうです。

池谷が言う装備は、武器以外の無線機や盗聴器、ジャミング装置、位置発信器などリベンジャーズの基本的な機材のことである。

「手回しがいいな」

傭兵代理店には戦地で窮地《きゅうち》に陥《おちい》った傭兵の要求に応じる緊急プログラムがある。だが、浩志はまだ池谷に人員補給の要請はしていなかった。

――当然です。リベンジャーズの皆さんに、もしものことがあれば当社は立ち行きませんから。

歯の浮くような台詞を池谷はいつも平気で言う。というのも必ず彼は浩志の行動を商売と結びつけるからだろう。

「瀬川は日本に帰っていたのか」

彼は傭兵代理店の仕事で米国に出張していた。

――深夜便で帰って来ました。タイミングがよかったです。

瀬川はたまたまスケジュールが合わなくてコンファレンスに参加できなかった。だが、彼ならチームの指揮を執《と》れるのでかえってよかったようだ。また、元デルタフォースだったアンディーらも加われば、チームに厚みが増す。

――それにしても、一体誰がISと通じているのでしょうか。今回の事件でヨルダン軍は窮地に立たされています。軍の関係者を一人一人洗い出しているようです。

特殊部隊の軍事見本市とテロ対策のコンファレンスを開催しながら、軍内部に裏切り者がいるのなら国の面子は潰れる。だが、何万人もいる軍関係者からモグラを叩き出すのは不可能だろう。

「それよりも、友恵《ともえ》はスタンバイできたのか」

浩志は苛立ちぎみに言った。

敵の目的地がデリゾールと決まったわけではないが、敵地に潜入する上で情報が欲しかった。浩志は、土屋《つちや》友恵に、ISの支配地域の情報を調べるように池谷に依頼している。また、彼女にいつものように軍事衛星を使って敵地の監視も頼むつもりだ。リベンジャーズが世界トップクラスの特殊部隊と同じ土俵で闘うことができるのも、彼女の天才的なハッカーとしてのバックアップがあるからと言っても過言ではない。

――もちろんです。すでに出勤しています。お望みの情報をおっしゃってください。彼女が全力でバックアップします。

傭兵代理店は昨年に防衛省の裏手にマンションを建ててその地下に移転している。池谷と中條《なかじょう》と友恵の三人が常駐していた。もっとも彼らはいずれもマンションに住んでおり、二十四時間体制になっているのと同じであった。

「おそらく四時間前後でデリゾールに到着するだろう。友恵に車列を軍事衛星で追尾し、人質がどこに監禁されるか確認して欲しい」

デリゾールの手前で浩志らは車列から抜ける予定である。テロリストのアジトまでのことを付いて行くつもりはない。

——ちょうど、彼女の仕事部屋にいましたので、友恵君に電話を代わります。

——こんばんは、友恵です。

「今から、俺たちの座標を言う。追尾してくれ」

浩志は黒川が持っていたGPS測定器の画面表示を見た。

——もう軍事衛星で追尾していますよ。

さも当然とばかりに友恵は抑揚《よくよう》のない声で言った。

「……そうか。人質は、車列の七台目から十一台目までのピックアップの荷台に乗せられている。彼らがテロリストのアジトに監禁されるはずだ。場所を特定して欲しい」

いつもながら友恵の手際《てぎわ》の良さに浩志は苦笑を浮かべた。

——了解しました。ちなみに軍事衛星で荷台に乗せられている人質の顔を撮影し、解析《かいせき》しておきました。各国の軍のサーバーをハッキングして人物も特定してありますので、名簿をメールで送ります。

一時間前に黒川の報告を受けてからすぐに友恵も動いたようだ。

「そこまで分かっているのか。SASは何人捕まっている?」

すかさず浩志は尋ねた。

——四人です。ちなみにGISが二人、KSKが三人、COSが二人の計十一人です。

友恵は淡々と答えた。SASの人質が四人なら三人が殺されたことになる。

「四人か……引き続き監視を頼む」

頬を引き攣《つ》らせた浩志は、通話を切った。

四

午前三時、池谷は友恵の作業を見守っていたが、邪魔だと言われて部屋を出た。仕事中の彼女は、相手が誰であろうと容赦はない。池谷は彼女の幼い頃から知っているだけに苦笑を浮かべてすごすごと従った。

廊下は空調の音だけが、かろうじて聞こえる。新傭兵代理店は〝パーチェ加賀町《かがちよう》〟というマンションの地下二階にあった。若い友恵には繁華街が近場にないため不評だが、防衛省と道路を隔てた向かいの閑静《かんせい》な住宅街にある。以前の代理店も下北沢《しもきたざわ》の静かな住宅街にあった。池谷は都会の喧噪が何よりも嫌なのだ。

自室に戻ろうか迷った池谷は廊下を左に進み、エレベーターホールの前にあるオフィスに入った。四十二平米ある部屋には池谷と中條修《おさむ》、めったに使わないが友恵のデスクの他にも未使用のデスクが二つある。

各自のパソコンだけでなく、出入口と反対側の壁に掛けられた八十インチのモニターには様々な情報を映し出すことができるので、池谷らは作戦室と呼んでいた。

オフィスに軽やかな電子音が響く。

パソコンに向かって作業をしていた中條が、電話の受話器を取り、英語で受け答えをはじめた。

「社長、お電話です。英国大使館のジョシュア・オースチンさんからです」

「はい、池谷です」

にやりとした池谷はすぐさま電話口に出た。

——はじめまして、私は日本駐在の武官を務めるジョシュア・オースチンです。日本の代理店では、シリア南部の現状を摑んでいらっしゃいますか？

オースチンは丁寧だが、盗聴を警戒しているらしく曖昧《あいまい》に尋ねてきた。シリア南部というのは、むろん墜落した輸送機から脱出した特殊部隊兵士が襲われた事件を指すのだろう。

「おそらく、どこよりも」

池谷も相手の口調に合わせながら、中條のパソコンの画面を覗いた。

モニターにはオースチンのプロフィールが映し出されている。英国陸軍の少佐で、昨年から日本に駐在しているようだ。日本の傭兵代理店を知っているということは、かなり高いセキュリティレベルの人物だが、中條が念のため身元を確認したのだ。データは、英国大使館のサーバーからダウンロードしたものである。

日本在住の各国大使館を自動的にハッキングし、勝手にデータベース化するというアプリケーションを友恵が暇《ひま》な時に開発した。彼女の説明では、各国のサーバーのセキュリティにバックドアという抜け穴を作り、そこから自由にデータをダウンロードできるようにしたらしい。そのため、アプリケーションに名前さえ打ち込めば、データベースから瞬時に検索できるのだ。

——貴社のオフィスは安全ですか？

オースチンは囁くような声で言った。

「大使館よりは、数段上かと自負しております」

池谷は淀《よど》みなく答えた。

——そちらに今からお伺《うかが》いしてもよろしいですか？

「一つお尋ねしてもよろしいですか。あなたの行動が日本政府に知られるとまずいですか？」

——それは正式な外交ルートを通してくれという意味ですか？

池谷の質問にオースチンの声が硬くなった。

「まさか、傭兵代理店ですからその必要はありませんが、日本政府としてもお手伝いができるようでしたら、私からその筋に連絡をとることもできます」

——正直言って、今は藁《わら》をも摑む思いです。情報を提供していただけるのなら、手段は選びません。

「了解しました。それでは、お待ちしております」

池谷は待ち合わせ場所を教えて電話を切った。

三十分後、池谷は防衛省の北門の前に立った。

待つこともなく制服の自衛官に付き添われた白人が北門に現れる。ゲートボックスにいる警備の自衛官が、二人に敬礼して門を開けると、制服の男は警備の自衛官に軽い敬礼を返して戻って行った。

戸惑いの表情を見せながら、白人の男が一人で門から出て来る。池谷は白人に無言で頷き、そのまま数十メートル歩いて〝パーチェ加賀町〟に隣接する〝グランド市《いち》ケ谷《や》〟というマンションの玄関セキュリティを解除して中に入った。

「ミスター・オースチンですね。はじめまして私は池谷悟郎です」

エントランスに入ってはじめて池谷は口をきいた。

「驚きました。防衛省の駐車場に車を停めたら、自衛官に門まで案内されました。いったいどうなっているんですか？」

オースチンは肩を竦めてみせた。

「日本の傭兵代理店の存在を一部の防衛省関係者が知っており、密かに協力してもらっています。もっとも今回は防衛省の駐車場を使わせてもらっただけですが」

馬のように長い顔の池谷は白い歯を見せて笑うと、地下室に向かった。彼はこの一年で以前にもまして防衛省との繋がりを深めている。池谷の手腕もさることながら、リベンジャーズの活躍を政府や防衛省の要人が認めたことが大きな要因であった。

「防衛省が駐車場！」

高い声を出したオースチンは、首を振った。

「もちろんそれだけではありません。あなたに尾行がいた場合も想定しています」

「なるほど、私に尾行があったとしても防衛省の中までは付いてこられない。それに防衛省の正門で私は身元を調べられる。防衛省をフィルターのように使っているのか」

オースチンは大きく頷いた。

「失礼ながら、あなたがご本人かどうかも調べさせてもらいました。また日本政府に知られてもいいかを尋ねたのは、防衛省を使うためでした。もし拒否された場合は、いささか面倒な別の接触方法をとることになりました」

池谷は地下室にあるセキュリティボックスの網膜《もうまく》認証を受けて地下通路のドアを開けると、隣りの〝パーチェ加賀町〟にオースチンを案内する。

機械室を抜けてエレベーターに乗った池谷は二階のボタンを押した。地下二階のオフィスに行くのなら、暗証キーにもなっている行き先階ボタンで暗証番号を打つのだが、そうはしなかった。

五階建てのビルの一階は夜の十二時まで営業しているカフェになっており、二階から四階まではワンフロア四部屋、最上階は三部屋の贅沢な作りのマンションになっている。池谷の構想では、マンションにリベンジャーズを住まわせるつもりだった。だが浩志らには不評で、最上階に池谷と友恵、四階に瀬川と黒川と中條が住んでいるだけで他は空き部屋である。そのため、二階の一部屋をビルの竣《しゅん》工《こう》直前になってオフィスに改築した。

「こちらへどうぞ」

池谷は二階でエレベーターを下りると、オースチンをオフィスに招いた。

玄関を入って靴のまま入れるように大理石のタイルが敷き詰められた二十畳の部屋に応接セットが置かれている。室内は白でインテリアがまとめられ、奥にはカフェバーを思わせるカウンターがあった。入口近くの壁には大きな日本画が飾られており、反対側の壁には八十インチのモニターが掛けられている。全体的に高級ホテルのラウンジを思わせる作りになっていた。

下北沢では偽装のためにしがない質屋の看板で細々と営業していたが、防衛省の裏手に会社を構えるに当たって体裁を整えたのだ。もっとも気取った場所を嫌う浩志らには評判が悪い。

「どうぞ、おかけください」

池谷は革張りのソファーを勧めると、カウンターの上にあるコーヒーメーカーからポットを取り出し、カップにコーヒーを注いだ。

「すばらしい。これが日本の傭兵代理店ですか。英国とはまるで違う」

オースチンは天井のシャンデリアを見ながらソファーに腰を下ろした。

ロンドンにある傭兵代理店は、百年前に建てられた古いレンガのビルに収まっているので驚くのも無理はない。

「ヨルダンで起きた事件で英国政府は、かなりショックを受けたと思います。どこまで情報を摑んでいらっしゃるのですか？」

池谷はコーヒーカップをガラスのテーブルに置くと、オースチンの前のソファーに座った。

「米軍とヨルダン軍に問い合わせたところ、午後六時四十三分、ヨルダンの国境から七十キロ北のシリア上空で、Ｃ１３０Ｈの操縦席が爆発して墜落。搭乗していた各国の特殊部隊兵士は全員脱出するもヨルダン国境に向かっているのは、米国とオーストラリアとカナダの二十名の兵士だけと報告を受けました。米軍からは降下地点で戦闘があり、他の兵士が巻き込まれた可能性が高いと聞きました。私は新しい情報はないかと、各国の軍の司令部に問い合わせましたが、それ以上の情報は得られませんでした。リベンジャーズも参加していることを聞いていましたので、日本の傭兵代理店に行き着いたわけです」

オースチンは早口で説明を終わると、溜め息を吐いてコーヒーを啜った。

「まあ、早々と脱出した兵士からの報告ではその程度の情報でしょうね」

池谷はもったいつけて言うと、テーブルの上に置いてあったモニターのリモコンのスイッチを入れた。

「おっ！」

オースチンは腰を浮かして声を上げた。

八十インチの画面にモノトーンで不鮮明だが、四人の英国の特殊部隊兵士の顔写真が映し出されたのだ。

「米軍は戦闘と報告しているようですが、実際は待ち伏せ攻撃されたのです。残念ながらSAS隊員の三人が亡くなられたようです。映像は軍事衛星で撮影されたものを画像処理したものです。拉致されたのは、ダレン・リネッカー大尉、ホーガン・キャンベル中尉、カールトン・クラウチ少尉、フレイザー・シンプソン上級軍曹の四名です。現在、彼らはピックアップの荷台に乗せられて移送されています」

「なっ、なんと」

池谷は淡々と説明した。

絶句したオースチンは、右手を額に当ててソファーに深々ともたれ掛かった。

「ここまでの情報は、サービスです。本国にご自由に報告してください」

池谷はにこりと笑ってみせた。

「いったい、誰に拉致されたのですか」

体を起こしたオースチンは身を乗り出してきた。

「イスラム国、ＩＳです」

「なっ！」

悲鳴を上げたオースチンは、慌ててポケットからスマートフォンを取り出した。

五

午前一時四十分、浩志らを乗せた二台のピックアップはアブー・カマール郊外の砂漠に停められた。デリゾールから国道を走っていたが、ＩＳの検問を避けて砂漠に入ったのだ。

シリア東部のイラク国境に近いアブー・カマールは、ユーフラテス川沿いにあるため土壌が肥沃《ひよく》で古くから農業や畜産が盛んな土地で、国境を接するイラクとの交易の拠点でもある。それだけにイラク戦争でシリアを経由し、米軍に抵抗するイスラム民兵の拠点にもなった。様々な武装組織がアジトや訓練施設を築いていたが、二〇一四年に攻勢を強めるＩＳが他の武装組織を駆逐《くちく》し、支配下に治めている。

　人質の特殊部隊兵士を乗せたＩＳの車列は、襲撃場所から北東に向かって砂漠を進んでいたが、百六十キロほど進み政府軍の支配下にあるタドムルの郊外を過ぎるとようやく国道に入った。タドムルからデリゾールまでは約二百キロある。

　浩志らはデリゾールの十キロ手前で国道から外れて砂漠で待機した。シリア第七の都市であったデリゾールも現在（二〇一四年十二月）はＩＳの支配下にあり、都市に通じる国道ではＩＳ民兵の厳重な検問があるためである。走行中にライトを消して国道から砂漠に入ったのだが、先行する車とは五十メートル以上車間距離を空けていたために気付かれることはなかった。

　だが、軍事衛星で車列を監視していた友恵から緊急連絡が入った。車列はデリゾールを通過しただけで、アブー・カマールに通じる国道を東に向かって走っているというのだ。浩志らは慌ててデリゾール東部近郊から国道に入って追跡し、約一時間半後、ＩＳの車列がアブー・カマール市内に入ったのを確認した。

　途中で車に積んであった携行缶でガソリンの補充をした際に十分ほど休憩しただけで、砂漠も含む約四百五十キロの悪路を七時間もぶっ通しで走って来たのだ。ＩＳの持つ機動力が今日の圧倒的な力だと、浩志らは改めて実感した。

　夜空に寂《さび》しげな三日月が浮かび、西の空にはびっしりと星が煌《きら》めいている。気温は十度まで下がっていた。

「寒いな。田舎《いなか》を思い出すぜ」

助手席のワットが、フロントガラスをぼんやりと見ながら呟いた。

「そう言えば、田舎はカーソンシティだったなあ」

運転席の辰也も前を見たまま元気なさげに言った。

午後五時半からはじまる〝SO8〟の第三ラウンドの競技会に参加するため、五時前にリベンジャーズの面々はホテルで食事を摂っている。水分補給は大会本部から支給された五百ミリリットルのペットボトルの水を少しずつ摂取しているが、食事は九時間近くしていない。体力の低下を防ぐべくじっとしていればいいのだが、寒さと空腹を紛らわすために口を動かすのだ。

「ネバダ州はグレートベースンにあるが北部はモハーヴェ砂漠が広がる。夏はくそ暑いが、冬は恐ろしく寒い。俺の家は、街はずれにあった。砂埃《すなぼこり》が酷い所で五月でも夜になると冷え込んだ」

グレートベースンはロッキー山脈とシエラネバダ山脈の間にある広大な乾燥した地域のことである。

「俺はチベットに潜入したことを思い出していた。あの時も寒かったな」

辰也はしみじみと語った。

「行方不明の浩志を捜しに行った時のことか、確かにあの寒さは特別だった。だが、冬のロシアに潜入した時も寒かったぞ。あれに比べれば、この程度の寒さはたいしたことはないな。元気が湧いて来たぞ。よし、バーにでも繰り出すか」

ワットは声を上げて笑った。

「なんだか、隣りは楽しそうですね」

運転席の一色はすぐ隣りに停めてあるピックアップをちらりと見て、苦笑を浮かべた。斥候に出ている加藤から運転を代わったのだ。加藤は国道から外れる前に斥候に出ているため、かれこれ三十分近く時間が経っていた。

友恵から軍事衛星で得られた情報を衛星携帯に送ってもらったが、敵地だけに詳細な情報が必要だった。

「ワットがくだらない冗談を言って、盛り上げているんだろう」

浩志もにやりとした。ワットは浩志とは違う方法でチームを引っ張っている。彼がいてくれるおかげでこれまで幾多の困難も乗り越えてきた。くだらないと言ったが、褒め言葉のつもりである。

「今回の救出作戦は、充分な準備ができていないだけにやっかいですね」

後部座席の黒川は困惑した表情で言った。武器は手にしているが、予備弾が少ないことが気になっているようだ。

「準備は必要だが、それができるくらいなら俺たちは必要ない」

「お二人とも流石です。ただ、情けない話ですが、潜入前に腹の虫を納得させたいですね」

一色は腹をさすってみせた。彼が心配していたのは、武器ではなく食事のようだ。一色はチームで一、二を争う大食いの辰也や宮坂らよりもよく食べる。

「帰って来たぞ」

前方の闇を見つめていた浩志は車から下りた。

ほどなくして暗闇から加藤が抜け出し、浩志の前で立ち止まると、二台の車から全員が下りて浩志と加藤を囲んだ。

「ただいま戻りました。要所に監視兵がいますが、まじめに見張っている者はいません。街は静かで通りを歩く者もほとんどいませんでした」

浩志らがいる場所は街から二キロ離れた砂漠である。加藤は走って来たのだが、息を乱すこともなく報告していた。

「目的地は分かったか？」

友恵から人質がどの建物に連れ去られたのかまで報告されていた。

「確認しました。監視兵のいない道を選んで行くことができます」

「車が二台も行方不明ということで騒いでいなかったか？」

移動中ならともかく、アジトに戻った時点で浩志たちが車を奪ったことはばれているはずだ。

「私の見た限りでは特に異変は感じられませんでした」

加藤はワットもいるため英語で淡々と答えた。

「本当か？」

ワットは浩志を見て肩を竦めてみせた。

「ご苦労」

報告を聞きながら、考えごとをしていた浩志は加藤を労《ねぎら》った。

軍事衛星で監視していた友恵によれば、ＩＳの車列は街に入ると、すぐにばらばらになったらしい。

「街に入った時点で解散することが決まっていたのかもしれないな。戦闘で奴らも疲れている。すぐに休みたかったんだろう」

ワットは首を傾げながら暗い街を見た。

「だが、人質も五カ所に分かれて収容されてしまった」

浩志は渋い表情で首を振る。五カ所全部の施設を人知れずに攻撃することは難しい。

「五カ所か……。連中は人質を簡単に処刑する。一刻の猶予もないぞ」

絶句したワットは、頬を両手で叩いた。

「ところでＩＳの倉庫から、こんなものを手に入れました」

加藤は肩に担いで来た布袋から缶詰とＡＫ47の銃弾が詰められたマガジンを出した。缶詰は中東ではポピュラーなゲイシャ印のサバ煮で、ちょうど七個ある。人数分盗んで来たようだ。加藤は缶詰とマガジンを各自に配った。

「国連のマークが入っている。おそらくイラク経由の支援物資なのだろう。弱者救済のためにやっているのに、ＩＳが横取りしているわけだ」

缶詰を手に取った辰也が苦々しい表情で言うと、

「救援物資か。ということは、俺たちのためにあるようなものだ」

ワットは辰也の缶詰を取り上げて笑った。

「腹ごしらえをしたら出発だ」

浩志は加藤の肩を叩き、缶詰を受け取った。

六

午前二時、リベンジャーズは動き出した。

アブー・カマールはユーフラテス川の西岸に沿って南北に長い。街の東側は穀倉《こくそう》地帯、西側は砂漠である。街の中心を国道４号が抜けており、街はずれにＩＳの検問所があるが、砂漠側ならどこからでも潜入できた。

浩志らはピックアップで堂々と街の西側から入った。全員ISの兵士から奪ったマスクを被って顔を隠している。もともと黒い戦闘服を着ているために明るい場所でなければ、彼らの戦闘服と区別はできない。

砂漠側は建物がまばらに建っているだけだが、街の中心に近付くにつれて日干しレンガの家が軒を連ねる。ほとんどの建物は平屋で、政府軍の度重なる空爆や市街戦で傷ついていた。

「次のブロックの三軒目の家が、Eです」

助手席の加藤が前方を指差した。運転は引き続き一色がしている。浩志は後部座席に黒川と乗り込んでいた。

最初の襲撃ポイントには、SASのホーガン・キャンベルとフランスの外人部隊のCOSの二人の兵士が閉じ込められているはずだ。友恵は衛星写真で人質を解析し、乗せられている車を追跡することで居場所を特定していた。彼女からは衛星写真に印を入れられたデータを送ってもらっている。便宜《べんぎ》的にAからEと区別し、西側の砂漠から一番近いEから攻略することにした。

「停めるんだ」

浩志は交差点の手前で車から下りると、AK47を肩に担いだ。加藤と黒川もさりげなく浩志に従った。後続のピックアップからもワットと辰也が下りて来る。宮坂が運転手として残ったようだ。車が盗まれることはないだろうが、一色と二人で外の見張りをさせるのだ。

五人は全員ＡＫ47を肩に担いでいる。構えて持ち歩くと怪しまれるからだ。その代わり戦闘服の前のボタンを外して、ショルダーホルスターのグロックがいつでも抜けるようにしている。交差点を渡り、建物の前に白いハイラックスが停められている三軒目の建物に近付いた。

浩志が加藤と黒川に建物の裏口に向かうように合図をすると、辰也はグロックを手に出入口の脇に立った。ワットが反対側からドアをゆっくりと開ける。辰也が建物にすっと体を忍び込ませ、浩志とワットはグロックを構えて音も立てずに続く。

照明はなく真っ暗な室内をハンドライトの光が交錯《こうさく》した。

浩志はハンドライトを逆手《さかて》に持った左手首に、グロックを握った右手を載せて暗闇を進んだ。

反対側から二筋のハンドライトの光がやって来る。裏口から侵入した加藤と黒川であった。右の人差し指をトリガーにかけていた浩志は、指を伸ばして銃身に添えた。

「誰もいませんでした」

加藤が首を横に振った。

「建物は平屋だ。地下室があるのかもしれない。捜すんだ」

浩志は加藤と黒川を裏口に、辰也を表の出入口の見張りに立たせると、ワットと床を調べはじめた。

石のブロックが敷き詰められた床の上に、擦り切れたマットが敷かれている。マットを二人で引き剝がし、石を靴の底で蹴って確かめたが、地下室は見つからなかった。

「この建物に間違いはないのか？」

苦りきった表情のワットが尋ねてきた。

浩志は懐からスマートフォンを出すと、二十分前に友恵から送られてきた衛星写真の画像をチェックした。印が付けられた建物の前には白いハイラックスが停めてある。

「間違いない」

「シット！　裏口から外に出たんだ」

ワットはマットを足で蹴り、舌打ちをした。

浩志は衛星携帯を出し、電話をかけた。

「俺だ。Ｅに潜入したが、もぬけの殻《から》だ。建物から移動したことは、確認できなかったのか？」

――五カ所もあるため、私は車が動かないかだけ見ていました。それに人間が認識できるほど拡大できないのです。追跡中に使っていた軍事衛星を米軍が使いはじめたので、現在は一世代前の衛星を使っています。倍率を上げられないのです。

友恵が悪びれることもなく淡々と答えてきた。

米国の軍事衛星を彼女がハッキングして勝手に使っているため、米軍が作戦で使用すれば彼女は動かせなくなるのだ。軍事、安全保障を目的とした衛星を百個以上保有する米国だが、最新の衛星の数は限られているらしい。彼女に頼り過ぎていたとむしろ反省すべきだろう。そもそも夜中だけに敵は動かないと思い込んでいた。

「Dに向かうぞ」

浩志は仲間に車へ戻るように命じた。

「次の角を左に曲がってください。2ブロック先の角の建物です」

助手席の加藤は、斥候に出て完璧《かんぺき》に地図が頭に入っているようだ。

浩志らは同じ手順でDのアジトに踏み込んだが、結果は同じだった。

「一旦アジトに入ってから、どこかに集められたんですかね」

辰也が苛立ち気味に言った。

「嫌な予感がする。罠じゃないだろうな」

ワットが腕を組んで渋い表情をしている。

「可能性はある。だが、処刑するために集められたかもしれない」

浩志も胸騒ぎがしていた。

「だとすれば、五カ所のうちどこかが、処刑場ということか」

ワットが両眼を見開いた。

「いずれにせよ、夜が明ける前に一つずつ調べるほかない」

頭の中で罠という単語を反芻《はんすう》しているが、それを口に出しても解決にはならない。ＩＳの車列を街の郊外で見送ってから、一時間近く経っている。その間に何か問題が発生し、テロリストは行動を起こしたのかもしれない。ただし車がアジトの前に置いてあるので、街にはいるはずだ。

「次はＣか」

浩志は改めてスマートフォンの画像を見て顔をしかめた。敵のアジトのアルファベットを遡《さかのぼ》るに従い、街の中心に近付くからだ。

「次もいなかったら、引き返そうぜ。俺の頭の中で警報が鳴りっぱなしだ」

ワットもスマートフォンの映像を確認して言った。

「次のアジトを確認したら、撤退する」

浩志は再び仲間に車に乗るように命じた。ここで撤退をしないことを判断ミスだと先々思うかもしれない。だが、危険を天秤にかけて人質を見殺しにしたら、リベンジャーズの存在意義はなくなる。それが分かっているだけに進まざるを得ないのだ。

「２ブロック先の交差点を右に曲がって、３ブロック先の二軒目です」

加藤はまるでタクシーに行き先を告げるように明瞭《めいりよう》に指示を出す。運転している一色がしきりに頷いて感心している。

指示通りに二台のピックアップは、夜更けの街を低速で移動した。

「これまで以上に気を引き締めて行くぞ」

目的の建物の二十メートル手前で車が停められると、浩志は珍しく無線で仲間に呼びかけた。

街の中心部に近付いたせいか、建物は二階建てや三階建てもある。Cの建物は三階建てだった。交差点の角にハイラックスが停めてある。友恵から送ってもらった衛星写真と位置は変わっていない。

浩志ら五人は、交差点の手前で油断なく周囲を警戒し、道を渡った。

突如、まばゆい光が顔面に当たった。

「銃を捨てろ！　抵抗するな！」

英語で警告され、足下に銃弾が撃ち込まれた。

「何！」

ワットが叫んだ。

「撃つな！」

ライトの光源を撃とうとした浩志は、グロックを捨ててアラビア語で叫んだ。

交差点を囲む建物から、無数の銃口が向けられていた。

死のゲーム

一

板で塞《ふさ》がれた窓の隙間から一条の光が漏れ、血と砂がこびり付いた浩志の頭部を照らしている。

浩志は日干しレンガの壁を背に座った状態で気絶していた。部屋は二十平米ほど、ほかにもワットが仰向《あおむ》けに倒れている。

「……」

肩をぴくりと痙攣《けいれん》させた浩志がゆっくりと瞼《まぶた》を開けた。

手錠《てじょう》をかけられた両手をじっと見つめて首を傾げ、次いで薄暗い部屋の中を見るために頭を動かした。

「うっ！」

途端に頭部が痛みに襲われる。浩志は思わず右後頭部に手をやった。砂と乾いた血が指先に付いた。傷口はすでに塞がっているようだが、かなり腫《は》れ上がっているようだ。

浩志は痛みで立ち上がることができずに、四つん這いになって部屋の中央で大の字になっているワットに近付き、首筋に指を当てて脈拍を調べた。顔面を殴られたらしく鼻血がこびり付いている。脈は正常で、鼻の骨が折れたのだろう、いささか鼻が曲がっている以外に目立った外傷はない。

「ワット、大丈夫か?」

浩志はワットの肩をゆっくりと揺すった。彼も両腕に手錠をかけられている。しゃべると喉が痛む。水分の補給が足りないため、口の中まで乾燥しているせいだ。脱水症状を起こしているのかもしれない。

「むっ……」

ワットは目を開けると、咳《せ》き込んで上体を起こした。鼻血が気道に入ったようだ。

「……俺たちだけか?」

咳き込みながら血の混じった痰《たん》を吐き出したワットは、口元の血を戦闘服の袖《そで》で拭いながら周囲を見た。

「この部屋には俺たちしかいない。俺も今気が付いたばかりだ」

浩志はワットの横に腰を下ろした。

「一体どういうことなんだ。……墜落する飛行機から脱出した時もそうだが、街に潜入したらまた待ち伏せだ。俺たちが何か悪いことでもしたのか……?」

ワットは胡座《あぐら》をかいて座り直し、首を横に振り咳き込んだ。気温は二十二、三度で寒くも暑くもないが、浩志と同じように乾燥のため喉が痛いのだろう。

「俺たちの動きが読まれていた。情報が漏れていたのか、それとも敵は恐ろしく頭がいいのか、どちらかだ」

今の段階では憶測しかできない。浩志は投げやりな口調で答え、首の後ろを押さえた。

「後ろから殴られたのか。俺はＡＫ47の銃底で顔面を殴られた。おかげでいい男が台無しだ。俺の鼻は曲がっていないか?」

ワットは英語で冗談を言いながら立ち上がり、出入口や壁を調べている。盗聴器や監視カメラを探しているのだろう。

部屋は窓と反対側に、鍵のかかった木製の頑丈なドアがある。旧式な鍵のため、道具さえあればいつでも脱出は可能だろう。部屋の奥行きは五メートルほど、幅は四メートル弱、天井までは二・四メートル程度で、床は砂がかぶった石畳だ。

「元から曲がっている。気にするな」

浩志も痛みを堪えて立ち上がって首をぐるりと回すと、ワットと反対側の板で塞がれた窓付近を調べはじめた。

「シッ！」

ドア付近を調べていたワットが、口を鳴らした。振り向くと、壁に張り付いたワットが人差し指でドアの上の天井を指差している。腕を伸ばして欠伸をする振りをしながらドアに近付いて見ると、直径一センチほどのレンズが壁の隙間から覗いていた。監視カメラが埋め込んであるのだ。

「吉と出るか、凶とでるか。使い方や発音は間違いないか？」

ワットは日本語で言うとにやりと笑い、両膝を開いて腰を少し落とした。

どれほどの時間気絶していたか分からないが、背中の筋肉が硬くなっている。浩志は背筋を伸ばして硬くなった筋肉を伸ばすと、ドアに背を向けてズボンのベルトを外した。

「間違っていない」

浩志は振り返り様《ざま》にワットの膝を蹴って跳躍し、天井近くに埋め込んである監視カメラをベルトのバックルで叩き壊した。

「さて、どんな歓迎がされるのか楽しみだ」

ワットは両手を蝿《はえ》のように擦り合せている。

「期待できるかもな」

浩志はベルトを締めてストレッチをした。

待つこともなくドアが乱暴に開けられ、ＩＳのマスクを被った五人の武装兵が現れた。

銃口を浩志とワットに向けて、油断なくＡＫ47を構えている。

浩志とワットは両手を上げて、後ろに下がった。相手が五人ならワットと二人で片付けるのは簡単だ。

「抵抗するな。おまえらの手下を人質にとってある。少しでも変な真似《まね》をすれば、全員の首を切り落とす」

中央に立つ一九〇センチ近い背の高い男が、ロンドン訛の英語で言った。瞳の色はブラウンだが、マスクから見える肌の色は白い。白人なのだろう。背格好が輸送機を襲ったＩＳの部隊の指揮官に似ている。

「抵抗はしない。フロントに案内してくれ。チェックインをまだ済ませてないはずだ」

ワットは背の高い男に向かって冗談を言った。

男は前に出ると、いきなりワットの鳩尾《みぞおち》をＡＫ47の銃底で殴りつけた。

「俺は米国人のジョークが一番嫌いだ。くだらなすぎて笑えない」

続けて男は、腹を押さえているワットの肩を蹴って後ろに転ばせた。

「止めろ。その辺でいいだろう」

さらに蹴り付けようとする男とワットの間に浩志は、割って入った。ワットは後頭部を打ったらしく、動かなくなった。

「なんだと！」

男はＡＫ47の銃口を浩志の顎の下に当てたが、浩志は顔色一つ変えずに立っていた。幾多の修羅場を潜り、死にかけたことも何度もある。地獄を見て来た瞳は、人知を超えた深い愁《うれ》いを湛《たた》えていた。

「……死にたいのか」

男は浩志の瞳を見て一瞬たじろいだが、銃口をさらに強く押してきた。

「人はいずれ死ぬ」

浩志はぼそりと言った。

「さすがだな、浩志・藤堂。おまえのことは米国の国防総省のサーバーをハッキングして調べておいた。ずいぶんと活躍してきたらしいな。ブラックナイトを潰したらしいが、本当か？」

銃口を押し当てたまま男は尋ねてきた。

「質問したいのなら、名を名乗れ」

浩志は平然と言った。

「よかろう。私の名は、マフムード・アリムだ」

男は胸を張って答えた。近年欧米の白人も中東に渡ってイスラム教に改宗し、アラブ名を名乗る者が増えている。男はアラビア人になって、アラビア語で〝ジハードを遂行する者〟であるムジャーヒディーンになったつもりでいるのだろう。

「神に称《たた》えられた学者か。コードネームとしてはいい名前だ」

浩志は笑いながらアラビア語の意味を言った。神に称えられるほどの学者が銃を振り回すとは笑わせる。

「馬鹿にするな！」

マフムードは金切り声を上げ、ＡＫ47の銃底で浩志の脇腹《わきばら》を殴りつける。三歩ほど後ろに下がったが、浩志は倒れずに踏ん張った。殴られる瞬間に急所の位置を外し、筋肉を固める。古武道の体術で衝撃を最小限にとどめていた。

「それで、おしまいか」

元の位置に戻った浩志は、抑揚のない口調で挑発した。アラブの戦士は弱い男を極端に嫌う。弱音を吐けば、かえって相手を怒らせるか、生きている価値のない人間と見なされて殺されるのだ。

「何！」

マフムードは銃身を持ってＡＫ47を振り回し、浩志の頭を殴りつけてきた。左の顎に当たった。急所は外すように体を動かす。傍《はた》で見ていれば、浩志は凄まじい衝撃を受けたように見えたはずだ。もっともさすがに星が飛んで床に転がされた。

浩志はよろけながらも立ち上がると、マフムードの前に立って口の端から流れる血を右手の甲で拭う。銃を構える他の男たちが、顔をしかめた。浩志の男らしい態度に対して、マフムードの行動はあまりにも卑怯《ひきょう》に見えるからだろう。

「うん……」

部下たちの顔色を読み取ったらしく、ばつの悪そうな表情をしたマフムードは逆手に持っていたAK47を肩に掛けた。

「この辺にしておいてやる。二度と偉そうな態度をとるな。この男を連れて来い！」

マフムードが命じると、浩志は両脇を押さえられて部屋から引っ張りだされた。部屋を出る直前にワットをちらりと見ると、倒れたままの姿勢でウインクをしてきた。ダメージは大したことはなさそうだ。これが最後かもしれないが、いつでも陽気な男だ。

口元を僅かに上げた浩志は、さりげなくワットに親指を立ててみせた。

二

午後一時二十五分、〝パーチェ加賀町〟二階にある新傭兵代理店のオフィスに池谷が一人の男を前に沈痛な表情をしていた。

「それで、どうして藤堂さんたちが、現地時間の午前三時十四分に襲撃されたと分かったのですか？」

不機嫌そうに質問したのは、内調の特別分析官の片倉啓吾《かたくらけいご》である。彼は浩志らと戦火のシリアに潜入して混沌《こんとん》とした政情を分析して政府に報告するなど、日本で最も中東を知り尽くし、欧米政府からも一目置かれる存在になっていた。

「傭兵の皆さんには、当社から衛星携帯を一人一人に貸し出しをしております。ただ市販品と違ってカスタマイズを施しておりまして、緊急時にはボタン一つでSOSを流すことができます。その際に信号の内容とGPSで位置情報も発信されます。信号を発信したのは、当社の契約社員でもある黒川でした。こちらからは何度も通信を試みていますが、未だに連絡は取れません」

池谷は上目遣いで片倉を見た。

「もう四時間も経っていますよ。どうしてもっと早く教えてくれなかったのですか」

片倉は咎《とが》めるように言った。彼は浩志に何度も命を救われて恩義を感じているだけに、連絡がなかったことに腹を立てているようだ。

「申し訳ありません。外務省や内調に知られずにあなた個人にコンタクトを取ることが難しかったからです」

池谷は髪が薄くなった白髪頭を下げた。黒川からのSOSを受信してから、友恵に現地を軍事衛星で詳細に調べさせている。また、アブー・カマールならヨルダンよりも、トルコから潜入した方が近いため、アンマンに向かうはずだったリベンジャーズの別働隊を急遽《きゅうきょ》トルコのイスタンブールへ行かせるなど、池谷は手をこまねいていたわけではない。

「ちょっと待ってください。今回のメンバーには、特戦群の一色という人物も入っていると池谷さんはおっしゃいましたよね。それにもかかわらず、外務省や内調に知られてはまずいのですか?」

片倉は訝しげに池谷を見た。彼はその能力の高さゆえに内調だけでなく、古巣である外務省からも未だに声がかかり、政府のトップシークレットに関わる仕事をしているだけに不審に思ったのだろう。もっともそれだけに忙しく、池谷も本人とダイレクトに連絡ができなかったらしい。

「さきほどもご説明しましたが、藤堂さんたちはヨルダンで行われていた軍事見本市に招待を受けて行ったのですが、競技中に待ち伏せされて攻撃を受け、拉致された兵士の救出に向かったところをまた襲われました。どこかで情報が漏れているのです。最後に襲われた状況は直接聞いておりませんが、このような場合はできるだけ情報をピンポイントで伝えるほかありませんので、申し訳ありませんでした」

池谷は首の後ろに手をやり苦笑した。

「なるほど、身内さえも信用できないということですか」

渋い表情をした片倉は、腕を組み頷いた。

「リベンジャーズは、拉致された四カ国、計十一人の兵士を救うべく、ISの攻撃部隊をアブー・カマールまで追跡しました。そこで作戦を遂行中に襲われたようです。片倉さんは、中東に様々なパイプをお持ちだと聞いております。些細な情報でも結構ですから、お分かりになる範囲で教えてもらえませんか」

「相手は、ＩＳですか。正直言ってどこの国の情報部も昨年まで相手にしていませんでした。彼らの行動は過激で確かに軍事力としては脅威でしたが、イラクでは落ちぶれていました。それが今や一万人前後いると言われています。彼らが特徴的なのは、インターネットを通じた宣伝が実にうまいことです。イスラム国の正当性を強調し、世界中から金と人を集めています。今後も戦闘員は増えていくでしょう。ただ、困ったことに欧米の国々がその脅威にまだ気が付いていません。なおさら日本政府は関心すらないのです」

片倉は苦りきった表情で首を振った。

ＩＳの戦闘員は二〇一四年十月で三万千五百人を超え、国籍も八十カ国以上にわたっている。また前年まで武器はＡＫ47にテクニカルだけだったが、二〇一四年に入ってからイラク、シリアの両国の軍隊から奪った高性能の武器を駆使し、戦闘能力が格段に上がった。

「正直言って、私も現地の藤堂さんから報告を受けるまでは、まさかと思いました」

池谷は肩を竦めてみせた。

「問題は、ＩＳを野放しにしているのは、欧米だけでなく中近東諸国も同じということです。このままでは大変なことになると、私は思います」

片倉は眉間に皺を寄せて説明をはじめた。

ＩＳはイラクで発生したアルカイダ系武装組織であるが、シリア紛争が激化すると、ヌスラ戦線と共闘して勢力を拡大した。だが、二〇一三年の四月以降は〝イラクとシャームのイスラム国〟と名乗ったことにより、アルカイダやヌスラ戦線とも袂《たもと》を分かつ。

「イラクではＩＳの勢力は衰えていたのですが、アラブ社会でも嫌われ者のシリア政権を打倒するという目的で周辺国の支持を得、紛争の混乱に乗じて他の反政府勢力を駆逐することで力を付けたのです。スンニ派のアラブ諸国から資金を調達し、トルコは彼らの資金と人材が国内を通過するのを黙認し、結果的にＩＳを援助してきました」

片倉は怒気を含んだ口調になった。彼の忠告を聞こうともしない政府によほど腹を立てているのだろう。

「それで、今回の事件はＩＳが組織的に動いているのでしょうか？」

池谷は片倉の話がいささか脱線気味になったので、話を元に戻した。

「アブー・バクル・アル＝バグダーディーがカリフ（指導者）を名乗り、彼の元で上級幹部による評議会があるようです。しかし、急速に拡大した組織だけに指揮系統が追いついていないと私は分析しています。今回も欧米のトップクラスの特殊部隊を襲撃するという大それた作戦にもかかわらず、人質をＩＳの本拠地ラッカでなく、イラク国境に近いアブー・カマールに連れて行ったのは、首謀者がＩＳでも地方組織の幹部だった可能性があります」

片倉は右手を顎に当てて言った。かなり自信があるようだ。

ＩＳは、二〇一四年六月二十九日にイスラム国の国家樹立を宣言し、ラッカを首都としている。片倉の読みは間違っていない。

「しかし、これまでの動きから犯人らの行動に無駄はなく、機動性があります。とても一地方組織の犯行とは思えませんが」

池谷は戸惑いの表情をみせた。

「先ほどもご説明したように、ＩＳには世界中から急速に人材が集まっています。ＩＳの中央でも制御できていないのでしょう。しかも集まって来る人材の中には街のチンピラや軍事オタクもいるかもしれませんが、そういった役立たずだけでなく元軍人もいます。また、本格的な軍事訓練を行っているという情報もあります。彼らの軍事力は馬鹿にできないんですよ。ところで、この件は、森《もり》、美香《みか》にも教えましたか？」

片倉は言いづらそうに美香の名を言った。実の兄だけに心配なのだろう。

「まだ連絡していません。確かな情報もありませんし、無責任な情報で彼女にシリアに行かれても困りますから」

池谷は首を勢いよく横に振った。

「それほど、無鉄砲じゃないでしょう。しかし、いらぬ心配はさせたくないので、まだ彼女には教えないでください。こうしてはいられません。手を尽くして情報を集めますので、これで失礼します」

片倉は突然立ち上がった。

「おっ、お願いします」

慌てて立ち上がった池谷は、深々と頭を下げていた。

三

両腕をＩＳの男たちに摑まれた浩志は、日干しレンガの家を出て通りに出た。乾燥した太陽が頭上に昇っている。太陽の位置からすれば、時刻は午後一時前後か。気温は三十度を超しているのだろう。歩くだけでひからびた道路の砂埃が舞い上がり、夜は気にならなかった硝煙《しょうえん》と燻《いぶ》したような異臭がどこからともなく漂ってくる。空爆で焼かれ、銃弾を撃ち込まれた建物にこびり付いた臭いだ。

街中にはＩＳの戦闘員だけでなく、住民の姿も見える。夜見た上下黒の戦闘服姿の兵士よりも、白の上下に黒いベストと黒のイスラム帽を被った軽装の兵士が多い。住民を威圧するのを軽減する目的かもしれない。また、彼らの持つＡＫ47は、木製のストック部分が切り落とされ、短機関銃のように改造されている。単にストックが邪魔なためだろうが、彼らは照準を見て正確に発砲しないので必要ないのかもしれない。

通りには様々な露店があり、売り子が声を張り上げていた。どこにでもあるアラブの街角の風景である。ＩＳは街を支配し、完全に溶け込んでいるらしい。だが、路面店はどこもシャッターを閉めている。しかもＩＳのマークがシャッターに黒いペンキで描かれていた。

政府軍の爆撃で潰れたのかもしれないが、ＩＳが街を支配下に置いていると誇示しているのだろう。閉店を余儀なくされた店は、仕方なく露店を出しているに違いない。すれ違う住民は、連行される浩志をなるべく見ないようにしている。ＩＳがすることにかかわりを持ちたくないのだろう。

腐臭《ふしゅう》が鼻腔を突いた。戦場では、つきものの死臭である。

「むっ……」

左前方の鉄柵を見上げた浩志は右眉を上げた。

柵の上部に生首と首を切断された胴体が三体、串刺《くし》しになり、腐臭を放っている。死体の服装は民族衣装のカンデューラだ。珍しい赤い色と思いきや白いカンデューラが血に染まっていた。ＩＳに背《そむ》いた住民なのだろう。毎週金曜日にＩＳは処刑する。見せしめに何日か晒《さら》しておくのだ。

死体の脇を子供連れの男が歩いている。彼らの目には、首なし死体はもはやありふれた光景になっているようだ。

ＩＳはユーチューブに様々なビデオを投稿している。処刑のシーンや首を切った死体を山積みにした風景、目を覆うものがほとんどだが、中には街頭で住民にインタビューするシーンもある。住民は大人から子供までＩＳを称え、子供は皆大人になったらＩＳの兵士になりたいと口を揃えるのだ。洗脳されて目を輝かせる子供もいるが、表情がなく落ち着きがない者がほとんどである。住民を恐怖で支配していることは明らかだ。

「よく見ておけ、おまえも、ああなる」

左腕を摑んでいる男が立ち止まり、にやけた表情で言うと死臭なみの口臭がした。

「うん？」

浩志は立ち止まり、死体が晒されている柵が張り巡らされてある建物を見た。出入口に黒の戦闘服とマスクで顔を隠したＩＳの兵士が銃を構えて立っている。建物は二階建てだが、屋上でも兵士が見張りをしていた。ＩＳの司令部でないのなら、警戒が厳しすぎる。

〈ここか〉

浩志は拉致された特殊部隊の兵士が、監禁されている場所だと直感した。

「いつまで死体を見ているんだ」

前を歩くマフムードが怒鳴り声を上げた。

２ブロックほど歩いたところで、先頭を歩くマフムード・アリムが、ブロック塀に囲まれた建物の前で立ち止まった。鉄製の門の左右に二人の兵士が見張りに立っており、一人がマフムードを見て、恭《うやうや》しく門を開いた。

グラウンドのような前庭には、数台のテクニカルや旧ソ連製の戦闘車がカモフラージュ用のネットを被せられ、さらにその上に枯れ枝を載せて偽装されてあった。上空からでは、見分けがつき難《にく》いだろう。

ピックアップを改造した重機関銃のテクニカルもあるが、二台の２トントラックの荷台に旧ソ連製対空砲である改良型ＺＵ23-2が備え付けられ、銃撃手が乗り込んで警戒していた。半世紀以上前に開発された対空砲だが、改良型は電動旋回機構になっており、機敏に操作できるため、中東の武装組織には人気がある。またトラックのボディーには、〝株式会社〇〇興業〟と〝有限会社〇〇産業〟という日本語の文字があった。中東の人々は日本語をあえて残し、信頼の証だと自慢する。だが、テロリストのテクニカルに変貌している姿は痛々しい。

テクニカルの間を通って、前庭を渡り二階建ての建物に入った。規模からみて街の庁舎だったのかもしれない。出入口の近くに上下黒ずくめでＩＳのマスクを被った十人近くの男たちがたむろしている。マスクで目元しか見えないが、明らかに街を闊歩《かっぽ》している兵士とは違う鋭い目付きだ。この建物は、ＩＳの司令部なのかもしれない。

廊下を進み、突き当たりの部屋のドアが開けられると、後ろから蹴られて勢いよく床に転がされた。

八十平米はある広間らしき部屋の正面に、頭に黒いターバンを巻いた三人の男が絨毯の上に胡坐《あぐら》をかいて座っている。

「捕虜を連れて来ました。この男が浩志・藤堂です」

マフムードが男たちに深々とこうべを垂れた。

「まさか、この場に現れるのが日本人とは思わなかったな」

一番左に座っている浅黒い顔の男がアラビア語で言うと首を捻った。あご鬚を蓄え彫りの深い顔立ちをしており、訛からイラク人らしい。

浩志が立ち上がろうとすると、膝の後ろを蹴られて跪《ひざまず》かされた。

「正直言って、米国兵だと思っていましたが、我々の期待を裏切った分、活躍してくれるんじゃないですか」

一番右側の男は、なぜかひとりだけ目元だけ出して布で顔を覆っていた。

「存分に働いてもらわねばな。ターヘル、この男にルールを説明してやれ」

真ん中の男が、大きく頷くと、最初に口を開いた右隣の男に命じた。中央の男は黒々とりっぱな口髭の割には、肌が白い。白人の血が混じっているに違いない。

「藤堂、今おまえがここにいるのは、我々の計画したゲームの参加者に選ばれたからだ」

ターヘルと呼ばれた男は、咳払いを一つすると偉そうに言った。

「ゲームだと、馬鹿な」

浩志は思わず呟いた。途端に背中を殴りつけられ、前のめりに床に倒れた。

「我々を侮辱《ぶじょく》するような言葉は二度と吐くな」

眉間に皺を寄せたターヘルは、口調を強めた。

「……」

浩志は跪くと、渋々頷いた。

「我々はヨルダンで隔年ごとに行われるSOFEXにおいて、秘密裏に欧米の特殊部隊の競技会であるSO8が開催されることを聞きつけた。そこで、その中で一番優れた部隊を我々が企画したゲームに招待することにした。だが、どういうわけか日本のチームを選んでしまったようだ」

ターヘルは鼻から息を吐き出した。

「まさか……」

浩志は絶句した。

「そのまさかだ。我々は競技会の詳しい情報を知っていた。SO8の砂漠で行われる競技に向かう輸送機に戦闘員を送り込み、墜落させた。優秀なチームなら我々の攻撃をかわし、追尾してくると予測したのだ。もっとも追尾できなければ、人質から優秀な兵士を選んでチームを作る予定だった」

ターヘルの言葉に他の二人が膝を叩いて笑った。選抜チームを作るのに過酷なテストを人質にする予定だったのだろう。

「我々が、車列に紛れ込んだことを知っていたのか?」

浩志は首を捻った。そこまでミスを犯したとは思えないからだ。

「おまえたちの攻撃は実に巧妙だった。だが、襲撃されることを予測し、各車両の運転手は、一時間ごとに先頭車のマフムードに無線連絡をすることになっていた。最後尾の二台の車から連絡がなかった。敵に乗っ取られたことは、出発して一時間後に分かっていたのだ。案の定、アブー・カマールに戻って来た攻撃部隊の車は二台足りなかった。そこで我々は、おまえたちを迎える準備をしたというわけだ」

やはり攻撃部隊の指揮を執っていたのは、マフムードだった。

「さて、ゲームの説明をしよう。おまえは仲間を一人連れて、我々の指示通りに動いてもらう。課題をクリアすれば、仲間を一人解放してやる。だが、課題をしくじるたびにおまえの仲間を一人、それに先に捕まえた兵士を二人ずつ殺していく。みごとに四つの課題をすべてクリアすれば、おまえとチーム全員を解放してやろう」

成功したとしても、人質の特殊部隊の兵士たちは解放するつもりはないらしい。身代金の交渉をするのだろう。もともと、浩志たち傭兵を捕まえても身代金の要求する先はない。そういう意味では、彼らにとって浩志たちは金にならないのだろう。ゲームを企画したというが、後から考えた可能性もある。

「約束を守るという保証は?」

浩志は訝しげな表情でターヘルではなく、正面の男を見た。

「質問をするとは、肝の据《す》わった男だ。私は、アブー・カマールを治める男、サージタ・ウマル・イブラーヒームだ。私が人前で名乗ることはめったにない。神に誓って約束は守る」

テロリストであっても幹部ともなると、さすがに貫禄《かんろく》がある。サージタは、穏《おだ》やかな口調で言った。

「課題とはなんだ?」

浩志はサージタの両眼を凝視《ぎようし》して尋ねた。

「我々の仲間は世界中にいる。課題は仲間に教えてある。そこに行って聞くがいい」

浩志の視線を恐れずにサージタは見返してきた。黒目が大きく、瞳孔《どうこう》が開いているように見える。どこか精神の異常を感じさせる居心地の悪い目だ。

「海外なのか?」

あえて世界中と言ったサージタの言葉が気になる。

「まずはエルサレムだ」

サージタは人差し指を立てて前に突き出した。長袖のシャツに隠れていた右腕から痣《あざ》のような火傷《やけど》の痕《あと》が見えたが、なぜかドクロの形に見えた。ひょっとすると刺青《いれずみ》を焼いた痕なのかもしれない。刺青はイスラム法で禁止されている。イスラム教徒が欧米人を嫌う理由の一つとして、タトゥーをファッションとする彼らの考え方である。

「俺がエルサレムに行くまでに、逃げ出す心配はしなくていいのか?」

浩志は刺青に気が付かない振りをして、僅かに口元を緩めた。

「おまえは部下を見殺しにするような男ではない。態度を見れば分かる。だが、私が承知しても、私以外の者は許さないだろう。だからおまえには保証として、〝約束の首輪〟をしてもらう」

サージタは顎をしゃくってみせた。

「なっ!」

両脇を押さえつけられ、背後から浩志の首に何かが巻き付けられた。

「外見はむち打ち症などに使う医療用の頸椎《けいつい》固定カラー(コルセット)だ。だが、中には遠隔操作で人の頭を吹き飛ばす程度の小型爆弾が仕掛けてある。脈を感知しているから、外そうとすれば、爆発する。また、外して爆発したら、その時点でおまえの仲間は皆殺しにする。課題を終えてここに戻ってくれば、安全にカラーは外してやる。簡単なルールだ」

サージタは懐から無線機のようなものと、携帯電話を取り出した。

「通話はできないように改良された衛星携帯をおまえに預けよう。この電話機と頸椎固定カラーがブルートゥースで繋がっている。私が持っている起爆スイッチを押せば、命令は衛星携帯を通じて世界中どこにいようと、おまえのカラーに送られて爆発させることができるのだ」

「それはそれは」

浩志はにこりとした。

「余裕を見せられるのも今のうちだ。おまえたちの行動は常に監視している。下手な真似をすれば、すぐ分かるというわけだ。しかも一時間ごとに連絡が入る。連絡がなければ、迷わずにスイッチを押す。言っておくが衛星携帯の電源を切ったり、紛失したりするなよ。衛星携帯の電波を感知しなくなるだけで爆発するからな」

サージタは低い声で笑った。

四

午後七時、新傭兵代理店の友恵の作業部屋では、友恵と池谷と中條の三人が、それぞれ一つずつのモニターをじっと見つめていた。

友恵はいつも三台のモニターを使用しており、メインモニターの左右にサブモニターを置いて仕事をしている。今は、三台とも米軍の軍事衛星の画像を表示させて三人で監視活動をしているのだ。友恵が中央に座り、中條が右、池谷は左のモニターの担当をしていた。

アブー・カマールでリベンジャーズが待ち伏せ攻撃を受けて捕まってから、十時間近く経っている。捕まった瞬間を友恵は軍事衛星の画像で確認していた。というのも、夜間のため赤外線映像に切り替えて見ていたのだが、街の中心部で突然強力なライトが点灯したため否応なしに目が釘付けになったのだ。

使用していたのは一世代前の衛星だったが、光ははっきりと確認できた。しかも、爆竹が破裂したような銃撃も確認している。状況からして、リベンジャーズが待ち伏せ攻撃を受けたことは容易に想像ができた。しかも、その直後に新傭兵代理店の中央コンピュータに黒川からSOSの信号が確認される。一緒に送られて来たGPSの座標も、画像で確認された銃撃位置と一致した。

画像は人物が特定できるほど拡大はできなかったが、浩志らと思われる七人の人影が連れ込まれた建物までは確認できた。

今は最新の軍事衛星を使用している。米軍は百個以上の軍事衛星を持っており、その中でも高解像度の衛星を十数個保有しているため、時間が経てば再び使えるようになることが多い。天文学的な予算を使って打ち上げた軍事衛星がいつも使われているとは限らないのだが、それを米国民が知ったら驚くことだろう。

「また一人、建物から出て来ました。この男は私が追います」

中條がモニターを見ながら言った。

アブー・カマールの現地時間は、午後一時の真っ昼間である。画像を肉眼で確認できるのだが、リベンジャーズが監禁されている建物から大勢の人が出入りしている。人が出入りするたびに確認作業が必要だった。誰もが顔を上げる姿勢をとることはあまりない。そのため、確認に時間がかかり、三人で手分けして作業を進めている。本来ならば、友恵は自室に他人が入ることを極度に嫌うのだが、浩志らが捕まったことに責任を感じているため、不満を漏らさないようだ。

「違っていました」

監視した人物を百メートルほど追った中條は、人違いだと分かり大きな溜め息をついた。

「これは……」

左のモニターを見ていた池谷の声が強《こわ》ばった。

「私もそうじゃないかと思います」

中央の友恵が大きく頷き、モニターに顔を寄せた。

左右からイスラム帽を被った男に摑まれている人物が建物から出て来たのだ。両手を前に突き出しているので、手錠をかけられているように見える。三人の前にも背の高い男が一人歩いていた。ＩＳの兵士や住人らしき人々は、四人に道を空けているようだ。

「何これ？」

友恵が首を捻った。

四人が歩いている先の建物の脇に妙な格好で横たわっている三人の男がいるのだ。赤い服を着た胴体と首が不自然な位置にある。

「きゃあ！」

首を切断された死体だと気が付いた友恵は、悲鳴を上げて口を手で押さえた。

「高い柵の上にでも突き刺してあるのでしょう。なんて残酷なことを」

池谷は舌打ちをした。

目をつけた四人の男たちは、まっすぐ歩いている。先ほど友恵らが見つけた三つの死体がある場所に差し掛かった。

三人の男たちが死体の前で立ち止まった。

「あっ！」

友恵と池谷が同時に声を上げた。

真ん中の拘束《こうそく》されている人物が顔を上げたのだ。

「藤堂さんに似ていましたよ！」

池谷が興奮した声で言った。

浩志はこの時、串刺しの死体と背後にある建物を見上げている。

「私も追跡します」

中條も四人の行き先を凝視している。

「友恵君、先ほどの映像を拡大してくれ」

池谷は友恵の背後に立って声を張り上げた。

「分かっています！」

友恵は怒鳴り返しながらも、中央のモニターを切り替えて画像をアップした。

「間違いない。藤堂さんだ」

池谷は声を震わせた。

「よかった。生きていたんだ」

友恵は涙ぐんでいる。

「喜ぶのは早いですよ。他に六人も囚われているのです」

池谷は両手の拳を握りしめて言った。

「藤堂さんが、建物にはいります」

監視を続けていた中條が声を上げた。いつも冷静な男だが、彼も興奮しているようだ。

友恵は中央のモニターをライブの衛星画像に切り替えた。

「学校のようにも見えますが、役所だったのかもしれませんね。建物の前の広場が何かに覆われています。これは防護ネットの上からさらに枯れ枝かなにかで覆っているんでしょうね。おそらくテクニカルやピックアップを隠しているのでしょう。ＩＳの司令部かもしれませんよ」

首が切断された死体を見た直後だけに、池谷は気難しい表情になった。

しばらく待ったが、浩志が建物から出てくる様子はない。友恵と池谷は浩志を、中條は元の建物を監視している。

「また、誰かが建物から出て来ました」

中條が落ち着いた声で知らせた。厳しい訓練を積んで来た男だけに冷静さを取り戻したようだ。

浩志が出て来た建物から、別の男が連れ出された。

「ワットさんでしょうか？」

友恵はモニターの倍率を上げたが、画像が粗くなるだけで顔は特定できそうにない。だが、ＩＳの兵士に連れられた男は、スキンヘッドである。

「動きが出て来たようですね」

中條が険しい表情で言った。

決していい意味ではないことは、居並ぶ三人は分かっている。処刑される可能性があるからだ。

「藤堂さんの強運にかけるしかありません」

池谷は祈るように手を合わせた。

五

浩志と辰也はＩＳのピックアップの後部座席に、手錠をかけられて乗せられていた。アブー・カマールを午後二時に出発し、六時間経過している。気温は三十度を超していた。ラッカで食事と給油の休憩を三十分ほどとっただけで、熱せられたアスファルトの道をひたすら走り続けている。

助手席にはマフムード・アリムが座り、オマールという名の彼の部下が運転していた。オマールは、三十四歳で学校も行かずに配管工になったが、紛争で仕事がなくなりＩＳに入隊したと身の上話を浩志らに聞かせる陽気なイラク人である。

生活できなくなったのは、米国の侵略で国家が破綻《はたん》したせいであると頑《かたく》なに信じているようだ。イスラム国の思想は別として、オマールのようにどこにでもいるイラク人が欧米に反発してＩＳの兵士になっているケースは多い。

オマールは、無学な配管工だったと言いながらも、中東の歴史からイスラム国の成り立ちまで運転をしながら延々と語り続けた。いささか偏《かたよ》りがあるもののそれなりに歴史は勉強したらしい。

彼が傾倒するイスラム国はサラフィー・ジハード主義というイスラム教のスンニ派でも

厳格な原理主義が基本にあり、欧米人を異教徒の敵だと決めつけている。

そもそも彼らが欧米諸国を嫌う根本的な理由は、一九一六年に英国がフランスとロシア間で結んだ秘密協定である〝サイクス・ピコ協定〟と、英国とアラブ地域とで結ばれた〝フセイン・マクマホン協定〟の問題があるからである。

どちらの協定も、中東を支配下に置いていたオスマン帝国領の分割を約束したもので、英国が第一次世界大戦で連合国側に勝利をもたらすために戦後のオスマン帝国領をフランスとロシアに勢力範囲を、一方でアラブ諸地域には独立を約束し、片やユダヤ人には〝バルフォア宣言〟でイスラエルの建国を盟約するといった矛盾《むじゅん》した条件で協定を結び、結果的には中東は民族に関係なく領土を分断され、パレスチナ人はユダヤ人に土地を奪われる。そして一九四八年にイスラエルが建国されることで、今日に至る禍根《かこん》を残すことになった。

いわゆる英国の〝三枚舌外交〟がもたらした中東の国境を、アラブ人は屈辱《くつじょく》として忘れることはない。現在の中東の政情不安やテロリストは、英国とそれを裏で一緒に操《あやつ》っていた欧米諸国が原因と言っても過言でない。唯一ドイツが、米国を主体とする中東の戦闘に非協力的なのは、現代の政治的な思想というよりも、第一次、第二次世界大戦で敗戦国となった理由も多分にあるはずだ。

「オマール、その辺にしておかないか」

マフムードが、オマールの話にうんざりした様子で言った。彼は車に乗ってからはほとんど口をきかない。ときおり船を漕いでうたた寝をするのだが、オマールの話し声でびくりと体を起こしては溜め息をついている。後部座席に座る浩志が首の爆弾カラーのせいで身動きがとれないと、緊張感に欠けるのだろう。

「ちょっと声が、大きかったですか?」

オマールは肩を竦めてみせた。

「声の大きさじゃない。黙っていられないかと言っているのだ」

苛立ち気味にマフムードは答えた。

「すっ、すみません」

オマールは声を裏返らせて謝った。

「彼の話で、ISに興味が湧いて来た。もっと聞かせろ」

浩志は茶化《ちゃか》した。

「話を聞いていると、心が洗われる。仕事が終わったらイスラム教に改宗し、ぜひISの戦闘部隊に入隊したい。話を続けさせろ」

辰也も口裏を合わせた。

彼は首ではなく左腕に爆弾入りギブスを着けられており、通話ができない衛星携帯が渡されている。これも浩志のものと仕組みは同じようだ。使われている電子部品は僅かで、受信装置などは衛星携帯を使うため、空港のセキュリティを通過することができるらしい。X線で調べれば、中の電子部品は映ってしまうが、体に着いている医療器具まで調べる空港職員はまずいないだろう。

「なんだと！」

マフムードが振り返って睨みつけてきた。

「俺たちがISに好意を抱いちゃまずいのか」

浩志は鋭い視線で睨み返した。

「ISを誉め称える人間を粗末に扱うのか」

辰也も調子に乗って囃《はや》し立てた。

「なっ！　……勝手にしろ！」

吐き捨てるようにマフムードは言うと、目を閉じて座り直した。

彼は浩志らの監視役で付けられている。白人であるためにイスラエルに行っても怪しまれないからだろう。だが、昨夜から、特殊部隊の襲撃を指揮し、相当疲れているようだ。また、指揮官であるサージタ・ウマル・イブラーヒームから一時間ごとに連絡するように命令を受けているため、うたた寝しても熟睡できないらしい。浩志と辰也は、彼をさらに疲れさせようと企《たくら》んでいるのだ。

爆弾を身に着けた浩志らを使って、ISがよからぬことをするのは分かっている。おそらくイスラエルのエルサレムでテロ活動の手伝いをさせるつもりなのだろう。そのため、彼らの扱いが一変した。二人とも傷の手当を受け、食事も出された。アブー・カマールでは散々いたぶられたが、今では彼らの兵器として大事に扱われている。少々マフムードを怒らせたところで、浩志らに手を出せないはずだ。

「アクチャカレに入った。ガズィアンテプまでは、三時間かな」

オマールは裏道をよく知っていた。アクチャカレはトルコの国境の街である。シリア側のテルビアッドという街のわずか一キロ北にあるが、紛争後に国境は閉ざされていた。だが、オマールは東に迂回して国境のフェンスの抜け道を抜けていとも簡単に国境を越えてしまったのだ。

時間的にガズィアンテプで一泊し、明日の朝に郊外にある空港からイスタンブール経由でエルサレムに向かうらしい。

一時間ほどすると、さすがにオマールもしゃべり疲れたらしく無口になってきた。そのうちマフムードのイビキが聞こえてくる。

「やっと寝ましたね」

辰也が胸を撫《な》で下ろした。

「俺たちに着けられた爆弾の構造は分かるか」

浩志は日本語で囁くように尋ねた。

ＩＳの指揮官であるサージタ・ウマル・イブラーヒームからは、浩志の手伝いをする仲間を連れて行くように命じられた。そのため爆弾のプロである辰也を選んだのだ。

「およその検討はつきます。解除もできるでしょう。ただ、道具がないことには何もできません」

辰也は難しい表情をした。

「どこかで調達できないか？」

マフムードらはガズィアンテプで泊まるつもりらしいが、ホテルに泊まるとは限らない。むしろそれは期待しない方がいいだろう。

「ドライバーやワイヤカッターぐらいは見つかるかもしれませんが、一時的に起爆装置の作動を止めるために、液体窒素《ちっそ》が必要です。宿泊先がホテルだとしても、あるとは思えません」

辰也は首を横に振った。

「液体窒素か」

浩志は天井を仰いだ。

六

トルコ南部ガズィアンテプから東へ約百三十五キロに、シャンルウルファという地方都市がある。

ユーフラテス川の東八十キロに位置し、シリアのラッカからは北にまっすぐ百五十キロ進めば辿《たど》り着く。丘の上に八一四年にアッバース朝が建てたウルファ城を中心に石造りの美しい街並が広がる歴史ある街だ。

砂漠に隣接しているため夏は極度に乾燥し暑いが、大規模な灌漑《かんがい》がなされ、街には緑が見受けられ、綿花栽培も盛んである。五月の気候は比較的穏やかだが、日中は三十度近く上がった気温も夜になれば十度台まで下がる。

元々メソポタミアの遺構が街の近郊にあるが、預言者アブラハム生誕の地という言い伝えのほかにも大モスクの井戸にイエス・キリストの遺骸を覆った聖骸布が投げ入れられたという伝説や、モスクの〝聖なる魚の池〟と呼ばれる美しい人工池など、観光スポットに事欠かない街だ。

街の中心部に欧州自動車道路であるE90号と幹線道路のD400号が交差する直径百メートルのラウンドアバウトがある。

巨大なラウンドアバウトの北側に、時間外のため閉店したガソリンスタンドがある。ひっそりと静まり返るガソリンスタンドに黒のハイラックスが停まっていた。

「本当にここを通りますかね」

後部座席に座る京介が、咎めるように言った。時刻は午後十時四十分になっている。

「信じるしかあるまい。まだ俺たちが到着して十分しか経ってないんだ」

運転席の田中が、のんびりとした口調で答える。年齢の割にふけ顔で、あだ名の〝ヘリボーイ〟とのギャップがあるが、老成しているせいかいつも田中は落ち着いている。

「それって、冷た過ぎないですか」

京介が後部座席から身を乗り出し、食って掛かった。対照的なのがこの男である。傭兵代理店のランクではなんとかAクラスになったものの、いつもながら冷静さに欠ける。

「静かに！　見張りに集中するんだ」

助手席の瀬川がいつになく声を荒らげ、フロントガラスからラウンドアバウトを通り過ぎる車を見つめている。トルコに来たリベンジャーズの別働隊のリーダーを任されているだけに普段とは違う。

「はっ、はい」

瀬川の迫力に京介は声を落とした。

浩志らがアブー・カマールで拘束されたことで、瀬川と田中、京介、村瀬、鮫沼の五人はトルコからシリアに潜入すべく成田十二時五十五分発ターキッシュエアラインズ航空に乗り、イスタンブールのアタテュルク国際空港に現地時間の午後六時十八分に到着した。

空港にはロサンゼルスから直行便で一時間前に到着していたアンディー・ロドリゲスとマリアノ・ウイリアムスらがおり、彼らと合流する。七人はトランジットで国内線に乗り換え、ガズィアンテプに午後九時四十七分に到着した。この時点で、すでに瀬川らは浩志がアブー・カマールを出発したことは池谷から報告を受けている。

七人は空港で二台のレンタカーを借りて瀬川が田中と京介の三人と、アンディーとマリアノは、村瀬と鮫沼を加えた四人の二チームに分かれた。

瀬川らはすぐさま浩志らの進行方向であるシャンルウルファに先回りすべく、車を飛ばし、アンディーら四人はガズィアンテプから南へ六十キロに位置するキリスに向かった。ガズィアンテプには傭兵代理店はないため、シリアとの故郷の街であるキリスの武器商人から銃を買うためだ。昨年も気前よく金を払ってあるため、電話で予約して銃は用意させてある。

瀬川の衛星携帯が反応した。

「瀬川です」

携帯の画面を確認した瀬川は電話に出た。

――ターゲットは、シャンルウルファに入りました。間もなく目視できるはずです。友恵からの連絡だ。彼女は徹夜で浩志の乗った車を軍事衛星で追跡していた。ターゲットはもちろん浩志と辰也が乗せられた車である。

「了解！　ありがとう。田中さん、スタンバイです」

瀬川は衛星携帯を仕舞うと、フロントガラスに顔を近付けた。

「了解!」

田中はエンジンをかけ、両手を握って指の関節を鳴らした。

「あれだ!」

瀬川が指差すと、目の前を通り過ぎた白いランドクルーザーの後ろに田中が車を滑り込ませ、車間距離を取った。

「読み通りだったな。この時間だから、今日はガズィアンテプに泊まるだろう」

田中は短く息を吐きながら言った。それなりに緊張していたようだ。

衛星携帯を取り出した瀬川は、キリスに行ったアンディーに電話をかけ、短い会話で状況を確認した。

「ガズィアンテプに入る頃には、アンディーらと合流できそうです。武器商人からAK47七丁と、ハンドガンはマカロフPMを四丁にトカレフTT33三丁を買ったそうです」

瀬川は苦笑を浮かべた。

「またマカロフにトカレフか、相変わらず品揃えが悪い武器商人だな」

田中も苦笑してみせた。

「うん?」

浩志はバックミラーに一瞬、車のヘッドライトが映り込んだのを見た。振り返ろうとしたが、首の頸椎固定カラーが邪魔になってできない。辰也の足を蹴ってハンドシグナルで後方の車を注視するように促した。

辰也はさりげなくバックミラーとサイドミラーを覗き込み、さらに欠伸をする仕草で後方を確認したが首を捻ってみせた。浩志はシリアの秘密警察という可能性も排除できないため、緊張したのだ。昨年は秘密警察に痛い目に遭っている。油断はできないのだ。

浩志らが乗った車はシャンルウルファの街の中心にあるラウンドアバウトを時計の針と反対に回り左へ曲がった。大きな交差点だけに車が後ろに付いてもおかしくはないのだが、道路ではなくガソリンスタンドから出て来たような気がしたのだ。

車はＤ４００号に入った。このまま進めば、予定通り一時間ほどでガズィアンテプに到着する。

ハンドルを握るオマールは無事国境を越えて目的地が近くなったためか、暢気に鼻歌をくちずさんでいる。助手席のマフムードは、三十分前にサージタに連絡をしてから居眠りをしていた。爆弾さえ抱えていなければ、とっくの昔に二人の首を絞めて車を奪っているところだ。

〈気のせいか……〉

不自由な首を回して後ろを見ていた浩志は、前に向き直った。

第一の課題

一

六本木《ろっぽんぎ》にあった防衛庁が二〇〇〇年に市ヶ谷に移転し、跡地に建った東京ミッドタウンの東側に〝檜町《ひのきちょう》公園〟という庭園がある。

江戸時代に長州《ちょうしゅう》藩の下屋敷があったところで、檜の銘木が多かったために檜屋敷と呼ばれ、江戸で十指に入る名園として当時から評判が高かった。二〇〇七年にミッドタウンの建設に伴い公園も整備されていささか趣《おもむき》が変わったが、周囲に樹木が美しく配置され、池のほとりにある栗の木造りの東屋《あずまや》が風情を醸《かも》し出している。

午前四時三十五分、片倉啓吾は照明もない東屋のベンチで缶コーヒーを飲みながら池の向こうに見えるミッドタウンの夜景を眺めていた。日中は雨が降り、午後には雨が上がったが曇り空のため、気温は下がり続け十三度近くになっている。片倉はレインコートの襟を立てて寒さに耐えた。

足下を照らしながらトレンチコートを着た背の高い男が東屋の近くで立ち止まり、周囲を見渡す。次いでハンドライトを東屋に向けて中を照らすと、片倉の隣りに座りライトを消した。二人の男をどっぷりと闇が包んだ。

「寒いのに大変お待たせしました。徹夜されていたんですね。別のコーヒーを飲みませんか?」

英語で話しかけてきた男は、片倉の手元を見て苦笑いを浮かべながらジャケットのポケットから缶コーヒーを二本出した。

「まだ、温かい。ちょうど飲み干したところです」

片倉は男からホットの缶コーヒーを受け取り、プルトップを開けた。

「あなたに言われたように、ドイツ在住の米軍人にも尋ねてみました。十年以上前に合同訓練で知り合ってからの友人で今は軍の情報部にいるのですが、なぜか言葉を濁《にご》して事件に関する情報は得られませんでした。他国が甚大《じんだい》な被害を受けているのに、自軍の兵士は無傷だったからでしょうか」

男は大きな溜め息をつくと、缶コーヒーを一口飲んだ。

英国大使館の武官を務める、ジョシュア・オースチンである。一番町《いちばんちょう》にある英国大使館からこの時間帯なら、数分で来られるだろう。だが、三、四キロほどあり決して近い場所ではない。待ち合わせ場所は、あえて大使館の近くを避けたのかもしれない。

池谷が彼を片倉に紹介したのだ。陸軍少佐という肩書きを持っているが、日本の傭兵代理店を知っていたことから察するに英国の情報部に属するのだろう。都会で人目を忍ぶ時間と場所を指定してくるのはただの軍人にできることではない。

片倉は持てる情報源を駆使し、事件を調査していた。中東には政治家だけでなく軍関係の知り合いも多い。ヨルダンの陸軍高官に問い合わせたところ、シリアから脱出してヨルダンの特殊部隊に救出された米軍のデブグルの兵士は、輸送機ですでにドイツの米軍基地に移送されていることを聞き出した。そこで、オースチンに情報を教えて知己の米軍関係者に尋ねるように仕向けたのだ。

「彼らが同盟国に情報を出し渋る理由は、色々あるのでしょう。おっしゃるように自軍の兵士が無傷で脱出したために関わりを持ちたくないのかもしれません。それにあの国の政治状況が影響していることも考えられます」

片倉は淡々と夜の静けさに紛れるように話した。

「政治状況？　オバマのことですか」

オースチンは鼻からふんと息を漏らした。

「彼は、歴代大統領が米国の軍事力を後ろ盾《だて》にして、世界中で戦争していたことに嫌気がさした国民によって選ばれました。彼ならば真の平和をもたらし、経済を立て直すと願ったのです。だが、現実はただの政治音痴で、前大統領だったブッシュが破壊した世界秩序《ちつじょ》の傷口を、オバマが広げる結果になってしまいました。現在の米軍はオバマが足かせとなり、身動きが取れないのが現状です。同盟国をないがしろにする姿勢は、末端の軍人にまで行き渡っていてもおかしくないですね」

片倉は肩を竦めた。

今やオバマ大統領がノーベル平和賞を受賞したことは、間違いだったと誰しも気が付いている。二〇一四年八月十九日に、ノーベル委員会のトールビョルン・ヤグランド委員長が、オバマにノーベル平和賞を返上するように要請したことは記憶に新しい。

「ただ、ここだけの話にして欲しいと、友人から釘を刺されたのですが……」

オースチンは言葉を切って、缶コーヒーを飲み干した。

「他言しません」

片倉は話の続きを促した。

「今回事件に巻き込まれたのは、あなたからお聞きしたようにデブグルだったはずだと、知人に尋ねたのです。図星だったようで、電話口で絶句していましたよ。なんせ、政府が公式に認めない特殊部隊ですから当然の反応でしょう」

オースチンは低い声で笑い、話をまた中断させた。

「〝SO8〟の進行役を務めていたのは、ダニエル・ジャンセンという男です。海軍の少佐らしいのですが、デブグルの幹部将校でしょう。得られた情報では、今回の〝SO8〟でデルタフォースを押しのけてデブグルが出場するように進言し、自ら進行役を買ってでたそうです」

片倉はとっておきのネタを披露した。もっとも、これは友恵が浩志からの情報をもとに、デルタフォースとデブグルを統括するペンタゴンの米国特殊作戦軍のサーバーをハッキングして得られた情報である。

「だから知人はジャンセンのことを……」

笑っていたオースチンがジャンセンと聞き真顔になった。

片倉は黙ってオースチンが話すのを待った。

「実は、友人は噂話の域を出ないという前提で、ジャンセン少佐の話を唐突にしたのです。彼は軍事産業に太いパイプを持ち、その後ろ盾で軍の上層部に付け入って今の地位を得ているというのです。〝SO8〟で米軍が優勝し、自分の手柄にしたかったのでしょう」

オースチンは渋い表情で話した。

「確かに〝SO8〟で米軍は露骨な妨害をしていたようです。米軍からの支援は望めないかもしれませんね」

片倉は相鎚《あいづち》を打った。

「妨害工作までして優勝を狙い、まさかの事件に巻き込まれたのです。ひょっとして、ジヤンセン少佐が米軍内に箝口令《かんこうれい》を敷いているかもしれませんね。おかげで、被害を受けた国に正確な情報が流れない。いい迷惑ですよ」

オースチンは納得したらしく、大きく頷いてみせた。

「ジャンセン少佐か……」

片倉は眉をひそめた。

二

午後十一時五十分、浩志と辰也を乗せた車は幹線道路であるＤ４００号でガズィアンテプに入って間もなくユサフ通りに左折し、南に下った。五分ほど走り、下町の裏通りに右折すると、古い石組みの家が密集している街角で車はようやく停まった。

「着いたか、寒いな」

マフムードが欠伸をしながら体を起こし、背筋を伸ばした途端ぶるっと震えた。外気温は十度を切っている。冷気が車内まで入ってきた。

運転していたオマールが警笛《けいてき》を一度鳴らす。すると、近くにある二階建ての家のドアが開き、四人の男が現れて車の横に並んだ。

「後部座席の男たちを連れて行け」

ドアを開けたマフムードは、挨拶もせずに男たちにアラビア語で命じた。

四人の男たちは車の左右に分かれて後部ドアを開けると、浩志と辰也を車から強引に引っ張りだして両腕を摑んだ。

「痛てえんだ！　この野郎」

辰也が腕を振って男たちを拒んだ。

「逆らうな！」

マフムードがいきなり辰也の腹を蹴り上げた。多少は腕に自信があるのだろう。素人の蹴りではない。

「止めろ」

浩志が割って入った。

「逆らうのか！」

目を吊り上げたマフムードのミドルキックが飛んできた。

浩志は左腕でブロックすると、マフムードの足に手錠の鎖を巻き付けるように絡《から》ませて引き倒した。

「俺たちは死を恐れない。いつでもゲームを下りてやる。それでもいいのか」

鎖を外してマフムードの足を解き放ち、わざと英語で話した。

「笑わせるな。それなら、おまえの部下が一人残らず殺されても構わないというのか」

マフムードは立ち上がり英語で答えると、アッパー気味の右パンチを入れてきた。

「手下の前で何度も恥をかかされたいのか。俺たちをちゃんと扱うことだ」

浩志は右手でパンチを受け止めた。

「なっ！」

慌ててマフムードが放った左パンチを浩志は腕を交差させて左手で軽々と受け止めた。

「学習能力がないのか？」

交差させたマフムードの腕を浩志はそのままゆっくりと捩《ね》じり上げた。腕を折るのは簡単なことだ。

「ううっ」

マフムードは堪らず、腰を曲げた。

「傭兵は正規軍と違う。おまえたちと一緒で仲間の死は気にしない」

「それなら、なぜ……」

マフムードは浩志の演技を疑うことがない。

「そもそも、どうして他国の兵士を助けようとしたと思っているんだ？」

「……」

マフムードは首を傾げた。

「金だ。やつらを助ければ、億単位の報奨金《ほうしょう》で儲《もう》かるはずだった。ゲームを終了させて、俺たちもＩＳに合流する。儲かるんだろう。知っているんだぞ」

浩志は意味ありげににやりと笑ってみせると、腕を緩めた。

「儲かる。石油、誘拐、人身売買、なんでも金になる」

マフムードは薄笑いを浮かべた。自分と同じ臭いを嗅ぎ取ったと思ったのだろう。彼の部下に分からないように英語で話せば、本音が引き出せると思った。

「おまえの顔を立ててやろう。腕を前に伸ばせ、俺が倒れてやる」

浩志はマフムードに囁くように言った。

「分かった」

返事をしたマフムードは、腕を突き出して来た。浩志はそれに合わせて後ろに吹き飛んだように転んでみせた。

「こいつらを連れて行け。ただし、乱暴に扱うな。爆発するぞ」

マフムードは部下たちに爆弾が浩志らに仕掛けられていることを説明した。

「えっ！」

部下は目を丸くして驚いている。爆弾のことは知らなかったようだ。

浩志と辰也は男たちが遠巻きにする中、マフムードに従って建物に入って行った。

「どうする。寝静まってからにするか」

アンディーがまるでピクニックにでも誘うように話す。

「藤堂さんの首のカラーと辰也さんのギブスが気になる。ＩＳのテロリストが人質にまともな手当をするとは思えない。そもそも、頸椎を固定するほどの怪我人があんな動きはできないはずだ。怪我人だとしても、連れ出す理由はいったい何なんだ？」

赤外線カメラでマフムードらを撮影していた瀬川は、自問するようにアンディーに聞き返した。浩志らを拉致している犯人の人物を特定するために撮影したデータは、すぐさま友恵に送ることになっている。

二人は三十メートルほど離れた物陰から一部始終を見ていたのだが、浩志らの会話までは聞き取れなかった。

瀬川のチームはシャンルウルファから浩志らの車を追跡し、キリスから戻ったアンディーらとガズィアンテプで合流した。尾行していた車と仲間は近くの通りで待機している。

瀬川とアンディーの二人が成り行きを見守っていたのだ。

「言われてみれば、おかしいな。怪我は嘘か。それに、敵は二人に銃は突きつけてなかったぞ。どうして脱出しないんだ」

アンディーは頭を掻いた。

「敵はたったの六人だ。藤堂さんなら一人でも倒せる。しかも、わざとリーダー格の男に花を持たせるようにやられていた。何か理由があるはずだ」

瀬川は首を左右に捻った。

「様子を見るしかないか。それにしてもミスター・藤堂の演技の理由が分からないな。仲間を人質に取られている弱みがあるからか？　だが、敵のリーダー格を痛め付ける行為は矛盾するな」

アンディーは鼻の上に皺を寄せた。

「なるほど」

瀬川は左手を拳で叩いた。

三

午前二時、浩志らが連れ込まれたＩＳのアジトの照明は消えている。

街灯もない路地裏の闇を伝って複数の影が蠢《うごめ》く。

暗闇を抜け出た五人の男がアジトの前に姿を現した。瀬川、田中、京介、村瀬、鮫沼である。アンディーとウイリアムスは、あえて車に残してきた。浩志と辰也を救出する上で日本語が必要になった場合、彼らでは対処できないからだ。

ドアの鍵穴に瀬川が先の尖《とが》った道具を差し込み、わずか数秒で解錠すると、村瀬と鮫沼がトカレフを手に建物に入る。続けて瀬川、田中、京介の順で突入した。

玄関から入ってすぐの部屋は、カーペットだけが敷かれた広間になっている。四人の男が床の上に毛布を掛けて眠っていた。村瀬と鮫沼が次々殴って気絶させると、田中と京介が手際よくガムテープで縛りあげる。一階の他の部屋は八畳ほどのダイニングキッチンとトイレ付きのバスルームだけだった。

奥のキッチンを確認した瀬川が階段を駆け上り、村瀬と鮫沼が続く。二階も一階と同じような構造で、物置部屋と仕切りのない広間があった。一階と違うのは、ベッドが一つにソファーも置かれ、リビングとベッドルームを一つにしたような部屋になっていることだ。

ベッドに寝ていた男が物音に気付いて飛び起きた。

「動くな!」

瀬川がアラビア語と英語で叫ぶと同時に、田中が部屋の照明を点《つ》けた。

「撃つな!」

ベッドから立ち上がった男は、ゆっくりと両手を上げた。マフムードである。

ソファーにオマールが寝ていたが、驚いて床に落ちて震えている。

手錠をかけられた浩志と辰也は部屋の片隅《かたすみ》に座っていた。瀬川らが突入したことに気が付き、銃撃戦を避けるために移動したのだろう。

浩志は瀬川に微《かす》かに首を振ってみせた。

「仲間を返してもらおうか」

マフムードの顔を見た瀬川は、トカレフの銃口を向けて英語で凄《すご》んだ。

「連れて行けばいい。だが、二人は、すぐに死ぬ。なぜなら彼らには遠隔操作で爆発する爆弾が仕掛けてあるからだ。無理に外せば、爆破する。生憎《あいにく》私は解除できない。しかも、二人が我々に協力しなければ、拘束してある仲間が全員処刑されるぞ。おまえたちにできることは、すぐさまここから消え失せることだ」

マフムードは得意げに英語で言うと、息を漏らすように笑った。

「なっ！」

両眼を見開いた瀬川が、浩志と辰也を見た。

「その通りだ。だが、俺は人質のために働いているんじゃないぞ。仕事が終われば、ＩＳに合流する。俺たちも端金《はしたがね》を貰って傭兵をやっている場合じゃない。ＩＳの支配地域なら何でも好き放題だ。しかも、支配地域を広げれば、地位も手に入れられる。おまえたちも一緒に働かないか」

立ち上がった浩志は、手振りも交え英語で言った。

「何だと、ＩＳに魂を売ったのか！」

瀬川は顔を真っ赤にして、浩志の胸ぐらを摑んだ。

「放せ、この世は、金だ！」

大声で叫んだ浩志は、瀬川を突き放した。

「見損なったぞ！」

瀬川は怒鳴り返してきた。

「あまり暴れるな。爆発するぞ」

マフムードが、二人を面白そうに眺めている。

「俺たち以外の仲間を助けるんだな。二度と顔を見せるな。さっさと帰れ！」

それまで黙っていた辰也が、悪態をついた。

「貴様！」

遅れて入って来た京介が、いきなり辰也に組み付いて壁に押し当てた。辰也が突き飛ばすと、京介は殴り掛かってくる。パンチをかわした辰也は膝蹴りを食らわし、崩れたところを後頭部に二発の肘打《ひじうち》を当てて京介を気絶させた。

「ＩＳがやがてシリアやイラクだけでなく、全世界も支配する。敵となって死ぬか、味方になって金持ちになるかどちらかだ」

辰也は京介から奪ったトカレフをちらつかせた。

「分かった。撃つな！」

瀬川は軽く両手を上げると、苦々しい表情で京介を担ぎ上げた。

「忘れ物だ」

辰也はマガジンを抜いたトカレフを瀬川に投げ渡した。

「……」

瀬川は無言で田中らと部屋を出て行った。

「リーダーが寝返るとは思わなかっただろうな」

マフムードは大きな息を吐き出した。

「俺たちは、金の臭いに敏感なだけだ。どうでもいいが、連絡しなくていいのか」

浩志はソファーのクッションを顎で示した。微かに呼び出し音が鳴っていた。

昼間は一時間おきにアブー・カマールの司令官サージタに、夜間は彼の部下に連絡をすることになっている。そのためにオマールはキッチンタイマーをセットしているのだが、マフムードがうるさがるのでクッションの下に隠してあるのだ。

「そうだ。オマール、連絡しろ」

腕時計で時間を確認したマフムードは、慌ててオマールに指示をした。

「何もなかったと言え。一階のやつらは、まんまと侵入を許したんだ。サージタの信用を失うぞ」

「その通りだ」

浩志の進言を真に受けたマフムードは、オマールに指差して命じた。サージタは油断がならない。マフムードと違って、襲撃されたことを聞けば浩志らを疑うに決まっている。

「手錠とロープはもういらないだろう。おまえたちを襲うつもりもないし、逃げるつもりもない」

浩志は両腕を上げて手錠の鎖を鳴らした。しかも腰に結びつけられたロープで、部屋の隅の配管に繋がれていたのだ。銃撃を避けたこともあるが、部屋の隅から動けなかったのだ。

「ロープは外してやろう。だが、手錠は私が安心して眠るための保証だ。どのみち、空港に行く前に外してやる」

マフムードはオマールに浩志と辰也の腰のロープを切断させた。

「まあいいか。トイレに行かせてもらうぞ」

「勝手にしろ。私は寝る」

ベッドに腰をおろしたマフムードは、大きな欠伸をした。

浩志は一階のキッチンの横にあるトイレに入った。オマールが途中まで付いて来たが、一階の四人の仲間が縛られたままになっていることに気付き、浩志を一人にしたのだ。

トイレに入った浩志は、左のポケットから超小型のブルートゥースイヤホンを出して耳の奥に突っ込み、ポケットの小型無線機のスイッチを入れた。瀬川が胸ぐらを摑んできた際に、渡されたものだ。浩志は、街に入る直前で尾行に気が付いた。もしそれが瀬川なら、ひと芝居うてば、浩志の意図が分かると信じていた。マフムードを倒した後でわざと突き飛ばされたのは、彼に花を持たせようとしたわけではなかった。

「俺だ」

耳元をタップしてブルートゥースイヤホンをオンにした。

――こちらコマンド1。通信良好です。

瀬川がすぐ応答した。

「見事な演技だった。手短に話すぞ。アブー・カマールの司令官は、サージタ・ウマル・イブラーヒームと名乗っている。右腕にドクロに見える大きな火傷の痕があった。刺青だったのかもしれない。俺たちといる男は、マフムード・アリムというが二人とも白人で軍経験者のはずだ。サージタは分からないが、マフムードは英語の訛から英国人の気がする。友恵に調べさせてくれ。人質は街の中心部にある司令部近くの柵に囲まれた建物のはずだ。今なら柵の上に晒された三つの死体が目印になる」

浩志は司令部や人質がいると思われる建物の詳細を話した。

――状況は摑めました。我々にご指示ください。

「俺たちは自力で脱出する。とりあえず、エルサレムまで行って敵の作戦通りに動く。俺たちが逃げ出さない限り、敵は油断しているはずだ。今から少なくとも十三、四時間は時間がかせげる。その間に仲間と人質を救い出すんだ」

――しかし……。

「これは、命令だ。以上」

浩志は無線機の電源を切った。

四

午前五時四十分、うたた寝をしていた浩志と辰也は、目を充血させたオマールに起こされた。彼は夜間一時間ごとにサージタに連絡を取ることになっていたので、徹夜したようだ。マフムードは、十分ほど前に先に一階に下りている。

「もう出発ですか」

辰也は大きな欠伸をした。

浩志は寝た振りをしていただけだが、辰也は三時間ほど熟睡したらしい。浩志はシリアの移動中に先に仮眠しているために交代で眠らせたのだ。

「出国前にパスポートを作るはずだ」

浩志もつられて欠伸をしながら答えた。

戦闘地域でも脱出に迫られて国境を越えることは常にあり、基本的にリベンジャーズのメンバーは常に二つのパスポートを携帯している。一つは本当のパスポートで、もう一つは盗難や事件に巻き込まれた際に使う偽造パスポートである。

今回も競技会では、ストレッチ素材の布ベルトに二つのパスポートとドル紙幣《しへい》を入れて隠し持っていた。ジョギングや旅行用として市販もされている薄い袋状のベルトで、ファスナーで開閉できる優れものだ。

アブー・カマールで捕まった際に武器や携帯電話など身に着けているものは没収されたが、さすがに素肌に身に着けているパスポートの存在は気付かれずにすんでいる。

「そういえば、そうですね。あいつらは我々がパスポートを携帯していることに気が付いていませんからね」

辰也はのんびりと答えた。二人とも爆弾を抱えているという緊迫感はない。パスポートを作るとなれば、半日はかかる。時間稼ぎには都合がいい。

オマールに連れられて一階のダイニングキッチンに下りると、テーブルに朝食の用意がされていた。出されるだけましだが、皿に載っているのはトルコチーズのベヤズペイニールとパンだけである。

「おまえたちのパスポートだ。さきほど届けられた」

先に食事を終えてファッション雑誌を読んでいたマフムードが、パスポートをテーブルの上に放り投げてきた。

「何！」

浩志と辰也は慌てて日本国と印字されたパスポートを開いた。確かに中は二人の写真が写っており、ラミネート加工も施されているが、浩志は高田健司《たかだけんじ》、辰也は宮本真一《みやもとしんいち》といかにも日本人らしい名前になっている。

「そういえば、アブー・カマールで拘束された直後に写真を撮られましたね」

辰也は渋い表情をして舌打ちをした。だが、浩志はまったく記憶になかった。後頭部を殴られたために記憶が飛んでいるのだろう。

「これは……」

浩志はパスポートの査証のページを見て眉をひそめた。日本とトルコの出入国のスタンプが押してあるのだ。浩志の写真以外は本物のようだ。

ガズィアンテプからイスタンブールのアタテュルク国際空港へは、深夜の便もある。それをあえて使わなかったのは、休むためもあったのかもしれないが、偽造パスポートができるのを待つためだったようだ。

「どうやら本物のパスポートに証明写真のページだけ差し替えたようですね」

辰也も口を尖らせて頷いている。

「どこから見ても本物に見えるだろう。日本人の観光客は世界中から歓迎される。だからどの国の入国審査も通りやすい」

マフムードが自慢げに言った。

「本物のパスポートを作り直してある。どこから手に入れた？」

浩志は眉間に皺を寄せて尋ねた。彼らならパスポートを手に入れるために手段は選ばないはずだ。

「裏ルートで様々な盗品が売買されている。特にイスタンブールには世界中から観光客が集まるからな。我々の豊富な知識と技術をもってすれば、パスポートの偽造など容易《たやす》いことだ」

マフムードは鼻息荒く笑った。

トルコ経由でシリアに流入するテロリスト志願者は未だに後を絶たない。トルコ政府も本気で取り締まらないことが一番問題なのだが、武装組織も高度なテクニックで偽装をしているようだ。ことによると、トルコルートでテロリストが逆流出、つまり世界に拡散している可能性も考えられる。

「食事が終わったら、着替えろ。汗臭い戦闘服じゃ、怪しまれるからな」

マフムードは雑誌を見ながら言った。

「だったら、俺たちのギブスを外してくれ。これじゃ着替えられないだろう」

辰也はマフムードの前に立って睨みつけた。

「ボタンシャツを持って来た。着るのは簡単だ。なんなら、服を脱ぐのは手伝ってやる」

マフムードは雑誌をテーブルに叩き付け、ポケットからジャンビーヤを取り出し、驚くべき早業で辰也の戦闘服を切り裂いた。ジャンビーヤは切っ先が湾曲した伝統的なアラビアンナイフである。

「うっ！」

辰也は胸を押さえてしゃがみ込んだ。服ごと胸を切られたらしい。

「図に乗るな。おまえたちは所詮《しょせん》、われわれの道具に過ぎないのだ」

ジャンビーヤをポケットに仕舞ったマフムードは、ダイニングから出て行った。

「あいつを刺激するな」

浩志は辰也の傷の具合を見ながら咎めた。

「すみません。あの男を見ていると、ついけんか腰になってしまうんです」

辰也は頭を掻いて笑った。六センチほどの傷が胸に三カ所あったが、傷は極めて浅い。マフムードのナイフ使いは相当な腕のようだ。

三十分後、浩志らはマフムードがハンドルを握る車に乗せられ、十七キロほど離れた郊外にある空港に向かった。オマールは、助手席に座っているがイビキをかいて寝ている。アジトにいた四人の男たちもフォードのフィエスタで後ろを走っていた。トルコにはフォードの生産工場があるため、街ではよく見かける車である。

空港までの幹線道路であるＤ８５０を走っていたが、街から十キロほど離れたところでマフムードはＤ８５０を下りて狭い農道に入り、雑草が生い茂《しげ》る野原で車を停めた。時刻は午前六時三十八分、周囲はピスタチオ畑で人気は全くない。ガズィアンテプはピスタチオの生産地として有名である。

「下りろ！」

運転席から下りたマフムードが命じると、後続の車に乗っていた四人組に浩志らは引き摺《ず》り下ろされ、両足をロープで縛られて立たされた。

「年貢《ねんぐ》の納め時ですか」

辰也は苦笑してみせた。

「それならシリアで殺されていたはずだ」

浩志は不自由な首を捻った。

鈍いエンジン音。

背後に停車していたフィエスタが唸《うな》りを上げて突っ込んで来た。

「なっ！」

逃げることはできなかった。

フィエスタに衝突された二人は、数メートル飛ばされて野原に転がった。

「くっ！」

浩志は激痛に顔を歪《ゆが》めた。辰也は完全に気を失っている。急発進したフィエスタは浩志らに衝突する寸前で急ブレーキをかけた。殺さない程度に怪我を負わせたのだ。

「おまえたちを信用するほど、私は馬鹿じゃない。手錠もなしで自由にするわけがないだろう」

マフムードが笑いながら言った。

五

村瀬政人《まさと》がハンドルを握るハイラックスが、D850に通じる田舎道で停まっている。助手席には相棒とも言える鮫沼雅雄《まさお》が座っていた。

「どうする?」

鮫沼が浮かない顔で尋ねた。

「これ以上、近付けば気付かれる。仕方がないだろう」

村瀬は大きな溜め息をついた。

「だが、尾行に気付かれてまかれた可能性はないか?」

普段は無口な鮫沼が質問を続けた。

二人は瀬川から、浩志と辰也のサポートに就くように命じられた。瀬川は浩志からの命令を受け、仲間とともにシリアに潜入してアブー・カマールに向かっている。

「藤堂さんたちが心配なのは分かるが、ばれたら元も子もないだろう。藤堂さんは自力で脱出すると言われたらしい。我々の出番は藤堂さんらの脱出後だ。今じゃない」

「それは、そうだが」

鮫沼は納得できないらしく、仏頂面《ぶっちょうづら》になった。

浩志らを乗せたハイラックスとフィエスタとは三十メートル以上の車間距離を空けている。Ｄ８５０を下りてからは車が少ないために五十メートル以上離していた。二台の車はピスタチオの農園まで来ると、細い農道に入って行った。そこから先の野原で停まったらしいのだが、ピスタチオの木が邪魔で直接見ることはできない。距離は二百メートル近く離れているはずだ。

「戻って来たぞ」

村瀬はアクセルを踏んで車を発進させた。田舎道だけに尾行すれば、どんなに離れていても見つかってしまう。相手の前に出ることで誤魔化《ごまか》すのだ。

「やはりそうか」

バックミラーで背後を窺っていた村瀬は、後続の二台が推測通りＤ８５０に入ったことを確認してにやりとした。もっとも浩志からはイスラエルに行くと聞かされていたので、コースに戻ったということだ。

「予想通りだな。だが、あんなところで何をやっていたんだろう」

鮫沼は、頑丈そうな尖った顎に生えた無精髭を撫でて首を捻った。

「何もなければいいが」

険しい表情をした村瀬は、スピードを落として浩志らが乗った車をやり過ごし、車間距離を空けて再び尾行をはじめた。

「おかしい。ハイラックスの後部座席には、誰も乗っていなかった」

二台の車に抜かれる際に助手席から様子を窺っていた鮫沼は、困惑した表情で言った。

「フィエスタに乗り換えたのか。いや、ハイラックスの方が居住性は高い。座席に深く座っていたのかもしれない。友恵さんに応援を頼んでくれ。万が一のこともある」

村瀬は首を何度も傾げた。

万が一とは、ピスタチオ畑に囲まれた野原で、浩志らが殺されて置き去りにされた場合を想定したのだろう。

「分かった。座標は控えてある」

鮫沼はすぐさま衛星携帯で友恵に連絡をした。時刻は午前六時五十分、日本時間は昼の午後十二時五十分である。数分後一旦電話を切った鮫沼の衛星携帯に友恵から連絡が入った。彼女は、中條とアブー・カマールを監視していた。瀬川率《ひき》いるリベンジャーズが、アブー・カマールに囚われている仲間の救出をするために傭兵代理店も全精力を上げているのだ。浩志と辰也の状況は分かっているが、浩志の言葉を誰もが信じて行動していた。

「友恵さんの話では、教えた座標には人影もないそうだ」

鮫沼は電話を切ると安堵《あんど》の溜め息を漏らし、笑顔を浮かべた。

「悪い予感が裏切られて、よかった。だが、具体的には言えないが、何か引っ掛かるものがある」

村瀬は沈痛な表情で前方を走るフィエスタを見つめた。


浩志はハイラックスの後部座席の足下に座っていた。

シートにはフィエスタに撥《は》ねられて気絶した辰也を寝かせてある。二人とも衝突する直前、咄嗟《とっさ》に車を避けて受け身を取ったため、命に関わるほどの大怪我を負うことはなかった。交通事故では車のバンパーで足を怪我するが、二人とも寸前にジャンプしたために足を骨折することはなんとか回避できた。

だが、浩志は肋骨《ろっこつ》を二、三本折ったようだ。レントゲンを撮ったわけではないが、これまでの経験からヒビが入ったか、折れたかのどちらかだということは分かる。息をするたびに激痛が走り、車の振動すら激しい痛みが伴う。本当は横になりたいのだが、車の振動が直《じか》に伝わってくるために座っているのだ。

「うぅ」

辰也が呻き声を発して目覚めた。

「大丈夫か？」

床に手をついて俯《うつむ》いていた浩志は、体を起こして尋ねた。

「体中が痛いです。今確かめます」

辰也は手足を順番に動かし、右腕を動かそうとして顔をしかめた。

「やはり右腕か」

浩志は気絶している辰也の怪我の状況を調べていた。

「ドジりました。右腕を骨折したようです」

辰也は笑おうとしたらしいが、頰を引き攣らせた。

「仲間が右腕を骨折したらしい。偽装用の包帯がまだあったはずだ。それから雑誌を読んでいただろう。それもくれ、添え木の代わりにする」

浩志は助手席のシートに摑まり、運転をしているマフムードに言った。辰也の腕に巻き付けられた爆弾入りギブスに使う予備の包帯を彼らが持っていることを浩志は知っていた。

「何か、言葉が足りないと思わないか？」

マフムードは振り返りもせずに言った。

「……包帯と雑誌をくれ。頼む」

浩志は英語でプリーズと付け加えた。

「これからも言葉には気をつけることだ。私は、いつでもおまえたちを殺す権利を持っている。まだ命があるだけありがたく思え」

マフムードは包帯と自分が読んでいた雑誌を後部座席に放り投げてきた。

「コーランのどこに生殺与奪の権利が書かれてあるんだ」

浩志は足下に落ちた包帯を拾いながら、わざとアラビア語で話した。助手席のオマールに聞かせるためだ。彼は一連のマフムードの行動に疑問を抱いているらしい。浩志らが車に轢《ひ》かれたときも、嫌そうな顔をしていた。

「イスラム教以外は、異教徒。もはや悪魔と同じだ。存在自体許してはいけない。おまえたちをどう扱おうと私の勝手だ。これはISの基本理念である。おまえたちもISに入りたいなどと嘘をつく前に、改宗するんだな」

マフムードはバックミラー越しに言った。

「コーランは読む者によって解釈が異なる。確かに古代では非ムスリムの多神教に対してはジハードを唱えていたが、現在では庇護《ひご》されるべきだと言われているはずだ」

中東の戦地を彷徨《さまよ》っていたころ、浩志もコーランを読んだことはある。暇つぶしということもあったが、コーランを理解せずに、中東では闘えないからだ。ちなみに多神教とはゾロアスター教やヒンドゥー教などを指すが、ISはイスラム教以外のすべての宗教がジハードの対象となっている。

「馬鹿馬鹿しい。そういうことを言うくだらない法学者が増えたからこそ、西洋文明に中東は荒らされたのだ」

マフムードは振り返って浩志を睨みつけた。

「コーランは平和を求めている。非イスラム教徒と平和的関係を結んでもよいとされていたはずだ。おまえたちのような無差別殺人は、イスラム法に反するのじゃないのか」

浩志は辰也の右腕に雑誌で巻き付けて、その上から包帯をきつく結んだ。

辰也は声こそ出さないが、包帯を巻くたびに顔をしかめている。人間は骨折しても最初はアドレナリンが大量に放出されるために痛みは感じない。だが、それは数時間の話だ。辰也は気絶しそうな激痛に耐えているはずだ。

「コーランを多少は読んだようだが、勝手な解釈をするな。我々が求める世界は、預言者ムハンマドが、アラビア半島を治めていた時代に戻すことだ」

「預言者ムハンマドは、慈悲深い人間だったらしい。おまえたちを見てなんと言うか」

浩志は鼻先で笑った。

「貴様、その口を閉じろ、喉を切り裂かれたいのか！」

マフムードはジャンビーヤを左手で抜き、切っ先を浩志に向けてきた。

「喉を切り裂くのは構わんが、その前にカラーを外してくれ」

辰也の腕の処置をしていた浩志は、マフムードをちらりと見て笑った。

「なんだと……」

マフムードは絶句した。運転中は何もできない。しかも、本当に殺せないことなど、分かっていた。

「おまえたちISは、死ねば天国に行けると信じているそうだな。だから、死ぬのを恐れないと言われている。俺たち傭兵の間では、死ねば地獄に行くことが常識になっている。だから地獄を恐れないやつだけが、仕事を続けられるのだ。結果は同じだな」

辰也の処置を終えた浩志は、肩を竦めてみせた。

「地獄を恐れない人間などいない！」

マフムードは、叫ぶように浩志の言葉を遮る。

「多くの敵を倒して来た俺たちの後には、屍《しかばね》が累々《るいるい》としている。その事実に動機が正義だろうとなかろうと関係ない。地獄行きは当然なのだ。人を殺しても天国へ行けるなど と、むしのいい戯言《ざれごと》は言わない」

浩志は淡々と言って、ISのテロを暗に批判した。

「その言葉、忘れるなよ。おまえは、俺に命乞《いのちご》いをする」

マフムードは、薄ら笑いを浮かべた。それをオマールは目を細めて見ている。

「命乞いをするくらいなら、死を選ぶ」

浩志はにやりと笑って、辰也を見た。

腕を固定して楽になったのか、辰也は眠っていた。

エルサレム

一

イスラエルの中央地区ロードにある〝ベン・グリオン国際空港〟は世界一セキュリティに厳しい空港だと言われている。

イスラエルは、その地に長らく住んでいたパレスチナ人を駆逐して土地を略奪し、アラブ諸国との戦争に勝利して建国された。周辺国ばかりかイスラム諸国はすべて敵という状況のため、国内にテロリストの流入を防止し、また一般客においても危険物を他人に持たされた可能性も想定して出入国の厳しいセキュリティチェックを行っている。

ガズィアンテプから午前十時五十分発の国内線で昼の午後零《れい》時三十分にイスタンブールのアタテュルク国際空港に到着した浩志らは、午後六時十分発のターキッシュエアラインズ航空機の直行便に乗り、午後八時五十分にベン・グリオン国際空港に到着した。

トランジットとはいえ、約六時間後の便に乗ったのはわけがあった。アタテュルク国際空港に到着した一行は、イスタンブールに潜伏しているISの仲間に出迎えられ、市内の病院に直行している。話がついていたのか、浩志と辰也はすぐにレントゲン写真を撮られて治療を受けた。

浩志は左の肋骨を一本骨折し、他にも二本にヒビが入っており、打撲《だぼく》も酷く、背中の筋肉が裂傷《れっしょう》している。辰也は右腕の橈骨《とうこつ》の骨折と右鎖骨にもヒビ、それに左上腕部の裂傷と全身の打撲であった。

マフムードは、病院から提出されたレントゲン写真と診断書に浩志は頸椎の骨折、辰也には左橈骨の複雑骨折と書き加えたのだ。

病院もおそらく偽証を知っていたに違いないが、驚くべきことにマフムードは医師の免許を持っていた。彼は英国人医師ジョン・マイルズ、オマールはイスラエル人看護師のアハド・アガムという偽造パスポートを持ち、マフムードの患者という設定で浩志と辰也は車椅子に乗せられてイスラエルに向かったのだ。

事前にエルサレム市内の病院で手術の予約まで取り付けるという周到さである。イスラエルは医療分野も先進国であるため、他国から患者を受け入れることは珍しいことではない。マフムードはベン・グリオン国際空港の入国審査で並ぶこともなく別室で審査官にレントゲン写真と診断書を提出し、浩志と辰也は金属探知機のゲートを潜ることなくブルーの入国カードを受け取った。念のためにポケットに隠し持っていた無線機を、見つからないように車椅子に挟み込んでおいたが調べられずにすんだ。

どこの国でも出入国審査でパスポートにスタンプが押されるが、イスラエルのスタンプがあると中東諸国だけでなくイスラム教の国では入国拒否されてしまうためにスタンプの代わりに入国カードが渡される。中には記念になるとわざわざパスポートにスタンプを押してもらう旅行者もいるようだが、他国で余計なトラブルを生む可能性もあるので止めておいた方がいいだろう。

また要注意人物と見られた場合は、出入国カードの下部の自動読み取りコードを破り取られて半券状態で渡されるため、代わる代わる何度も係員に詰問されてしまう。これは同じ質問に対して同じ答えが返ってくるかテストしているためで、通常の数倍は審査に時間がかかる。そのため、イスラエルを出国する際は、出発の三時間前に出国審査を受けなければ搭乗できない可能性もあるのだ。

浩志らの車を追跡していた村瀬と鮫沼は、イスタンブールに到着してから時間があったため、イスラエルに入国するために念入りな準備をした。現地の宿泊先やレンタカーを事前に予約し、デジタルカメラやガイドブックなど観光と思わせるアイテムを買い揃えた。

また、これは、リベンジャーズのメンバーなら誰でもしていることだが、現在の職業も商社のサラリーマンという履歴で、池谷の持つダミー会社に登録してある。

てしまう。

だが、浩志らが人道的な立場でＶＩＰ同然の扱いを受けたのに対して、村瀬らは一般の観光客と同じ列に並ばされたために審査に時間がかかり、二人は空港内で浩志らを見失ってしまう。


「さすがにイスラエルは、先進国だな。すばらしいセキュリティだ。我が国も見習わねば」

入国審査を終えたマフムードはわざとらしく言った。あご髭を短く手入れし、グレーのスーツに銀縁眼鏡《ぎんぶちめがね》をかけてすました姿は、テロリストの片鱗《へんりん》もない。オマールもポロシャツの上に紺色のジャケットを着て、いつもはぼさぼさの髪をきれいに揃えていた。

「こんなに審査が簡単にパスするとは思いませんでしたね」

顔色は優れないものの辰也は状況をしっかりと把握しており、熱があるようだが、背筋を伸ばして前を向いて座っている。

「まったくだ」

不本意ながら浩志は頷くしかない。空港職員と一対一になれば、何らかのアクションが起こせると思っていたが、あてが外れた。だが、浩志たちは身体検査を受けなかったので、ポケットに隠し持っている無線機は見つからずにすんだ。

二人の車椅子は空港職員が押している。調子に乗ったマフムードが、頼んだのだ。マフムードとオマールは自分の荷物を持って後から悠々と付いて来る。混雑した空港ビル内では誰もが避けてくれるので、車椅子を先に通した方が都合がいいのだ。

「確認できたか？」

浩志は辰也にそれとなく日本語で尋ねた。

「いえ……」

辰也は気怠《けだる》そうに首を横に振る。気丈に振る舞っているようでも、ダメージが大きいだけに辛《つら》いはずだ。

「そうか」

単なる未練ではあるが、全員ではなくても仲間の誰かが浩志らを追跡している可能性は捨てきれなかった。瀬川には自分たちで脱出すると言ってみたものの、まさか怪我をさせられるとは思ってもいなかったからだ。自分だけならともかく辰也は痛みで歩行も難しいだろう。負傷した二人が脱出できる確率は極めて低くなった。

「午後九時か」

浩志は空港ビルの時計を見て呟いた。

ガズィアンテプで瀬川らと会ってから十八時間以上経っている。順調であればリベンジャーズの別働隊は、アブー・カマールに到着しているはずだ。もし、彼らが仲間を救出すれば、報復として浩志らは爆破される可能性もある。そのことを恐れているのではない。

爆弾が爆発しても死ぬのは自分だけだからだ。

問題は仲間の救出が遅れて、ＩＳに利用されることである。不特定多数の一般人が巻き添えになるようなテロは、なんとしても阻止しなければならない。

「何か、言われましたか……」

辰也が横を向いて顔をしかめた。背筋を伸ばして正面を向いているのは、痛めた鎖骨に障ないようにしているためだったようだ。

「何でもない」

懸命に普通を装っている辰也を見て、浩志は弱気になっている自分を笑った。

二

浩志らがイスタンブールに到着したころ、リベンジャーズの別働隊は、トヨタのハイラックスとフォードのエクスプローラーの二台でイラク国境を移動していた。村瀬らに浩志らを追跡させるためにハイラックスを彼らに預けたので、ガズィアンテプで新たにエクスプローラーを借りたのだ。

瀬川と田中と京介、それにアンディーとマリアノの二チームに分かれている。仲間や人質を救出した場合のこともあるが、砂漠を走るには二台以上の車両でなければ、故障した場合死を待つばかりとなる。
シリア北部がＩＳの支配地域のため、瀬川らはシリアとの国境に沿ってＥ90号線でトルコの東に向かい、およそ三百八十キロ離れたヌサイビンというクルド人の街に七時間かけて到着した。ここからシリアの国境の街カーミシュリーは、わずか一キロ、目と鼻の先である。

紛争がなければ、カーミシュリーから7号線を南下すれば、ハサカを経由しデリゾールに到達できる。あとは4号線を東に進むだけでアブー・カマールに行けるのだが、この幹線道路はおびただしいＩＳの武装兵と遭遇するため、選択肢にも入らない。

それにシリアから押し寄せる難民に頭を痛めたトルコ政府が、二〇一三年十一月に国境沿いのフェンスを強化し壁を築いて完全に封鎖した。本音は難民というより、クルド人の出入りを防ぎたかったのだろう。

難民キャンプを抱えるヌサイビンでは、満足な物資はなかった。それでもわずかではあるが水と食料と燃料を補給した瀬川らは、Ｅ90号線をさらに東に向かった。

ヌサイビンの二十キロほど東に、車が通行できる大きなフェンスの裂《さ》け目を発見した。おそらくトルコ政府に反発しているクルド人の仕業だろう。ハサカにクルド人義勇兵や物資を送り込むためのルートかもしれない。

シリアの北部の街ハサカはクルド人の支配地域だったが、ＩＳに攻め込まれてクルド人義勇兵は苦しい闘いをしていた。クルド人はトルコ東部、シリア北東部、イラク北西部に住んでいるが、彼らを分断したのはオスマントルコ帝国を分割して国境を策定した英国をはじめとした欧米列強で、彼らの団結力は強い。そのため国境を越えてクルド人難民は脱出し、義勇兵は逆の流れで戦闘地域に向かうのだ。

国境を越えてシリア領に入った瀬川らは、6号線を東に向かいイラクの砂漠地帯を進むことにした。迂回《うかい》ルートを使ってもシリア国内は何カ所ものISの検問があると、シリア北西部のマリキヤに向かうクルド人難民から聞いたからだ。

午後九時三十四分、イラクの国境沿いの砂漠を二百キロ南下したところで、ハイラックスが突然エンストして停まってしまった。ガソリンの表示がいつの間にかエンプティになっている。調べてみると、ガソリンタンクに自動車の部品が突き刺さって穴が開きガソリンが流出していたのだ。

シリアの郊外で悪路を走っている時に先行車であるエクスプローラーの部品が脱落し、道路を跳ねて後続のハイラックスのガソリンタンクを直撃したらしい。ちなみにエクスプローラーも調べてみると、ブレーキの部品が脱落していた。型も古く、純正品でない部品で修理されていたようだ。

レンタカー会社も大手ではなく、修理工場が車を貸しているようなところである。手入れがいい加減だったことが原因だが、瀬川らがシリアやイラクの砂漠や悪路を走るとは、貸す方も予想していなかったのだろう。

ハイラックスを捨てた瀬川らは一台の車で再び移動を開始し、約百十五キロ先のアブー・カマールを目指す。部品が脱落したエクスプローラーではいつブレーキが利かなくなるのか分からないため、スピードを上げることはできなかった。

「うん？」

車を走らせ三十分ほどしてハンドルを握る田中は、舌打ちをした。

「どうかしましたか？」

瀬川が英語で尋ねた。

後部座席にアンディーとマリアノが乗っているため、私語もすべて英語を使うのだ。二人とも一八〇センチを超す体格のため、真ん中に京介を挟み窮屈《きゅうくつ》そうに座っている。

「ブレーキが完全に壊れたらしい。まったく利かない。車を停めてみるよ」

アクセルを離した田中はギアチェンジし、エンジンブレーキを利かせながら低速になったところでサイドブレーキを引いて車を停めた。

「やっぱり、完全にいかれたね。ブレーキオイルが漏れている」

外に出た田中はすぐさまハンドライトで照らしながら車の下に潜った。

「だけど、急に停まれないというだけですよね」

車の下を覗いていた瀬川は苦笑いをした。

「走るには問題ないよ。エンジンは今のところ調子いいからね。信号のある交差点や踏切さえなければいいんだ」

田中は冗談交じりに答える。傭兵というより、彼の場合は、エンジニアに近いのであながち冗談ではないのかもしれない。

「どのみちこの車じゃ、アブー・カマールには乗り込めない。少しばかり作戦を早めるか」

アンディーは、車のボディーを叩いて笑った。

「私もそのつもりだった」

瀬川はGPS測定器で現在位置を調べると、衛星携帯で友恵に連絡をした。

「近くにISのキャンプか、検問所がないか調べてくれないか」

——少々お時間をください。

電話のオペレーターのように友恵は無駄口を叩かない。

「頼んだ……」

——お待ちください。……そこから、八十九キロ南南西にハジーンというユーフラテス川沿いの小さな街があります。そこならISの兵士も少ないと思われます。また、アブー・カマールまでは三十八キロほどの距離なので、移動のロスも少ないはずです。

電話を切ろうとしたが、待つこともなく友恵は答えを出してきた。彼女の少々待ってくれというのは、単に即答できない場合に使うようだ。付き合いは長いはずなのに、未だに彼女の性癖をつかめないことがある。

「助かった。そこまでならガソリンも持つはずだ」

瀬川は衛星携帯を仕舞いながら、アンディーに親指を立てた。

三

午後九時十二分、ワットは鼻腔を刺激する香ばしい香りにふと目覚めた。

「なんだ、この香りは？」

体を起こして、鼻をひくひくと動かす。

「目が覚めましたか。よかった。お怪我は大丈夫ですか？」

声のする方向に顔を向けると、加藤の姿が暗闇に浮かんだ。目が慣れてくると、宮坂と一色、黒川も近くに座っている。

「怪我？　蚊に刺されたようなものだ。そうか、牢屋《ろうや》を移されたんだったな」

石畳の床にワットは胡座をかいて座り直した。

昨日の昼近くに浩志が連れ去られ、しばらくするとワットも別の場所に移送された。２ブロックほど離れた通り沿いにある鉄製の柵に囲まれた建物である。窓は木で塞がれているが、前庭があり元は学校だったのかもしれない。

いくつもの部屋に分かれており、部屋の出入口は金網の扉に作り替えてある。トイレはなくバケツに用を足し、定期的に差し替えられるようだ。おかげで常に糞尿《ふんにょう》臭い。ワットは殴られたせいもあるが、仲間の無事が確認できた安堵感と極度の疲労で、着いた途端床に横になって寝てしまったのだ。

「ワットさん、パンと水が支給されました」

加藤が、パンとペットボトルの水を差し出してきた。

「夢じゃなかったのか。すばらしい。鼻が曲がるような臭いの中で、パンの匂いを嗅ぎ分けたというのか。いや殴られて鼻はもう曲がっていたんだった」

自分の言葉に受けて笑ったワットは、パンと五百ミリリットルのペットボトルを手に取ってキスをした。

「食事をしながら、聞いてください」

加藤はあえて日本語で話しかけてきた。

「報告してくれ」

ワットは金網の扉から廊下を見渡し、誰もいないことを確認した。

「この建物は、小学校だった二階建ての建物を監獄に作り直したようです」

加藤は声を潜めて話しはじめた。

浩志が指摘した三つの死体が晒されていた建物である。

「ちょっと待ってくれ」

ワットは人差し指を唇に当てて、監視カメラや盗聴器があるかもしれないとハンドシグナルで注意を促した。

「大丈夫です。我々で念入りに調べました」

傍で聞いていた宮坂が、苦笑いをして答えた。

「俺たちの部屋は隠しカメラがあった。それを壊したらぶん殴られたんだぞ」

ワットは左手で自分の頭を叩く仕草をして肩を竦めた。

「この部屋はクリアしてあります。おそらく、リーダーである藤堂さんとワットさんは、監視する必要性から特別な独居房に入れられていたのでしょう」

宮坂は舌打ちをすると、首を横に振った。

「そうかもしれないな。浩志がいなくなったので、こっちに移されたんだろう。俺たちが会話することで情報を得たかったんだろうが、監視カメラをぶっ壊されて頭にきたんだろうな」

ワットは笑いながらペットボトルの水を三分の一ほど飲むと、直径二十センチほどのパンにかぶりついた。

「牢獄は一階に四つ、二階には五部屋あり、看守の部屋が一階の出入口付近にあります。

看守は、昼は一時間ごとに、夜間はほぼ二時間ごとに金網越しに各部屋を確認します」

加藤は淡々と説明をする。

「まさか……」

ペットボトルを持った右手を下ろしたワットは、啞然とした。

「夜明け前に調べて来ました」

加藤はこともなげに言った。

驚いたワットが「この部屋を出たのか」というジェスチャーをした。

「そうです」

加藤は頷き、下着の下に隠してあった先の尖った道具を出してみせた。仲間がパスポートとドル紙幣を隠している布ベルトに加藤はドアの鍵を開ける道具を仕舞っていたようだ。さすが潜入と脱出のプロである。

「それで」

にやりとしたワットは、話の続きを促した。

「二階の階段の近く、一階にある看守部屋の上の部屋にドイツの兵士が三人、その隣りに英国の兵士四人、そのまた隣りの部屋にイタリアとフランスの兵士が二人ずつ監禁されていました。全員どこか負傷しており、英国の兵士が一人、イタリアの兵士は二人とも重傷です」

加藤は暗い表情で報告を終えた。

「重傷者が三人もいるのか。イタリアに怪我人が集中しているのは、降下地点が悪かったのだろうな。他の兵士は動けそうか？」

沈痛な表情でワットは尋ねた。

「金網越しに口頭で国名と怪我の具合を尋ねただけですので、なんとも言えませんが、おそらく大丈夫かと思われます。すみません、あまり時間がかけられなかったので、詳しくは聞けませんでした」

頭を下げながら加藤は答えた。

「充分だ。重傷者の具合が気になるが、人質を助け出せば俺たちも入れて十三人の特殊部隊の兵士が揃う。人数が多いことで、かえって有利になるかもしれないな。こいつは面白くなって来たぞ」

ワットはパンの最後のかけらを口に入れた。

「作戦はありますか？」

加藤が尋ねると、宮坂と黒川、一色も身を乗り出してきた。

「なくもない。だが、問題が二つある。一つは、我々が脱出した場合、報復として浩志と辰也が殺される可能性があることだ。もう一つは、我々を救出するためにこっちに向かっているはずの瀬川やアンディーたちの問題だ。我々が動くことで、彼らの作戦をぶち壊すかもしれない。いずれにせよ、外部と連携を取る必要がある」

ワットは人差し指と中指を順番に立てて言った。

「外部と連絡が取れればいいんですね」

加藤が思案顔で腕を組んだ。

「手っ取り早い話、我々の衛星携帯を取り戻せばいいのだが、それがどこにあるのか分かっているのか？」

ワットも腕を組んで加藤を見つめた。

「この建物は隅々まで調べましたが、我々から没収された装備はどこにもありませんでした。おそらく敵の司令部にあるのではないでしょうか」

「ここはもう調べたのか。司令部はどこにあるんだ？」

ワットは苦笑いをした。加藤はいとも簡単に脱出と潜入を繰り返しているようだが、そんな芸当ができる兵士は、米軍でも見たことがないからだ。

「ここから東に2ブロック離れたところに立派な建物があります。ブロック塀に囲まれており、前庭には重機関銃や対空砲を備えたテクニカルや戦闘車まで置いてありました。上空から察知されないように、枯れ枝と偽装ネットで覆い隠してあります。間違いなく司令部でしょう」

加藤は自信ありげに答えた。

「テクニカルや戦闘車は空爆を避けるために分散しておくものだ。それが偽装を施した対空砲のテクニカルまで置いてあるとなると、司令部の可能性は高いな」

ワットは大きく首を縦に振った。

「重機関銃のテクニカルは三台、2トントラックにZU23―2対空砲を備えたテクニカルは、二台、それに旧ソ連製戦闘車のBMP2が一台です」

加藤は詳細を補足した。

「だが、敵の巣窟《そうくつ》に潜入するとなれば……」

ワットは苦しい表情になった。あまりにもリスクが高いからだ。

「そもそもこんな羽目《はめ》に陥り、皆さんにご迷惑をかけているのも、私の偵察が不完全だったからです。やらせてください、お願いします」

加藤は深々と頭を下げた。

四

防衛省の裏通りに面した〝パーチェ加賀町〟の二階にある新傭兵代理店のオフィスに、池谷と片倉、それに英国大使館の武官であるジョシュア・オースチンが顔を揃えていた。

「昨夜に続き深夜に、度々おこしいただき申し訳ございません」

テーブルにコーヒーカップを並べると、池谷は頭を下げた。時刻は午前三時を五分ほど過ぎている。

「こちらこそ、貴重な情報を得られて感謝の言葉もありません」

ソファーに座っているオースチンは、両手を膝に当てて日本式にぎこちなく頭を下げてみせた。

「新たな情報があると聞きましたが」

片倉は険しい表情を池谷に向けた。二人とも徹夜続きなのだろう。無精髭を生やしネクタイを緩めて着衣も乱れているが、異常に目付きが鋭くなっている。疲労を精神力でカバーしているのだろう。

「今回のテロの首謀者が、分かりました」

池谷は片倉とオースチンを交互に見て、もったい付けるようにゆっくりと言った。

「何！　いったいどこからの情報ですか！」

オースチンが食いついてきた。

「本当ですか？」

片倉は首を捻っている。彼はあらゆるチャンネルを通じて犯人の解明をしようと努力していたが、未だに有力な情報は得られなかったようだ。

「お二人とも落ち着いてください」

池谷はテーブルに置かれているコントローラーで、八十インチのモニターのスイッチを入れた。

「首謀者は、現在、アブー・カマールのＩＳの司令官であるサージタ・ウマル・イブラーヒームとマフムード・アリムの二人です。この写真はＩＳが二ヶ月前にユーチューブに投稿した広告映像からピックアップしました」

モニターには画質は悪いが二人の写真が映し出された。

「二人とも知りませんね」

オースチンはメモ帳を出して首を振った。

「サージタ？　ひょっとして、白人じゃないですか。ヨルダンの軍情報筋では、以前から軍事的な知識があるサージタという白人のテロリストがいるという噂を聞いたことがあります」

片倉は立ち上がってモニターに近付いた。

二〇一四年十月、米国防総省の発表によれば、ＩＳの戦闘員約三万千五百人のうちイラクとシリア以外の外国人は約一万五千人で、さらに二千人が欧米出身だとした。

「よくご存知でしたね。これは藤堂さんからの情報ですが、二人とも白人で、マフムードは流暢《りゅうちょう》なロンドン訛の英語が話せるようです。得られた情報から調べた結果、サージタは、スティーブン・トールソン、三十八歳、元海軍特殊部隊ＮａｖｙＳＥＡＬｓの中尉で、四年前に除隊しています。また、マフムードは、英国海軍の元軍医で、本名はエリオット・ベーカー、三十九歳、同じく四年前に除隊していました。二人がどういういきさつでテロリストになったのかは分かりませんが、二〇〇九年にペルシャ湾で行われた米英軍による合同演習に二人とも参加しています、おそらくそこで知り合ったのでしょう」

池谷は何も読まずにすらすらと説明した。

「なるほど」

オースチンは一生懸命メモを取っている。

「スティーブン・トールソン元中尉が率いるISの部隊が最近めきめきと頭角を現したのは、彼の特殊部隊の経験と知識にあるということですか」

片倉はオースチンを尻目にメモも取らずに感心している。彼のネイティブなみの他言語の才能は、抜群の記憶力によって裏打ちされているのだろう。

「それにしても、どうして二人が特定できたのですか」

オースチンはメモを書き終えたが納得していないようだ。

「藤堂さんから、サージタの右腕にドクロの刺青の痕があったという情報です。うちのスタッフが、特殊部隊、ドクロの刺青、シリア、イスラム国などというキーワードでとあるサーバーを検索したところ、いくつかの候補が浮かび上がり、そこから、マフムードと名乗るエリオット・ベーカーと繋がりのある人物を選び出したのです」

とあるサーバーというのは、ペンタゴンのサーバーを友恵がハッキングしたのだ。

「すると、ベーカーの身元が先に分かっていたのですか？」

オースチンは訝しげな目をしている。友恵の実力を知らないだけに、自国の情報部さえ手にしていない情報が、たかが傭兵代理店で得られるはずがないと根底では思っているに違いない。

「実はリベンジャーズの別働隊が撮影した映像を顔認証ソフトにかけて調べていたのです。藤堂さんからロンドン訛があり、軍人としての経験もあると聞いていたので、時間はかかりましたが、特定できました」

池谷はこともなげに言った。

「なっ。ということは、英国軍のデータベースを使って顔認証したということですか」

オースチンは絶句した。軍の個人情報は、重要機密になる。英国情報部の許可がなければ、とうてい利用することはできない。だが、日本の傭兵代理店はいとも簡単に使いこなしている。驚いて当然なのだ。

「はて、どうでしょうか。私は技術者ではありませんのでよく分かりません。データの出所を詮索《せんさく》するのは止めましょう。お互いのためですから」

池谷はとぼけた表情でにこりとした。

「よくトールソンが特定できましたね」

片倉は二人の会話を気にも留めずに質問をした。

「キーワードは腕の刺青です。米兵のドクロマークの刺青は、珍しくありませんが、藤堂さんの話ですと、痣のように見えたそうです。刺青を隠すために肌を焼いても、消すことはできなかったのでしょう。そこで、色々ドクロをモチーフにした部隊のトレードマークを探したところ、こんなものを発見しました」

池谷は八十インチのモニターの映像を替えた。すると、黒いベレー帽を被り、落ち窪《くぼ》んだ目から炎が吹き出しているドクロマークが映し出された。

「これは、ブラックスカルと呼ばれ、Ｎａｖｙ ＳＥＡＬｓのチーム３に属するユニットの紋章に使われていました。黒いベレー帽が痣のように見えなくもないでしょう」

池谷は八十インチのモニターを指差して説明した。

Ｎａｖｙ ＳＥＡＬｓは八つのチームに分かれており、グループ１に属するチーム３は中東を担当している。

「恐ろしい情報力だ。ベーカーはともかく、スティーブン・トールソン元中尉の情報は、ペンタゴンでもトップシークレットのはずだ」

オースチンは身震いをした。

「そうです。その通りです。このトップシークレットをぜひともあなたに活用していただきたくて、特別に教えるのです」

池谷は口調を強めた。

「私に何をしろと……」

オースチンは池谷の迫力に押されて仰《の》け反《ぞ》った。

「ISの幹部が、米軍の元兵士だというのは、かなりショッキングな情報です。世間に知られたら大変なことになるでしょう。この情報で米国と取引していただきたいのです」

池谷はきっぱりと言った。

「米国を脅《おど》せというのですか？　要求は何ですか？」

オースチンは不安げな表情になる。

「米軍に動いて欲しいのです」

「まさか、米軍は今回の件では、まったくの傍観者を決め込んでいます。そもそも、現段階でオバマは中東に米軍の地上部隊は派兵しないと言っていますよ」

オースチンは掌《てのひら》を振って苦笑した。

「派兵だなんて望んでいません。私はほんの少し、米軍の武器を活用していただければ、それでいいのです」

池谷が真顔になり、長い顔をさらに長くした。

「一体、何を……」

オースチンがソファーの背もたれまで腰を引いた。

「私が使って欲しいのは、アヴェンジャーです」

池谷は不気味に笑った。

アヴェンジャーはジェネラル・アトミックス社製の米軍の無人偵察機プレデターの改良版である無人戦闘攻撃機である。

「なっ！」

オースチンと片倉が同時に息をのんだ。

五

千代田《ちよだ》区平河《ひらかわ》町に〝平河ウェッジビル〟という八階建てのオフィスビルがあり、一階から、最上階までのほとんどを内閣官房の関連団体である公益法人がテナントとして入っている。

傭兵代理店を出た片倉は、何度も尾行の有無をチェックしながら市ヶ谷から番町《ばんちよう》を抜け、麴町《こうじまち》を経由して平河町まで歩いた。ここまで徒歩で二十分ほど掛かったが、防衛省の裏通りから外堀《そとぼり》通りまで出てもタクシーを拾えなかったので歩くことにしたのだ。

片倉は〝平河ウェッジビル〟の玄関セキュリティを自分のＩＤカードで認証を受けてエレベーターホールに入った。エレベーターに乗ると、行き先階ボタンの下にある黒いプレートに右の親指を押し当てる。すると、入室可能を示す七階と八階のボタンが点灯したので、八階のボタンを押した。この時点で片倉は、二重のセキュリティを受けたことになる。

七階と八階は〝社団法人アジア政情研究所〟となっており、片倉はここの研究員という肩書きを持っている。もちろん片倉の所属する内調の国際部の隠れ蓑《みの》に過ぎない。数年前までは、ほど近い場所にある〝レジデンスビル〟に〝社団法人アジア情勢研究会〟という名前で入っていたが、〝死線の魔物〟というコードネームを持つ北朝鮮の二重スパイに存在がばれてしまったので移転したのだ。

八階でエレベーターを下りた片倉は、人気のない廊下を進み突き当たりの部屋に入った。十二畳ほどのスペースにスチール棚とソファーとデスク、それに冷蔵庫が置かれている。

「なっ、なんだ。驚かすなよ」

片倉はドアロで立ち止まって声を上げた。

ソファーにパンツルックの女が、足を組んでファッション誌を見ていた。

「連絡しても繋がらないから、ここに来てみたの」

髪の長い女は、雑誌から目を離さずに言った。片倉の実の妹である森美香である。

「それにしても、どうやってここまで来られたんだ。……待てよ。ひょっとして〝国家情報局〃の職員は、ここに出入りできるのか？」

肩を竦めた片倉は、苦笑いした。

「まあ、そういうことね。というか、日本の官庁のすべてのセキュリティに認証される資格を有していると言った方が早いかしら」

美香は鼻先で笑った。

内調を辞職した彼女は、昨年までフリーで活動していたが、現政権で二〇一四年の初頭に極秘に設立された〃国家情報局〃に入局していた。日本は戦後、敗戦国というレッテルのため先進国なみの情報機関を持つことができなかった。そのため、他国の工作員が野放しにされスパイ天国とあざ笑われる日本は、世界の裏情報は同盟国から教えられるという屈辱的な地位に甘んじてきた。

現政権は特定秘密保護法という悪法も作ったが、一方で世界の情報戦に参入すべく〃国家情報局〃を新たに作り出した。内閣官房直下の組織という点では内調と変わらないが、現段階では公式に組織は発表されておらず、内調や防衛省の情報本部、外務省の国際情報統括組織、法務省の公安調査庁など日本のすべての情報部の上部組織として位置づけられている。

片倉はデスク横に置かれた冷蔵庫から缶コーヒーを出した。

「私はいらない。缶コーヒーばかり飲んでいると、体を壊すわよ」

渋い表情で美香は首を横に振った。

「飲み過ぎ？　確かにそうかもな。よく分かったな」

缶コーヒーのプルトップを開けながら片倉は笑った。

「ゴミ箱を見れば、誰だって分かるわよ。内調で一番の分析官が聞いて呆《あき》れるわ」

「情報局は本格的に動き出したのか？」

デスクの椅子に座った片倉は、折り畳んであったノートブックパソコンを開いて電源を入れた。

「私に何か隠しているでしょう？」

美香は雑誌を置いて、片倉を見つめた。

「私が？　……いったい何を？」

彼女の視線を見ないで片倉は質問で返した。

「しらばっくれないで、リベンジャーズのことよ」

「リベンジャーズ……か」

美香は腕組みをして睨んだ。

右眉をぴくりと動かした片倉は口ごもった。

「米国の知り合いから、シリアで事件に巻き込まれたらしいことは聞いたけど、詳しいことは分からないと言われたわ」

「米国の？　まさか父親じゃないだろうな」

口調を荒らげた片倉は眉を寄せた。

二人の父親である片倉誠治《せいじ》は、家族を捨てて失踪《しっそう》している。それは命を狙われたためであるが、何も知らずに亡くなった母親を不憫《ふびん》に思う兄妹からは未だに恨まれていた。ちなみに誠治はＣＩＡの幹部であるが、それを知っているのは兄の啓吾だけである。

「どうして、あの人が出てこなきゃいけないの。米国の情報部の女友達よ」

美香も鼻の頭に皺を寄せて、拒否反応を見せた。

「事件に巻き込まれたと聞いたのか……」

片倉は絶句した。妹が浩志の恋人という立場を知っているだけに、片倉はあえて黙っていたのだ。

「日本で一番中東情勢に詳しいあなたは、絶対何か情報を知っているはず。教えて」

美香は立ち上がり、片倉のデスクを右手で叩いた。

「分かった。おまえは子供の頃から無茶をするから黙っていたんだ。それに、傭兵代理店の池谷さんも君を心配していたぞ」

片倉は溜め息を漏らした。

「やっぱり、あの人は情報を持っていたのね。何度も電話をかけているけど、居留守を使われたわ」

美香は眉間に皺を寄せた。

「怖い顔をするなよ。あの人は、気を遣っているんだ。とりあえず分かっていることは全部教えるから」

片倉は池谷から聞いたばかりの話も含め、これまで得られた情報をすべて教えた。

「彼は、イスラエルに行ったのね」

小さな溜め息を漏らした美香は、天井を見上げた。

「まさか、イスラエルに行くつもりじゃないだろうな」

片倉は腰を浮かせた。

「一番の飛行機で現地に飛んでも、何かできるとは思えないわ。新しい情報が入ったら、逐一教えてくれる？」

美香はゆっくりと首を横に振った。日本からイスラエルには直行便はない。一番早い便でも昼近くになり、パリやフランクフルト経由の最短のトランジットでも十八時間以上かかってしまう。待ち時間も入れれば二十四時間以上かかるだろう。闇雲に動いてもどうにもならないのだ。

「あっ、ああ、それは構わないが、ずいぶんとあっさりとしていると言うか、おまえらしくないと言うか」

片倉は目を細めて首を傾げた。あまりにも聞き分けがいいため、疑っているらしい。

「彼を信じているの。それだけよ」

美香は寂しげな笑顔を見せると、部屋を出て行った。

「くっそっ！」

彼女を見送った片倉は舌打ちをするとスマートフォンを取り出し、誠治に電話をした。

――この電話は現在使われていません。おかけ直しください。

英語の自動メッセージが聞こえると、片倉は通話を切った。誠治に直接電話をかけることはできない。だが、連絡を取る方法は知っていた。米国の特定の番号に電話をかけて履歴を残せば、こちらの電話番号が非通知だろうと向こうから掛かってくるのだ。

「早くしろ、糞おやじ」

悪態をつきながら待っていると、スマートフォンに非通知の電話が掛かってきた。

「啓吾です」

片倉は急いでスマートフォンの通話ボタンをタップした。

六

午後十時四十分、ベン・グリオン国際空港からシャトルバスに乗り、地中海に面したヤフォ地区に営業所があるレンタカーのハーツで村瀬と鮫沼はプジョー206を借りた。

空港の第二ターミナルに近い場所にレンタカー各社の送迎バス乗り場があり、どこで借りても同じようなものだが、二人はもっとも目的地に近い場所に営業所がある会社を選んだのだ。

「参ったな。こんなに時間が掛かるとはな」

助手席に乗り込んだ村瀬は、苦虫を噛み潰したような顔をした。

「結構準備したはずなのにな」

運転席の鮫沼は欠伸を噛み殺し、頬を両手で叩いた。

二人は入国審査の列に並んでいたが、順番がきた途端別室に連れて行かれた。観光ということでそれなりに準備したのだが、二人の鍛え抜かれた体を見た審査官はただの観光客とは見てくれなかったようだ。スーツケースの中身をすべて調べられ、合計五人の審査官から代わる代わる質問攻めにあい、審査を通過するのに一時間半近く掛かってしまった。

「とりあえず、傭兵代理店に行こう。やはり、ここから近いな」

村瀬はスマートフォンで住所を調べながらカーナビをセットした。今回の作戦が仲間の生死に関わるとあって、二人とも二十四時間以上眠っていない。それにイスタンブールの空港で軽い昼食は摂ったが、晩飯はまだ食べていなかった。それほど二人は課せられた責任の重さで緊張しているのだ。

営業所の通りからピンカス通りに右折した。

「そう言えば、今日は木曜日か。道理で街が浮かれた感じがすると思った」、鮫沼は街並を見ながら舌打ちをした。

「明日はシャバットか、早く行かないと店じまいになるかもしれないぞ」

村瀬は衛星携帯を出して、傭兵代理店に電話をかけはじめた。

シャバットとはユダヤ教の安息日のことで、ユダヤ人は日曜日から木曜日が平日のため、木曜日の夜は、一週間で一番賑わう。もっとも繁華街は若者で賑わうが、敬虔《けいけん》なユダヤ人は早めに帰宅し、家族と御馳走《ごちそう》を食べるのが習わしだ。

「大丈夫だそうだ。代理店の社長はキリスト教徒だから、シャバットは関係ないらしい」

通話を切った村瀬は、明るい声を出した。イスラエルにはユダヤ人以外の人種も多く、土曜日に働くのはアラブ系やクリスチャンである。

「とにかく早く準備して、藤堂さんたちの捜索をしよう」

鮫沼はスピードを上げた。

空港でのセキュリティが異常に厳しいと聞かされていたので、ナイフや銃はもちろん無線機もイスラエルには持ち込んでいない。武器も必要だが浩志らを捜す上でも無線機は必要だ。浩志らに渡した無線機は、携帯型のデジタル無線機のため、数キロの範囲で通話ができる。周波数さえ変えてなければ、呼び出すことも可能だ。

十分ほどで二人は路地裏に車を停め、キングジョージ通りの交差点にある三階建てでドアに〝クルセイダ（十字軍）・コーポレーション〟と控えめに印字があるビルの前に立った。社名からしても経営者はユダヤ人ではないと、主張しているようなものだ。

繁華街ではないが道を隔《へだ》てて向かいはオープンカフェになっており、大勢の若者が酒を飲んで騒いでいる。中東の国とは思えない風景であるが、イスラエルには良くも悪くも周辺国にはない自由があるのだ。

入口のドアを開けて中に入ると、数メートルの長い廊下があり、正面の奥にガラス張りのドアがあった。天井に監視カメラがあるので、来客のセキュリティチェックをするための廊下なのだろう。

ドアの前に立つと、胸に十字架のマークが入った黒いTシャツを着たスキンヘッドの男がドアを開けた。ボディービルで鍛えているのか、Tシャツからはみ出した上腕の筋肉に筋が浮かんでいる。

「連絡してきた日本人だな。入ってくれ」

男はにこりともせずに手招きをした。

「ほお」

村瀬と鮫沼は部屋に足を踏み入れて感嘆の声を上げた。

床は大理石で天井や壁は白で統一されており、部屋は五十平米ほどの広さがある。しかも壁から浮き出たように赤と黒のシャープなデザインの受付カウンターがずらりと並んでいた。傭兵なのかクライアントなのか分からないが、カウンター前の椅子に六人ほど座っている。旅行代理店にでも入ったような錯覚を覚える。

「八番のカウンターに行ってくれ」

呆然としていると、先ほどのスキンヘッドの男から右端のカウンターに行くように勧められた。

二人で背もたれのない椅子に腰を下ろすと、マイク付きのヘッドギアを付けた若い女がカウンターの向こうに座った。

「武器を購入される場合は医療検査と安全管理の講習が必要になります。傭兵の方は、当社での登録申請が必要です。とりあえず所定の書類に必要事項を記入してください。登録後にご希望の戦闘地域と職種をご案内します」

女は一方的にしゃべり、Ａ４サイズの書類を二人の前に出した。

「俺たちは、日本の傭兵代理店で登録済みなんだ」

村瀬は笑顔で言った。連絡は池谷からいっているはずだが、伝わっていないようだ。池谷もイスラエルの代理店とは付き合いがないらしい。軽く扱われているのかもしれない。

「あら、それを最初に言ってください。データベースから検索しますので、こちらの用紙に名前を書いてください。登録済みなら、すぐにクライアントを紹介できます」

舌打ちをした女は、ハガキサイズの紙とボールペンを二人の前に出した。

「分かりました」

　二人は素直に名前を記入すると、女は目の前に置いてあるパソコンに二人の名前を打ち込みはじめた。

「リベンジャーズ、……あらっ、嫌だ。申し訳ございません。お客様はお二人ともカウンターではなく、応接室にお入りください」

　苦笑を浮かべた女はパチンと指を鳴らしてスキンヘッドの男を呼び、応接室に通すように言った。

「こちらへ」

　スキンヘッドがにこりと笑い、村瀬と鮫沼をすぐ近くのドアから別室に案内した。

　先ほどの部屋とは違い、天井からシャンデリアがぶら下がり床は毛足の長いカーペットが敷かれている。中央にはル・コルビジェデザインのソファーとテーブルがあり、小太りで赤ら顔の中年男がテーブルの向こうに座っていた。

「いらっしゃいませ、当社の責任者のエクトル・ウィルソンです。まあ、おかけください」

　男は立ち上がって二人にソファーを勧める。

「無線機とハンドガンがご入用だそうですが、目的をお聞きしてもよろしいですか。この国ではテロに対して非常に厳しく、昨今では銃の規制も厳しくなりました。そのため、銃の販売は、イスラエル在住の方に限っております。池谷に尋ねましたが、単に観光だと言うだけでちゃんと答えてはくれません。観光に銃はいらないでしょう」

ウィルソンは二重あごを強調するかのように肩を竦めた。

「傭兵が銃を携帯するのは、たしなみだと思っていましたが、この国では違うのですか。それなら無線機だけでも結構ですよ。明日早くにマサダ国立公園に行こうと思っています。あそこは携帯電話が使えない場所もあるでしょう」

村瀬は笑顔で答えた。理由を聞かれたら、最初から断るつもりだった。ちなみにマサダは世界遺産にも登録されており、死海に近い荒涼《こうりょう》とした場所に紀元前の遺跡がある。

各国の傭兵代理店は政府や闇の組織と繋がりがあるため、池谷から用心するように言われている。今回は浩志と辰也が人質に取られており、しかも彼らがテロリストに利用されるかもしれない。イスラエル当局に察知されたら、テロリストと一緒に殺される可能性が高いのだ。

「噂では、リベンジャーズはシリアでテロに巻き込まれたと聞いております。あなた方の行動はそれに関係しているのですか?」

ウィルソンは目を細めて二人を見た。現段階でも事件はトップシークレットのはずだ。イスラエルの傭兵代理店だけに中東の軍関係の情報に敏感なのだろう。

「初耳ですね。我々はいつも危険な仕事を請けています。その手の噂話はよく聞きますよ」

　村瀬は鮫沼と顔を見合わせて笑った。

「そうですか。確かにおかしいと思ったのです。テロに遭ったのは欧米の特殊部隊と聞きましたが、そこに最強とはいえ傭兵の部隊も一緒というのは違和感がありましたから。了解しました。銃は販売できませんが、無線機はすぐに用意しましょう」

　破顔したウィルソンは、テーブルに置いてあった呼び鈴を押し、部下に無線機を持ってくるように命じた。

「これで楽しい旅ができます」

　村瀬は密かに舌打ちをした。

テロの修羅場

一

ユダヤ人の安息日は、旧約聖書の創世記にある〝神は第七日に仕事を完成された〟という記述に見いだされる。そのため、一週間の最後の日である土曜日が休息日のシャバット(安息日)となり、敬虔なユダヤ人は、働くことはもちろん旅行はおろか、料理を作ることすら禁じている。

翌朝の金曜日、ふと目覚めた浩志は、腕時計と手錠を見て苦笑した。

午前六時五分前。いつもはこの時間に起きてトレーニングをはじめる。怪我をして危機的状況にもかかわらず、規則正しく生活する習慣から外れないことに我ながら感心するほかない。

昨夜、浩志と辰也は、テルアビブの南端、バド・ヤム地区の住宅街にあるＩＳのアジトへ連れてこられた。アジトは高床式住居に見える一階が駐車場という古い四階建てアパートの最上階の一室で、浩志らは五畳ほどの物置部屋の配管に手錠を繋がれた状態で監禁されている。

ポケットから無線機を取り出した浩志は、電池切れでLEDランプが消えているのを見て舌打ちをした。節電モードにしてあったが、十時間近く電源を入れっぱなしにしてあったため消耗《しょうもう》してしまった。一時間おきにポケットの上から、緊急呼び出しボタンを押して反応を待ったが、無駄だったらしい。

「電池切れですか？」

いつの間にか隣りで眠っていた辰也が覗き込んでいる。二人とも荷物が邪魔で足を伸ばすこともできずに、肩を寄せ合うように足を抱えて眠っていた。最低気温は十六度、部屋の中は十八度ほどで底冷えがした。

「そうらしい。調子はどうだ？」

浩志は辰也の体調を気遣った。移動が続いたため昨夜遅く辰也は発熱したのだ。しかも床に座って眠ったため、浩志ですら体中が痛む。

「ぐっすり眠りましたから、ばっちり、この通りです。……痛ったた」

辰也は両腕を伸ばして、顔をしかめてみせた。肘は伸ばせないが、左右の腕にギブスをしているため手錠がかけられていないのだ。

「調子に乗るな」

ふんと鼻で笑った浩志も頬をぴくりと痙攣させた。強く息を吐き出すと、骨折した肋骨に激痛が走るのだ。

「でも、本当に気分はいいんですよ。今度は、俺の無線機の電源を入れます」

不自由な手でズボンのポケットから無線機を取り出した辰也は、電源を入れて緊急ボタンを押した。辰也の無線機はこれまで電源を入れなかったので、十時間前後は持つだろう。

「荷物の中で使えそうなものはないか？」

浩志は手錠をかけられているために動くことはできないが、辰也は自由である。昨日はかなり具合が悪そうだったが、今の状況をマフムードが知ったら驚くことだろう。

「そうですね」

辰也は埃まみれの段ボール箱の蓋《ふた》を開けて中を覗き込みはじめた。

浩志らが座っている反対側の壁際にスチール棚があり、段ボール箱が積み上げてある。

「日用品ばかりですね。テロリストのアジトだけに爆弾の材料でもあるかと期待したのですが、がっかりですよ」

段ボール箱から出した物を辰也は、溜息を吐きながら戻した。

「ところで、俺たちは今日病院に連れて行かれるだろう。爆弾が仕掛けられて自爆テロをさせられる可能性もある。サージタは四つの課題と言っていたが、ひょっとすると俺たちの命の数だけかもしれない」

浩志は耳を澄ませてドアの外を窺いながら言った。ドアの外はリビングになっており、アジトにいた三人のアラブ系の男たちがソファーや椅子で眠っているのだ。

「俺もそう思います。四つも仕事をさせるのなら、俺たちをこれほどぞんざいに扱うはずがありませんからね」

辰也は手を休めることなく答えた。

「今回の事件は欧米諸国の最強の部隊を手玉に取ったことで、先進国に衝撃が走ったはずだ。深読みし過ぎかもしれないが、俺たちも含めて人質をテロの材料にするかもしれない。そういう意味では俺たちはサンプルなのかもな」

浩志は最悪の場合も想定していた。身代金の要求も考えられるが、軍人が人質では交渉の材料にはならないだろう。それよりも自爆させるなりして武器として使った方が、見せしめの効果はある。

「どうでもいいですが、病院に行くのはいつなんですかね。今日は安息日前の休みです。ユダヤ人は働きませんよ」

辰也はふと手を休めた。両腕にギブスをしているだけに辛いのだろう。しかも満足に動かせるのは左手だけのはずだ。

「緊急性のない施術は休むだろうが、医療関係だけに病院自体は稼働しているのだろう」

浩志ら人質を連れ回すのは、マフムードらにとっても負担なはずだ。安息日明けまで動かないとは思えない。

「俺なんかは、まだ両腕の骨折ですけど、藤堂さんは頸椎骨折にされていますから本当に手術されたら大変なことになりますよ。切開した医師はびっくりですね」

冗談を言って辰也は自分で笑っている。本当に調子はいいらしい。

「その前に病院でレントゲンを撮るだろう。その時点でばれる」

浩志もつられて笑った。

「大した物はありませ……」

「シッ！」

浩志は息を吐いて合図をした。

辰也は慌てて座ると、目を閉じて眠った振りをする。ドアの鍵が開けられたのだ。

「眠れたかい？」

オマールがすまなそうな表情で顔を覗かせた。

「体中が痛い。俺はまだしも、相棒には酷だ」

浩志は弱々しい声で答え、骨折した肋《あばら》を押さえた。

「少し早いが、食事をしたら病院に行くことになった」

オマールは紙皿に載せたパンを二人の足下に置いた。今日は水は付かないようだ。その代わり、ヨーグルトが入った小さな器とスプーンが皿の上に載っている。もっともパンのサイズは前回の半分ほどだ。昨日から二度目の食事である。逃げ出さないように量を減らし、体力を奪っておこうというのだろう。

中東では古くから発酵乳が食され、イラクでは〝レーベン〟、イスラエルでは〝レベニー〟と呼ばれ朝食の定番である。〝レベニー〟はオマールが独断で添えたらしい。余計なことをするなという、マフムードの怒鳴り声が聞こえた。

「ＩＳのテロに本心で賛成しているのか？」

浩志は食事を受け取ると、オマールの目を見て尋ねた。

「そっ、それは……」

オマールは浩志の視線を避けた。

「俺たちはどうなっても構わない。だが、俺たちの死で関係のない人間が死んだら、おかしいとは思わないか？」

浩志は自由な左手でオマールの胸ぐらを掴んだ。

「すまないとは思う。だが、あんたたちが死なないと、アブー・カマールの異教徒が殺されるんだ。どのみち誰かが死ぬことになる。第一逆らえば私も殺されてしまう。不服従は死なのだ。勘弁してくれ」

オマールは消え入りそうな声で答えた。ISの兵士になったもののあまりに酷い手口についていけない者は、即見せしめに殺される。そのため、不本意だが従っている者も大勢いるという。

「異教徒が殺されるとは、どういうことだ?」

「アブー・カマールに捕らえられているヤジディ教徒の女が、作戦がうまく行かない場合は、腹いせに異教徒のせいだと殺されるんだ。異教徒はよくないと思うが、人間として扱うべきだと思っている」

オマールは沈痛な表情で言った。

ISは〝異教徒の女性を性奴隷《どれい》として扱うことはイスラム法上、正当な行為である〟と主張し、イラク北部のヤジディ教徒が住む街や村を襲撃し、拉致した多数の女性を戦利品として奴隷にし、メンバーの報酬としている。

ヤジディ教はゾロアスター教やキリスト教、ユダヤ教、イスラム教からも影響を受けており、教典の一部が重なるためイスラム教徒からは邪教として扱われ、信奉しているクルド人が米国寄りの立場を取ることもあり、イスラム武装組織からは目の敵にされているのだ。

「なんてことだ」

浩志は眉間に深い皺を刻んだ。

二

午前六時三十分、粗末な食事を終えた浩志と辰也は、アパートの最上階の部屋から連れ出された。外に出るためにさすがに手錠は外されている。旧式なアパートのためエレベーターはなく、左右に五部屋ずつある薄暗い廊下を二人は気怠そうに足を引きずりながら歩いた。

マフムードは昨日と同じグレーのスーツ、オマールもポロシャツにジャケット、浩志と辰也はブルーのボタンシャツに肩からジャケットを羽織らされた。病院に行く患者としては堅苦しい服装だが、警備員は服装でも判断するため、できるだけフォーマルに近い格好にしたようだ。

安息日前の休日というのに、テレビの音や家族の話し声で騒々しい。どの部屋からもヘブライ語でなくロシア語が聞こえてくる。バド・ヤム地区はロシア系ユダヤ人が多い。彼らの中にはヘブライ語を話せない者も大勢いるようだ。言葉が通じない場所だけにテロリストのアジトを設けるには、都合がいいのだろう。

一九二〇年代の旧ソ連下で、世界中で迫害されているユダヤ人を社会主義は保護しているという宣伝をするために中国との国境のビロビジャンにユダヤ人自治領が設けられた。

その後正式に自治州になり世界中から熱狂的なユダヤ人が入植する。だが、厳しい環境に耐えられず立ち去る者がかなり出た。また、スターリンは、自治州で栄えるユダヤ人文化に激怒して弾圧している。

一方で建国に成功したイスラエルでは、国土拡張にともない国内のパレスチナ人増加に頭を悩ませていた。シャロン国防相は一九八一年にソ連のゴルバチョフ書記長と密議し、イスラエルへのユダヤ人移住計画を立てる。その結果、九〇年代までおよそ五十四万人のユダヤ人がソ連からイスラエルに移住した。いつの時代もユダヤ人は政治に翻弄《ほんろう》されるのだ。

一階の駐車場に下りた浩志らの目の前にワンボックスカーである二〇〇三年型のベンツVクラスが停まった。

バックドアを開けたアジトのＩＳの兵士が、後部に二台の車椅子をまるでガラス細工でも載せるように積み込んだ。

「むっ」

浩志は右眉を上げた。車椅子が折り畳まれずに載せられたのだ。座面にクッションがあるせいだが、外せないらしい。

辰也も気が付いたらしく、首を一瞬横に振り頷いてみせた。クッションに爆弾が仕込まれているようだ。車椅子型爆弾を偽装するために浩志らは怪我をさせられたに違いない。

二人は後部座席に座らされた。逃げ出さないように後部ドアはロックされ、その上起爆装置とリンクしている衛星携帯は、助手席に座るマフムードがポケットに入れている。浩志らが車から逃亡すれば、途端に身に着けられた爆弾が爆発するというわけだ。

「早く車を出せ！」

マフムードが苛立ち気味に怒鳴った。元来この男は気が短いらしい。

「すっ、すみません」

青ざめた表情のオマールは、アクセルを踏んだ。彼は海外でテロ活動をするのははじめてなのかもしれない。

浩志らはわざと口を半開きにしてうつろな表情をしている。

「さすがに体力もなくなったようだ。誰が見ても病人に見える。サージタと私の作戦は完璧なのだ」

マフムードはバックミラーで浩志らの様子を見て単純に喜んでいる。

確かに一般人なら怪我と空腹は堪えるだろう。だが、これしきのことは、外人部隊にいたころはサバイバル訓練で何度も味わっている。まして、負傷して何日も食料がない中、闘い続けたことも実際にあった。部隊から支援のない傭兵の生き様をマフムードは知らないようだ。

車はバド・ヤムの入口からアヤロン高速道路に入り、四キロ先のジャンクションで1号線に乗った。この道はエルサレムに通じる。

イスラエル政府は首都をエルサレムと定めているが、東エルサレムはパレスチナ自治政府も領有を主張している。また、エルサレムはユダヤ教だけでなくキリスト教、イスラム教にとっても聖地であることから一九四七年に国連はパレスチナ分割決議において国際管理下に置くことに決定した。だがそれを不服としたアラブ諸国とイスラエルとの間で、武力衝突に発展し、東エルサレムを武力制圧したイスラエルが勝手に首都と宣言したために国際社会は首都として認めないのだ。

1号線はテルアビブの郊外から山間を抜ける道になるのでアップダウンが激しい。

オマールは緩い坂を上り続けたところで1号線を下りて、さらに山の上を目指す。出発してから五十分ほど、エルサレム郊外の山の頂に達したところで引き込み道路に左折した。イスラエルでも有数の巨大な病院〝H〇〇・メディカルセンター〟である。建物は近代的なデザインの大型ショッピングセンターをイメージさせる豪華な病院だ。

「着いたぞ」

マフムードが大きな息を吐いた。

敷地内の曲がりくねった道を通り、巨大な建物の前にある駐車場に停まった。

車椅子が慎重に下ろされ、浩志と辰也は座らされた。

「これは自分のだと言うんだぞ」

起爆装置とリンクしている衛星携帯をマフムードから渡された。

浩志の車椅子をマフムードが押しているが、顔色一つ変えない。一方で辰也の車椅子を押すオマールは顔面蒼白で脂汗まで流している。彼の方が誰が見ても病人に見えるはずだ。

車道を渡りエントランスに入ると、列ができていた。空港と同じで入口には荷物をX線で調べ、入館者は金属探知機のゲートでチェックされるようだ。

唯一荷物を持つマフムードはにこやかな表情で浩志と辰也の目の前に立つガードマンに二人は手術を予定している患者だと告げ、X線を照射する機械の方に並んだ。

「補助をすれば、歩けますか？」

紺色の制服を着たガードマンから英語で尋ねられた。

「自力では歩けない」

浩志は具合悪そうに顎だけ横に振った。首が固定されているので、うまく動かせないのだ。

「それでは、我々が支えますのでこちらの椅子にお座りください」

屈強なガードマンに両脇を支えられ、半ば強制的に浩志は木の椅子に座らされた。隣りでは辰也も同じように車椅子から移されている。

「金属探知機に反応する携帯電話や財布などは、こちらで預かります」

浩志はガードマンが差し出したトレーに衛星携帯を入れた。隠し持っていた無線機は乗って来た車の後部座席の下に隠しておいた。無線機が見つかれば、一般人でないことがばれてしまうからだ。

「ご協力ありがとうございました」

ガードマンは携帯を金属探知機で調べると、浩志をまた二人掛かりで車椅子に戻した。

「さて入院手続きをしようか。朝一番だと、待たされずにすむ」

マフムードは涼しい顔で浩志の車椅子を押しはじめた。

冷静で大胆なようだが、間違いなく反社会的人格の一種で、精神病質者であるサイコパシーなのだろう。特徴として人の痛みが分からず、良心が異常に欠如し、他人に冷淡である。また罪悪感がまったくないため殺人を平気で犯す。猟奇的殺人事件の犯人の大半はサイコパシーである。そういう意味では、ＩＳは世界中から集まったサイコパシーの軍団だと言えるだろう。

エントランスから続く廊下は天井まで吹き抜けになっており、デザイン化された鉄骨の梁《はり》はアーケード街を思わせる。

「すげえなあ」

辰也が辺りを見渡し、声を上げた。

「本当だ」

浩志も相槌を打ちながら、二人は病院の内部をつぶさに観察している。

「入院手続きをお願いします」

アーケードを抜けた突き当たりの受付カウンターで、マフムードは女性の事務員に書類を渡した。今日も念入りに髭の手入れをしてきたようだ。白人で顔の造作はいいため、銀縁眼鏡が似合い繊細で知的に見える。書類を受け取った女はテロリストだと疑うはずもなく、こぼれんばかりの笑顔を見せた。

「治療が受けられそうかな」

浩志は辰也に目で合図を送った。爆弾は解除できるかという意味だ。

「おそらく」

辰也は微かに頷いた。

三

行動をすぐ起こすのかと思ったが、マフムードは本当に入院手続きをした。平日と違って患者が少ないため、決行は週はじめの日曜日にするのかもしれない。だが、大勢のイスラエル人を殺すのなら、繁華街で爆弾を使えばいいはずだ。浩志は病院でテロを起こす理由は、単に車椅子爆弾を使用するためだけではないと考えている。

病室まで案内してくれた看護師は、金曜日と土曜日は、血液検査だけでレントゲンやM

ＲＩなど本格的な検査は日曜日にするという。また、医師も当直以外は出勤しておらず、診察室も閉まっているらしい。

通された病室は敷地内の一番南にある九階建ての〝一般病棟〟にあり、三階の二人部屋〝Ｓ３２６〟号室になった。病院は二年前に建設されたばかりで、斬新なデザインで清潔感があった。

国内外の外国人患者はセキュリティ上〝一般病棟〟に入り、ユダヤ人であっても非イスラエル国籍の患者はこの病棟に収容される。成人病棟というイスラエル国籍の患者専用の病棟があるが、外国人でも金持ちのＶＩＰは成人病棟内にある五つ星ホテル並みの設備を誇る特別病棟に入院が許されるようだ。

「とりあえず、昼過ぎまではここで待機だ。おまえたちは病院のパジャマに着替えろ」

マフムードはベッド脇の椅子に腰掛け、バッグから出したファッション雑誌を読みはじめた。厳格なイスラム教徒にとって物欲の象徴でもある雑誌を読んでいるのだ。この男にとってイスラム教に改宗したのは、ＩＳで殺人をするための通過儀式であったに過ぎないのだろう。

「そろそろテロの対象は何か教えてくれ。俺たちも認識しておかなければ、手伝えない」

浩志はジャケットをベッドの上に脱ぎ捨てた。

「かの有名なリベンジャーズの指揮官ともあろう者が、イライラしているのか笑わせる。

おまえたちが知る必要はない」

マフムードはちらりと浩志を見ただけで、雑誌に視線を戻した。

「言ったはずだ。死ぬのは怖くないと、だが死ぬ理由は知りたい。地獄に行って説明できないようじゃ困るからな。俺のような無宗教の傭兵は地獄に堕《お》ちるんだろう？　イスラム教に従って教えてくれ。確か地獄は巨大な穴で七層からなると聞いている」

浩志は以前中東で会ったイスラム教徒から聞かされた話を思い出し、マフムードに刺激を与えた。

「よく知っているな。異教徒は必ず地獄に堕ちる。だがおまえは無宗教なのか。……それならばすべての偽善者が堕ちる地獄の底なしの穴、第七層のハーウィヤだろう。地獄を管理する天使に説明するがいい。私は〝フタマ〟に堕ちる愚か者を殺しましたとな」

そう言うとマフムードは笑った。イスラム教では、地獄は巨大な穴で、七つの門を十九人の天使が番をしているとされている。

「〝フタマ〟？」

イスラム教に関しては断片的な知識しかない浩志はオマールを見た。

「〝フタマ〟は第三層の炎の砕《つぶ》し釜で、ユダヤ教徒が堕ちる地獄です」

オマールはすまなそうに答えた。

「イスラエル人を殺すことは分かっている。俺が知りたいのは、〝フタマ〟に堕ちるのは不特定多数なのか、それとも特定のターゲットなのか知りたいのだ」

あまり興味を持っているように思われないように、浩志は表情もなく尋ねた。

「さすがに馬鹿ではないな。イスラム教徒の私を刺激して作戦の詳細を聞き出そうとしてもだめだ。おまえがなんらかの手段で、仲間や警察に通報する可能性は捨てきれない。話すわけがないだろう」

鋭い目付きになったマフムードは、中指を下品に立てた。

「俺たちを疑い過ぎだ。爆弾を身に着けている。馬鹿な真似をしても何の得にもならない。違うか？」

浩志は辰也と顔を見合わせて肩を竦めた。

「うん？」

マフムードがスーツの上着から、軽快なリズムを奏でる携帯電話を出した。

「私だ。そうか」

アラビア語で返事をしたマフムードは、にやりと薄気味悪く笑った。

「待つ必要はなくなったらしい。準備を進めるぞ。さっさと着替えろ！」

声を張り上げたマフムードは、雑誌を閉じて立ち上がった。

「他にも仲間がいたのか？」

浩志はシャツのボタンを外しながら感心したように尋ねた。

「我々はおまえを連れて来たガイドのようなものだ。一週間も前から仲間を潜り込ませて病院を見張らせてある。計画は完璧なのだ」

マフムードは得意げに鼻を膨らませた。

「すばらしい計画だ」

浩志はシャツを脱ぎながらオマールに着替えを手伝ってもらっている辰也を見た。

辰也は親指の先をオマールに向けてみせた。襲ってもいいかというサインだ。準備を進めるということは爆弾を爆発させる時刻が早まったことになる。その前に阻止しなければならない。だが、病院内に他にもテロリストがいるというのなら、特定してからでないと完全に阻止できない可能性がある。浩志はハンドシグナルでトラブルを示した。

「俺たちは、その仲間に会って指示を受けるのか？」

パジャマの上着を着ながら尋ねた。

「そうだ。私が引き合わせてやる。その後、我々はこの病室に戻りアリバイ工作をする。爆発が起きて出入口が封鎖される可能性があるからな」

私がという言葉が気になった。詳細は自分しか知らないという口ぶりだ。

「オマールも付いて行くんだろう。車椅子は誰かに押してもらわないとな」

浩志はベルトを外し、ズボンを脱ぎながらオマールに視線を移した。オマールは小首を傾げてマフムードを見た。

「おまえは、仲間が誰なのか知ろうと質問しているのだろう。無駄なことだ。オマールは何も知らない。顔を知っているのは、私だけだ。生憎、おまえの誘導尋問に引っ掛かるほど愚かではない」

マフムードは病室の片隅にある洗面台の鏡で櫛《くし》を使って髪をとかしはじめた。頭もいいが完全に自分に酔っているようだ。

「勘ぐり過ぎだ。俺はそこまで頭が回る人間じゃない。そもそもおまえが警戒するほど頭がよければ、捕まるようなヘマはしなかった。首にカラーを着けた姿は見られたものじゃないしな」

浩志はカラーを指差して自嘲《じちょう》した。

「確かにそうだ。怯《おび》えた子犬、いや首輪をつけた豚に見えて来たぞ。オインク、オインク」

マフムードは豚の鳴き声の真似をして下品に笑った。

「俺は豚か」

右眉を吊り上げた浩志は、車椅子に腰を下ろした。

四

午前八時四十分、浩志と辰也は車椅子に載せられて病室を出た。

浩志らの南一般病棟は東西に長く、その北隣りには診査・検査施設がある病院の心臓部であるメディカルセンターがあり、その西側に小児科病棟、メディカルセンターを挟んで東側には成人病棟がある。またその北側の一番奥には病理研究棟があり、各建物は三階建てのコンコースで繋がっていた。

四人は一般病棟からガラス張りの通路であるコンコースに入る。メディカルセンターまで三十メートル近く離れているが、手入れされた中庭の美しい緑を見下ろすことができ、途中にベンチまで置かれていた。

コンコースを抜け、レントゲン室をはじめとした様々な検査室があるメディカルセンターの三階に入る。

今日はほとんどの診療と検査が休みのために閑散としていた。紺色の制服を着た警備員とブルーのつなぎを着た清掃員は別として、患者はもちろん医療スタッフの姿もほとんど見かけない。

泌尿器科の検査室の近くに掃除道具を入れたカートが置かれ、ブルーの作業服を着た二人の清掃員がモップで床を掃除している。警備員もそうだが、必ず二人一組になっていた。一人では何かあった場合対処できないからなのだろう。テロを警戒する体制は隅々にまで行き渡っているようだ。

マフムードは黙々と作業をする清掃員に一瞥《いちべつ》もくれずに通り過ぎ、近くのトイレの前で止まった。

「私とオマールは、病室に戻る。廊下にいると警備員や清掃員に怪しまれるから、トイレの中に隠れていろ。すぐに白衣を着た仲間が迎えに来る。彼らと一緒にターゲットの病室の前に爆弾を仕掛けたら、仲間が車椅子を押してここまで戻って来る」

表情も変えずにマフムードは説明をした。浩志らが車椅子の爆弾に気が付いていないと思っているらしい。

マフムードはオマールと一緒に車椅子を押して浩志と辰也を男子トイレの中に入れた。内部は明るく広々としており、突き当たりのブロックガラスの壁から日差しが射し込んで清潔感がある。

「二、三分で仲間が来るはずだ。絶対ここを出るなよ」

浩志と辰也の車椅子を出入口に対して背を向ける位置に並べて止めると、マフムードはオマールを連れてトイレから出て行った。

「藤堂さん」

辰也の顔が強ばっている。

「分かっている」

浩志は辰也に指を差して指示し、出入口に一番近い個室の中に隠れた。辰也は車椅子を三メートルほど進めた。

辰也が車椅子を止めるとほぼ同時に、先ほど床掃除をしていた二人の清掃員がトイレに入って来た。男たちはアラブ系で、身長はともに一八〇センチ前後ある。

二人をやり過ごした浩志は、音もなくドアを開けて男たちの背後に出た。

「あっ！」

車椅子が一つ空になっていることに気が付いた清掃員が振り返った。すかさず浩志は男の顔面に右ストレートをお見舞いした。男は顔面から血を吹き出し、仰け反って後頭部から崩れた。

「くそっ！」

別の男も浩志に気が付き、右手に隠し持っていた棍棒《こんぼう》を振りかぶった。モップのブラシ部分を取り外した柄を持っていたのだ。

咄嗟《とっさ》に飛び出した浩志は、振り下ろされた右腕を左手で摑み、右掌底《しょうてい》打ちで男の顎を突き上げて昏倒《こんとう》させた。

「うっ」

骨折した肋骨の激痛に襲われ、浩志は思わず片膝をついた。

「大丈夫ですか？」

囮《おとり》になっていた辰也が心配げに声をかけてきた。

「体が鈍っていたようだ」

立ち上がった浩志は、脇腹を押さえて呼吸を整えた。

「こいつらが、病院に潜り込んだISの兵士だったんですね。俺たちを気絶させて自爆テロに見せかけるつもりだったんじゃないですか」

辰也は床に倒れている男のポケットを探りながら尋ねた。

「おそらくな。辰也、車椅子をすぐ調べるんだ」

浩志は気絶して顔面から血を流す男を個室の便器に座らせた。鼻を折ったので、しばらく口もきけないだろう。男のポケットを調べると、携帯電話と折り畳みナイフが見つかった。

「これを使え」

折り畳みナイフの刃を出して辰也に渡した。

「助かります」

辰也は左手で受け取って笑った。

浩志は床に倒れているもう一人の男のつなぎの上だけ脱がせて床に座らせると、つなぎの両袖を後ろ手に縛り付けた。

「これでよし」

にやりとした浩志は男の鳩尾を殴って、目を覚まさせた。こういう場合、背中を圧迫するよりも鳩尾を殴って横隔膜を強制的に動かす方が効果的である。

「ぐっ！」

男は呻き声を上げて両眼を開けた。

「先に病院に潜り込んだのは、おまえたちだけか？」

浩志はアラビア語で尋ねた。

「……」

男は状況が摑めないらしく、立ち上がろうと腰を浮かせた。

「座れ！」

浩志は容赦なく男の顔面を平手で殴って座らせた。

「こいつはやばいですよ、藤堂さん」

ナイフで車椅子のクッションカバーを切り裂いた辰也が、顔をしかめた。

「状況は？」

男の首を鷲摑みにした浩志は、ちらりと辰也を見た。

「液体爆弾です。タンクの中に薬品が入った二種類のガラスのアンプルが内蔵されています。最初にアンプルが破裂してタンク内で混合され、最終段階の液体爆弾となると同時に信管の代わりに埋め込まれたカメラのフラッシュが作動して爆発する仕組みです。しかもクッションの中にボールベアリングがぎっしりと詰め込まれています。爆発したら半径十数メートルは吹き飛びますね。仕組みは簡単ですが強力ですよ」

辰也の額に汗が浮かんでいる。爆弾のプロを困らせるほどの代物らしい。

「こっちも同じ構造です」

別の車椅子のクッションも切り裂き、辰也は唾を飲み込んだ。

「時限式か?」

「裂け目からデジタル時計が見えますが、現在は作動していません。時限式ですが、リモートスイッチです。受信装置は省電力タイプなので、建物の中ということから考えて電波の受信可能範囲は、百から三百メートルでしょう」

辰也は厳しい表情で答えた。清掃員に化けていた男たちは、浩志らを目的の場所まで車椅子ごと運ぶだけの役割だったのだろう。

「マフムードだ。あいつがスイッチを持っているに違いない。起爆装置が作動しないようにしてくれ」

浩志は舌打ちをした。マフムードがアリバイ作りと言っていたのは、離れた場所から起爆スイッチを押すという意味だったに違いない。

「了解しました」

辰也は爆弾の配線を調べはじめた。

「状況は分かっているよな。おまえは爆弾の上に座っている。素直に吐けば、助けてやる。さもなければ、死だ。マフムードとオマール以外に仲間はいるのか?」

浩志は男を車椅子に座らせて尋ねた。

「……俺たちだけだ。助けてくれ、頼む」

戸惑いながらも男は自供した。

「嘘ならこの場で殺す」

浩志は再び男の首を絞めた。

「……ほっ、本当だ。……苦し……」

男は目を白黒させてもがいた。

「自爆のターゲットは、何だ？」

手を少し緩めて、質問を変えた。

「今朝入院したイスラエルの高官だ。成人病棟内の特別病棟にいる」

男は顔を真っ赤にして答えた。

「まずい。巧妙なダミー配線がある。嘘ではないらしい。間違って切断すると、爆発します」

額の汗を拭った辰也は呻くように言った。

「本物を選別できないのか？」

口から泡を吹きはじめた男から手を離し、浩志は辰也の方を見た。

「確率三分の一です」

辰也は床に座り込み、項垂《うなだ》れた。

五

「遅いですね。もう十五分近く経ちましたよ」

オマールは落ち着かない様子で腕時計を見ては、〝S326〟号室のドアの前を行ったり来たりしている。時刻は午前九時八分になっていた。

「落ち着け、オマール。この部屋に戻って来てから正確には十分二十秒だ。ダミーを着替えさせる手間もある。私の作戦に間違いはない。そろそろ連絡が来るはずだ。座って待っていろ」

ベッドに横になりファッション雑誌を見ているマフムードは、腕時計をちらりと見たがまったく動じる様子はない。ダミーとは浩志らのことを指すらしい。

「しかし、先に潜入していた二人は、確かなんでしょうか?」

オマールは泣きそうな顔をしている。

「あいつらは元イラク兵だ。軍事訓練を受けている。多少は使えるはずだ。成人病棟のセキュリティは厳しい。だからこそ、本物の怪我人が必要だった。しかも、欧米人でもアラブ人でもない金持ちに見せかけるには都合がいい日本人が手に入った。こんなチャンスはめったになかったのだぞ。そんなに心配なら、おまえが特別病棟まで行って確かめて来い。その代わり、私に迷惑をかけるなよ」

　マフムードは欠伸をしながら答えた。

〈そういうことか〉

〝S326〟号室の様子をドア越しに窺っていた浩志は、一人頷いた。

　浩志は時限爆弾が仕込まれた車椅子に乗って、〝一般病棟〟に戻っていたのだ。途中で警備員に声を掛けられたが、血液検査が終わったために病室に戻ると言ったら通してくれた。セキュリティのために病棟ごとにパジャマの色は決まっており、自分の病棟に戻る患者を特に怪しむことはなかったらしい。

　トイレで襲って来た男たちが使っていた掃除用のカートには、特別病棟のパジャマが隠してあった。マフムードが言っていた「ダミーを着替えさせる手間」とは、浩志らを気絶させた後にパジャマを着替えさせることだったに違いない。特別病棟に入院したVIPクラスの日本人に仕立てるつもりだったのだろう。そのためマフムードは用意に時間が掛かってもやむを得ないと思っているようだ。

　辰也が調べたもう一つの車椅子は、男子トイレの一番奥の個室に隠した上で、トイレの出入口に掃除中のスタンドを立てて人の出入りができないようにしてきた。たとえ爆発しても、病棟よりも人的な被害は少ないはずだ。

気絶させた二人の男たちはガムテープで縛り上げ、トイレから二十メートル近く離れた泌尿器科の検査室に閉じ込めてきた。警備員が見つけない限り、週明けの日曜日まで自力で脱出は不可能だ。

辰也は浩志と自分の爆弾を解体するために必要な液体窒素を見つけるべく、襲撃してきた男の作業服に着替えてメディカルセンターに残った。液体窒素は、皮膚《ひふ》科や整形外科などで治療用として使われるからだ。

車椅子を出入口脇に置いた浩志は、音を立てないようにドアを開けて病室に入った。

「あっ！」

浩志を見たオマールが唖然として立ち尽くす。

「なっ！」

マフムードも声を上げてベッドから飛び降りた。

「過信は禁物だぞ、マフムード」

浩志は咳払いを一つすると、マフムードの前に立った。

「あの役立たずどもめ、怪我人相手にドジを踏みやがって、ぶっ殺してやる！」

凶悪な表情になったマフムードは銀縁眼鏡を外し、声を荒らげた。

「おっと、医師の免許を持つインテリの発言とは思えない」

両眼を細めた浩志は、右の人差しを軽く振った。

「余計なお世話だ。車椅子をどこに置いてきた?」

マフムードは探るような目付きをした。まだ、浩志が爆弾に気が付いていないと思っているらしい。

「車椅子爆弾のことか。ここにはない」

浩志は冷めた表情で質問を返す。爆弾の起爆リモートスイッチをマフムードは、持っているに違いない。だが、この男を殴り倒しても見つけられない可能性もあるため、面倒だが演技をしているのだ。

「気が付いていたのか。馬鹿なやつだ。あの爆弾は絶対解除できない。もし、おまえの仲間がトライしているのなら、すぐ答えは出る。どこかで爆発音は聞こえないか?」

マフムードはわざとらしく耳に手をやった。

「時限装置にダミー配線があることは分かっている。分解するつもりはない」

浩志はゆっくりと頭を左右に振る。

「恐れ入った。クッションの中身を調べたのか。それなら話は早い。最悪の場合、ターゲットでなくても、病院の一部を爆破してISが犯行声明を出すことになる。セキュリティが厳しい病院での犯行だ。脅しの効果は充分ある。イスラエル人は明日から安心して眠ることもできなくなるのだ」

マフムードは勝ち誇ったように言ったが、腕時計を見ただけでアクションを起こそうとしない。

「おまえが起爆リモコンを持っているのじゃないのか」

浩志は頬をぴくりと痙攣させた。

「そんな厄介な物を持っていたら、空港並みのセキュリティのこの病院に入れなかった。リモコンはサージタが持っている。おまえたちの爆弾と同じ仕組みで、あのクッションの中に衛星携帯が入っているのだ。サージタが電話をかければ時限装置が働き、十分後に爆発する」

マフムードは右手を大きく振ってみせた。

「馬鹿な、省電力の受信装置だったはずだ」

「あの受信機自体ダミーなのだ。どの配線を切っても爆発する。まんまと騙されたな。私は少し前にサージタに連絡を入れておいた。私から十分間連絡がなかったらトラブルがあったとして、サージタは戸惑うことなく衛星携帯で電話を掛けて起爆装置を作動させるだろう」

マフムードは、わざとらしく腹を抱えて笑った。

「そうか」

肩を竦めた浩志は、ドアを開けて廊下に置いてあった車椅子を取り込んだ。

「ひっ！」

両眼を見開いたマフムードが悲鳴を上げた。

「少し前とは、いつのことだ？」

浩志は車椅子をマフムードの前に押した。

「なっ、なっ、なんてことを、すぐに逃げなければ、死ぬぞ！」

マフムードの目が泳いでいる。

「いつ連絡をしたのか聞いているのだ！」

部屋から出ようとしたマフムードに膝蹴りを食らわして床に転がした。

「……きゅう、九分前だ。サージタに電話をしたい。作業が長引いていると連絡をさせてくれ、爆発してしまうぞ」

マフムードは震える手で自分の左腕を掴み、腕時計を見て答えた。

「俺たちのことを一言でもしゃべったら、爆弾のダミー配線を切断するぞ」

浩志は車椅子のクッションの裂け目に手を突っ込み、配線を摘《つま》み出して見せた。

「爆弾に触るな！　電話を今すぐ掛ける」

叫び声を上げたマフムードは、衛星携帯で電話を掛けはじめた。

「だめだ。たった今、起爆装置を作動させたそうだ。爆破予定時刻は午前九時二十分だ。十分もない、どうするんだ！」

通話を切ったマフムードは、顔面を蒼白にさせて叫んだ。

せた。

「まだ、九分ある」

浩志はマフムードの両肩を掴み、膝蹴りを入れて崩し、後頭部に肘打《ひじうち》を落として気絶させた。

「死にたくなかったら協力しろ」

気を失ったマフムードを車椅子に載せながら、浩志はオマールを睨んだ。

「……」

オマールは口をガクガクと動かし、何度も首を縦に振った。

「車椅子を押せ！」

浩志は病室のドアを開けて命令した。

六

浩志は気絶したマフムードを載せた車椅子をオマールに押させて、コンコースを走っている。途中で二人の警備員に呼び止められたが、立ち止まることもなく叩き伏せて昏倒《こんとう》させた。

廊下を走る行為も怪しいが、車椅子に患者である浩志ではなくスーツを着たマフムードが座っているのだ。弁明のしようもなかった。

時刻は午前九時十三分、爆破予定時刻まで六分を切っているはずだ。

「辰也、俺だ。どこにいる？」

走りながらマフムードから奪った衛星携帯で辰也に電話をかけた。彼は襲撃してきたISの兵士から奪った衛星携帯を持っている。

——泌尿器科の検査室の手前にあるレントゲン室です。解除の準備はしてあります。

辰也は液体窒素を見つけて来たらしい。

「分かった。すぐ行く」

浩志は衛星携帯を仕舞うと、オマールに十メートル先にあるレントゲン室に入るように指示をした。

「こっちです」

レントゲン室に近付くと、中から辰也が手を振った。

浩志はオマールの背中を押してレントゲン室に押し込んで自分も中に入り、分厚い放射線防護ハンガードアを閉めた。辰也は気密性が高い部屋を選んだようだ。爆弾が爆発してもなるべく被害が少ないように考えたのだろう。

「時間がない。後四分だ。先に車椅子の爆弾を解除する。省電力受信機はダミーだった」

レントゲン室に入った浩志はマフムードを車椅子から床に転がし、手短に説明した。

「了解しました」

辰也はクッションの裂け目からビーカーに入れられた液体窒素の液体をたっぷりと流し込んだ。途端に白い霧が発生し、クッションの裂け目から見えていたデジタル時計のカウントが、三分十四秒で止まった。

「これでよし」

辰也は額に浮いた脂汗を作業服の袖で拭い、空になったビーカーを近くの棚に置いた。棚の上にはいくつもビーカーが置かれ、液体窒素が小分けにされている。浩志と辰也の爆弾の解除分だけでなく、余分に作ってあるようだ。

「俺はトイレに隠した車椅子の方を止めて来る」

浩志は液体窒素が入ったビーカーを摑んだ。時限装置を止め、車椅子を押して戻って来るつもりだ。近いので一分もあれば、トイレまで行ける。

「頼みます」

辰也は液体窒素で白い霜を付けた爆弾本体を取り出し、X線透過医用ベッドの強化ガラスの上に置いた。

浩志はレントゲン室から顔を出して廊下に警備員がいないかチェックすると、ビーカーを片手に足早に歩きはじめた。液体窒素がこぼれるのでさすがに走ることはできない。

ISの兵士を閉じ込めた泌尿器科の検査室の前を通った。

瞬間、轟音《ごうおん》が響き、トイレから吹き出した白煙と熱風で浩志は後ろに飛ばされた。

「何！」

慌てて立ち上がると、廊下は白い煙で満たされている。浩志は壁伝いにレントゲン室に戻った。

「騙されました。このデジタルカウンターは、三分も遅れていたのです。というか元々七分で爆発するようにセットしてあったんです」

辰也は渋い表情で言うと、爆薬が入ったタンクに繋がっている電子基板を裏返してみせた。基板の裏側には別のデジタル時計が仕込まれており、十二と表示されている。

「何！　あと十二秒で爆発するところだったのか」

浩志は絶句した。十秒でもはやくトイレに向かっていたら、爆発に巻き込まれるところだった。

「基板の表は子供騙しのトリックですが、効果的です。これを作ったやつは頭がいいですよ、本当に。信管に繋がるコードにもダミーがあります。しかし、面白い」

苦笑した辰也は配線を調べ終わったのか、デジタル時計の近くから緑色の線を引っぱり出し、ペンチで切断した。

「もう終わったのか？」

「今度は藤堂さんの番です。座ってください」

辰也はX線透過医用ベッドの上の爆弾を無造作に片付けた。危険はないようだ。

「おまえが先だ」

浩志は手を左右に振った。

「首が不自由な状態で、手伝ってもらいたくないんですよ」

鼻で笑った辰也は肩を竦めて見せたが、浩志に気を遣っているのだろう。だが、首が自由に動かせないため、手元もよく見えないことがあるのは事実だ。

外が騒がしくなってきた。

「警備員が走り回っている。早くしてくれ」

ドアの隙間から廊下を窺っていたオマールが振り返って言った。

「落ち着け、オマール」

譲り合っても仕方がないので、浩志はベッドのガラス板の上に座った。

「やっぱりそうだ」

ドライバーを浩志の首と頸椎固定カラーの間に差し込んで覗きこんでいた辰也は、鼻から息を吐き出して言った。怖がっているのではない。この男は爆弾の構造に興奮しているのだ。

「サージタの言っていた通り、頸動脈に当たる部分に小さな液体爆弾が仕掛けてあります。ブルートゥースの受信機があるので、衛星携帯から起爆させられますね。それから、カラーのつなぎ目の部分に突起状のスイッチがあり、起爆装置に繋がっています。カラーを首から外すと、スイッチのボタンがバネで戻るため爆発するんですね。電子基板を凍らせてとりあえず外します。動かないでください」

辰也は楽しんでいるかのように笑みを浮かべて説明した。

「分かった。やってくれ」

浩志は腕を組んで目を閉じた。

「皮膚には液体窒素が掛からないようにしますが、かなり冷たいですよ」

辰也はガラス製のスポイトでビーカーの液体窒素を吸い込むと、カラーの隙間に差し込んで慎重に注いだ。

「外します」

辰也はカラーの後ろにあるマジックテープをゆっくりと剝ぎ取り、慎重にカラーのベルトを緩めてから取り外した。

「ふう」

浩志は右手で首を擦り、大きく息を吐いた。

「思った通り、起爆スイッチにブルートゥースの受信機が繋がっている。おそらくサージタが解除するコードを発信するんでしょうね」

辰也は外したカラーの内側を見て唸った。

「感心している時間はないぞ」

浩志は顎でマフムードを示した。

「マフムードの体温で氷結させた電子基板と起爆スイッチは元に戻ります。これで立場が逆転です、ざまあみろ」

悪戯っぽく笑った辰也は、気絶しているマフムードの首にカラーを巻き付けた。

「今度はおまえだ」

ベッドから下りた浩志は、辰也を座らせて左腕のギブスに巻かれた包帯を解いた。

「俺のギブスも基本構造は同じです」

さきほどの要領で辰也はスポイトに入れた液体窒素をギブスの隙間から挿入し、ドライバーで中を覗いた。

「ゆっくり、マジックテープを外してください」

基板の状態を隙間から確認した辰也は、左腕を前に突き出して言った。

テープが硬くなっているため、かなり力を要する。浩志は慎重にギブスのマジックテープを外した。

「やっと自由になりましたね」

左腕を伸ばして笑った辰也は、ギブスに仕込まれていた起爆ボタンに医療用のテープを貼った。

「さてと、ここからが腕の見せ所です」

辰也は独り言を言いながら、起爆コードを受信するブルートゥース受信機を外すと、再び自分の腕にギブスを巻いた。

「持ち帰るつもりか？」

浩志は辰也の作業を覗き込みながら尋ねた。

「ギブスに仕込んでおかないと、セキュリティに引っ掛かります。後で改良しますよ」

辰也は自信ありげに言った。

「むっ！」

包帯を縛っているとマフムードが目を覚ました。

「お目覚めですか」

辰也は再びはめたギブスに包帯を巻きながら皮肉った。

「なっ、なんだこれは！」

首のカラーに気が付いたマフムードが騒ぎはじめた。

「寝ていろ！」

浩志はマフムードの後頭部を殴って気絶させると、脇腹の痛みに顔をしかめた。

決死の反転

一

トヨタのハイラックスとフォードのエクスプローラーの二台でイラク国境を移動していたリベンジャーズの別働隊は、車両故障のため、やむなくハイラックスを乗り捨てて一台の車で出発した。

頼りのエクスプローラーもブレーキの部品が脱落するという故障で、満足な走行はできない。そのため、急遽目的地をアブー・カマールから変更し、ＩＳの武装部隊を襲って車と武器を手に入れるべく、八十九キロ南南西にあるハジーンという小さな街を目指すこととした。

車の故障地点からまっすぐハジーンに向かっていたのだが、イラクとの国境を越えたあたりで砂嵐に遭遇した。方向感覚が失われるので、エクスプローラーを停めて砂嵐をやり過ごしたのだが、嵐が去った後、車を走らせるとオイルメーターが点滅し、排気ガスが白煙と化す。

原因はエンジンの繋《つな》ぎ目のシールパッキンが劣化《れっか》し、隙間からオイルが漏れていたからだ。砂漠ではこの手の故障は実に多い。シールパッキンは経年劣化だが、エアーフィルターを通過した微細な砂塵でエンジンが壊れる。砂漠地帯を通る現地のトラックは空気の取り入れ口を車の屋根の上に付けて、エアークリーナーを装備しているのはそのためである。

速度を落として走ったが、六キロ進んだところでオイルの涸《か》れたエンジンが焼け付きエクスプローラーも放棄せざるを得なくなった。時間がない中なるべく状態のいい車を選んだのだが、悪路を走り続けて来たのである意味当然といえた。それほど砂漠とは過酷な環境なのである。

かくして五月九日金曜日、午前十一時四十分、瀬川、田中、京介、アンディー、マリアノの五人はシリア北西部の砂漠を徒歩で移動していた。

幸いなことに衛星携帯を持っているため、外部と連絡が取れる。瀬川らは軍事衛星でアブー・カマールの監視活動をしている友恵のガイドで迷うことなくハジーンに向かっていた。日中の行動は制限し、日が暮れてから夜を徹して三十九キロ歩き、ハジーンまで残り十五キロまで迫っていた。車に搭載していた荷物はすべてバックパックに詰め込んでいるため、装備も含めて各自の荷物は四十キロ以上あるが、音《ね》を上げる者はいない。

「アンディー、あの頃の訓練を思い出すな」

最後尾を歩く黒人のマリアノは、懐かしげに言った。

「訓練よりは楽だぜ。上官がやけに厳しかったからな」

ラテン系のアンディーが答えると、互いに肩を叩いて笑った。二人は米軍最強の特殊部隊であるデルタフォースでもエリートのユニットに所属していた。

「上官って、ワットだったんだろう」

瀬川が振り返って尋ねた。

「そう、超人ハルカットだった」

緑色の超人であるアメコミのヒーローのハルクとワットを足した造語らしい。

「バッファロー・ワットとも呼ばれていたぞ」

アンディーが答えると、マリアノも調子を合わせた。

「ワットは陰でそんなニックネームを付けられていたのか」

瀬川もつられて笑った。

「いや、俺たちはハルカット少佐とか、たまに略してハルカットなんて本人に直接言っていたな。あの人は、訓練中は鬼のように厳しいが、普段は冗談を言って誰からも愛されていたんだ」

アンディーは笑いながらもしみじみと話した。

「俺たちはワットが大尉のころから一緒に働いている。付き合いが長いんだ。あの人には何度も命を助けられている。今度は俺たちが助ける番だ。それにあの人を死なせるようなことになったら、俺たち全員彼女に殺されるからな」

マリアノが真剣な表情で言った。

「それって、奥さんのことか」

田中も話題に加わってきた。

「彼女は苦手だ。美人だけど近寄りたくない」

京介が真顔で首を振った。

ワットの妻であるエレーナ・ペダノワは、元ロシアＦＳＢの防諜局に所属する〝ヴァーザ〟という女性だけの特殊部隊の隊長だった。銃ならなんでも扱え、格闘技にも長《た》けている。そんな猛者だが二年前にワットと結婚し、子供も産んで幸せそうな家庭を築いていた。だが、産後に子育てをしながらトレーニングを積んで体を鍛え、銃の訓練も欠かさないらしい。

「ワットは尻に敷かれているのか？」

田中がおもしろがってアンディーとマリアノに聞いた。

「それが、よく分からないんだ。たまに家に遊びに行くと、米国のホームドラマを見ているようにべたべたしているんだ。だが、一歩外に出ると、ワットは絶対家庭の話をしない。彼女もそうらしいからな」

アンディーが答えるとマリアノも頷き、二人揃って肩を竦めてみせた。


「鼻がむずむずする。くしゃみが出そうだ」

ワットが鼻を摘んだ。

「風邪をひいたわけじゃなかったら、誰かが噂をしているんだ」

傍らに座っている宮坂が言った。

「それは、日本の迷信だ。この部屋が薄汚いから、アレルギー反応が出ているんだ」

ワットは大きな声で答えると、出入口に近い場所に座っている黒川に目配せをした。

「行きました」

黒川は出入口の網に顔を押し付けて外の様子を窺った。先ほどまでＩＳの兵士がいたのだ。昼間の監視は一時間ごとに廊下から中の様子を覗いて行く。不意に通り過ぎることはめったにない。

「返事は来たか？」

ワットは出入口から死角になっている部屋の片隅にいる加藤に尋ねた。

「来ました。Ｂチームはアクシデントで遅れている模様です。ここから、まだ四十キロ以上離れた砂漠を進行中のようです。それから、リベンジャーの救出はまだできていないとのこと」

加藤は衛星携帯のメールを読んで答えると、メールを削除した。友恵に仲間の状況を問い合わせるために送ったメールの返事を受け取ったのだ。

昨夜、看守の隙を縫って建物から脱出した加藤が、ＩＳの司令部に潜入して没収された携帯電話を二台回収している。

「そういう状態か。まだ俺たちも忍耐がいるということだな」

ワットは難しい表情になった。

二

浩志と辰也は、トイレが爆発して大騒ぎとなったメディカルセンターから混乱に乗じて脱出した。常日頃からテロを警戒して完璧なまでのセキュリティを誇っていただけに、実際に事件に巻き込まれて病院の職員はパニックになったらしい。辰也は混乱する受付で、他の患者に混じって簡単に退院手続をすることができた。

一方浩志は警備室に忍び込み、監視映像のデータを保存したハードディスクを破壊してきた。たとえ浩志と辰也が爆弾を解除する映像が映っていたところで、テロリストの一員と見られるのは必至でイスラエルからの脱出は不可能になるからだ。

　また、泌尿器科の検査室に閉じ込めておいた二人のＩＳの兵士を解放すると、期待通り彼らは警戒網を力ずくで突破し徒歩で山に逃げ込んだ。そのため駆けつけた警察と軍隊の主力が彼らを追った。おかげで浩志らは病室で着替え、余裕で病院を抜け出すことに成功する。

「病院からの脱出はうまくいきましたが、出国するには、観光でもして二、三日過ごさないと無理かもしれませんよ。一泊で帰れば怪しまれますからね」

　運転席側の後部座席に座る辰也は、浮かない顔をしている。空港のセキュリティでは短期間の滞在者はマークされるからだ。しかも、入国よりも出国の方が厳しい。

「俺もそう思っていた。だが、マフムードのスーツケースを調べたら面白い物を発見したんだ」

　ベンツＶクラスのハンドルを握る浩志は、ジャケットのポケットから四枚の航空券を取り出した。

「あれっ、これはロンドン行きの航空券ですよ。日付は今日の夕方になっている。しかも俺たちの分まであるじゃないですか」

　困惑した辰也は航空券を浩志に返した。

「つまり、あらかじめ二種類の航空券があったんだ。一つは昨日イスラエルに到着した便と、もう一つはロンドン行きでここにはトランジットで降りたことになる航空券だ。次のテロはロンドンなんだろう」

浩志は鼻先で笑い、航空券をポケットに仕舞った。

「トランジット？」

「出国するときは、ロンドン行きに乗るんだ。イスラエルでは入出国のスタンプが押されない。ロンドンでもテロを警戒するが、トランジットならイスラエル経由でも怪しまれないからだ」

「驚いた。そこまで考えていたんだ。しかし、やつらの計画では、あの病院で俺たちが自爆テロで死ぬ予定だったんじゃないですか？」

感心して口笛を吹いたが、辰也は首を捻った。

「サージタが言った四つの課題があるというデス・ゲームは、嘘じゃなかったんだ。計画通りならば、俺たちは四つのテロを手伝うはめになっただろう。だが、マフムードは俺たちを早く殺したかったために、先に潜り込ませていたISの兵士に命じて襲わせた。残りの三つのテロは、自分でするつもりだったんだろう。そうだな、マフムード？」

浩志はバックミラーで後部座席に座るマフムードを見た。

「……」

マフムードは窓の外を見たまま無視した。

「面白くないらしいな」

浩志は左手に衛星携帯を持ち、窓を開けて左手を外に出した。むろんマフムードの頸椎固定カラーに内蔵された爆弾に起爆信号を送信する携帯電話である。また、ブルートゥースの信号を感知しなくなると、爆弾は爆発する仕組みだ。

「数メートル離れれば、小型爆弾は爆発するんだったな。死にたかったらいつでも言ってくれ」

わざと衛星携帯を投げ捨てるように振ってみせた。

「止めてくれ！　言うことは何でも聞く」

マフムードが甲高い声を上げた。

「デス・ゲームの課題は四つあったはずだ。教えてもらおうか」

窓を閉めて、浩志は衛星携帯をダッシュボードの上に置いた。

「一つ目は、病院でイスラエル高官を殺害することだ。二つ目はロンドンの繁華街で二階建てバスの爆破、三つ目はフランスのルーブル美術館の爆破、最後はバチカンのローマ教皇庁を爆破することだ」

開き直ったのか、マフムードは淀みなく白状した。

「中東の宿敵に挑戦した後は、西洋人の殺害と文化の破壊、最後に異教徒であるキリスト教の総本山を傷つけるという課題だったのか。ヨーロッパは大混乱に陥るところだった。

なかなか派手な計画だったな」

浩志は大きく頷いた。

「なんてことだ。世界中を敵に回すようなテロリストにされるところだったのか」

辰也は眉をひそめた。

「おまえもそれを望んでいたのか？」

浩志は助手席に座るオマールに尋ねた。

「違う。私はイラクを破壊し、混乱を招いた欧米の軍とスンニ派を目の敵にするイラクの現政権と闘いたかっただけだ。一般市民を傷つけるつもりはなかった」

オマールは暗い表情で答えた。

シリア紛争で力を得たＩＳがイラクに戻って急速に勢力を伸ばした背景には、シーア派を中心とするイラク現政府によるスンニ派の国民に対する圧政である。不当に虐げられるスンニ派のイラク人が、ＩＳを支援しているのだ。

「テロとは、そういうものだ。異教徒を一切認めず、同じイスラム教徒も殺戮《さつりく》するＩＳに一片の正義もないことは子供でも分かる」

浩志は冷たく言い放った。

「分かっている。私はいったいどうしたらいいのだ」

首を激しく振ったオマールは、頭を抱えた。

「サージタは、第一の課題はクリアしたと思っているはずだ。報酬として俺たちの仲間を一人解放すると言っていた。約束を守る男なのか？」

オマールを無視して浩志はバックミラー越しにマフムードに尋ねた。

病院を出る前にマフムードに衛星携帯でサージタに報告させている。イスラエルの高官は殺害できなかったが、イスラエルでも最新の設備を誇る病院を爆破できたために成果はあったとサージタは喜んでいたらしい。

「あの男はどんな約束でも破ったことがない。だから信頼されているのだ。もっともそれがどんな結果を生むかは、誰にも分からない。予想外な結果になることもある。彼は我々のような身近な幹部にとってもミステリアスなのだ」

マフムードは意味深な笑みを浮かべた。

「うん？」

横になっていたワットは体を起こした。廊下に足音が響いて来たのだ。午前十一時に看守が巡回したばかりだ。看守が来る時間ではない。宮坂らも何事かと起き上がった。

出入口の扉が開けられ、AK47を構えた兵士を四人引き連れて男が入って来た。この街の司令官であるサージタである。

「おまえがヘンリー・ワットか、アングロサクソンではないな。インディアンか、スペイン人の血が混じった顔をしている」

サージタは目を細めて、ワットをじっと見つめた。

「おまえは何者だ？」

ワットはサージタの顔を見てすぐに誰だか分かっていたが、あえて尋ねた。友恵からの連絡で敵の情報も得ていたからだ。

「私はこの街の市長だ。君の二人の仲間が、我々に協力してテロを成功させた。ミスター・藤堂には、四つのテロを頼んだのだ。彼は喜んで引き受けてくれたよ」

サージタはおっとりとした口調で言った。場に相応しくない態度だけに、かえって不気味である。

「何だと！」

ワットは声を上げた。

「私はテロを一つ成功させれば、仲間を一人解放してやると彼と約束した。ミスター・藤堂が全部のテロを成功させれば、褒美として君たち全員をここから出してやる」

「馬鹿な。俺たちを一人ずつ殺すつもりなんだろう」

ワットは訝しげな目で見た。

「とんでもない。私は約束を守る男だ。だからこそ、今の地位がある。最初に解放するのはおまえだ、ワット。ありがたく思え」

サージタはワットを指差すと、部下に顎で命じた。男の両脇に立っていた男が、ワットの腕を取った。

「薄汚い手を放せ！」

ワットは男たちの手を払った。

「待ってください。私ではだめですか？　私を先に解放してください」

加藤が前に出た。

「私の決定は絶対だ。変更はしない」

サージタが冷たい視線を投げかけると、部下がＡＫ47のストックで加藤の腹を叩き付けた。

「……それでは、ワットさんにお別れだけさせてください。お願いです」

加藤はよろめきながらも跪《ひざまず》くと土下座してみせた。

「アラブ人が、日本人を好む理由が分かる。いいだろう、許す。生きて再会できるとは限らないからな」

サージタは口元を歪めて笑った。

「ワットさん、お元気で」

加藤はワットとハグした後で深々と頭を下げた。

三

午前十一時五十分、〝H○○・メディカルセンター〟から脱出した浩志らは、ベン・グリオン国際空港へ到着した。

空港の駐車場でマフムードを車椅子に座らせ、オマールに任せた。彼を信頼していることもあるが、マフムードの前後を浩志と辰也で固め、逃げ出さないようにするためだ。

「俺たちから絶対離れるな。五メートル以上離れれば、マフムードは死ぬぞ。おまえが殺したいのなら別だがな」

歩きながら浩志はオマールに耳打ちした。

「まさか、私はそんなことは考えていません」

オマールは立ち止まって苦笑した。

「イスラエルを脱出したら、トルコで解放してやる。自由にしろ。戦地を離れてまともに暮らすんだな」

浩志はオマールの背中越しに言った。

「本当ですか。テロリストと呼ばれるのは、もうこりごりです」

笑みを浮かべながらも、オマールは複雑な表情になった。

ＩＳに参加する者は、世界中から急速に増えている。だが、彼らの誰もが人を殺したくて入っているわけではない。人種や宗教による差別、貧富の差、様々な問題で社会から疎外感を覚えた人間がＩＳの過激な思想に惹かれて感化されるという。

「しかし、皆さんは本当にアブー・カマールまで戻られるんですか？」

真顔に戻ったオマールは、心配げに尋ねてきた。

「仲間が五人も囚われている。それに他国の兵士も助けなければならない」

浩志は淡々と答えた。

「殺されに行くようなものだ」

オマールは暗い表情で声を落とした。

「死を恐れていないと、言っただろう。もっともイスラム教徒と違って天国には行けないがな」

浩志はふっと笑った。

傭兵が死を恐れたら、仕事はできない。だが、死に対する想像力が欠けているわけでも不感症でもない。闘う使命感が強いだけなのだ。

「死を恐れない……」

伏し目がちに首を横に振ったオマールは、口を閉ざした。

「おっ」

　空港ビルに一歩入った浩志は、顔をしかめた。昨日の二倍は警官や兵士がいる。病院の爆発事件にイスラエル当局が即応したのだろう。しかも金曜日でイスラエル人は安息日の前日ということもありあまり見かけない。否が応でも観光客など外国人の姿が目に付く。なおさら車椅子のマフムードやギブスをした辰也は浮いて見える。

　まずはターキッシュエアラインズのカウンターに行った。空港に着く前に日本の傭兵代理店に電話をして、イスタンブール行きの航空券の手配をさせていたのだ。

　航空券を手に入れた浩志らは、預け荷物検査のために三列に並んでいる最後尾に立った。浩志と辰也は手ぶらだが、マフムードとオマールはスーツケースを持っている。全員手ぶらではかえって怪しまれるため、あえて持ち込んだのだ。

「イスラエルに来た目的は何ですか？　グループですか？　目的地は？」

　列に並び、まだ荷物の検査前にもかかわらず、女性の空港職員から矢継《やつ》ぎ早《ばや》に詰問された。もっとも態度は決して威圧的ではない。イスラエルの厳しいセキュリティのせいで、二度と来ないという旅行客も多いため、少しでもイメージを上げようと努力しているらしい。女性職員が多いのもそのためだろう。

「我々はこの国で治療を受ける予定だったのですが、帰国します」

　浩志はイスタンブール行きの航空券を見せた。

「予定？　治療は受けていないのですか？」

女性職員は目を吊り上げた。

「我々は、最新の病院〝H〇〇〇・メディカルセンター〟に今朝入院したのです。明後日には精密検査を受けてから手術を受けるはずでした。しかし、爆弾テロに遭ったんです。こんな物騒な国では治療どころか、テロに巻き込まれて殺されてしまいますよ」

浩志は呆れた振りをした。病院を調べてもらえれば、入院手続きと手術をキャンセルして退院したことはすぐに分かる。病院の窓口でセキュリティが不十分だと文句を言ったら、あっさりと受け付けてくれたのだ。

「事件があった〝H〇〇〇・メディカルセンター〟に行かれたんですか」

目を丸くした女性職員が、他の職員と顔を見合わせた。

「空港から一番近い大病院ですよ、問題ありますか。テロに遭って、病院を追い出されたようなものです。それとも、テロが怖くて帰国するのは、我々の責任なんですか？　そもそも犯人は、二人組のアラブ人で病院から逃亡したと聞いています。それなのにイスラエルという国は、無関係な者まで犯人扱いするんですか？　疑うのなら、我々から爆弾でも見つかってからにして欲しい」

怒気を帯びた声で職員に詰め寄り、捲《まく》し立てた。

「すみません。あくまでも形式的なもので、みなさんを危険から遠ざけるためです。ご了承ください」

女性職員はぎこちない笑顔を作り、浩志らに道を開けた。

荷物検査ではまずX線で検査を受けるが、他国と違うのは、上からだけでなく、上下左右とあらゆる方向から検査するのである。これでは時間が掛かるのは当然だ。

次に先端にガーゼを巻いた青い棒を係りの女性が、スーツケースの外と中まで念入りに擦《こす》り、少し離れた場所に設置してある検査機にガーゼを載せる。微細な成分から爆薬や薬品などを発見する機械である。

検査を受けながらも、先ほどとは別の女性検査官から様々な質問攻めにあう。彼らが問題視するのは、答えの内容ではない。マシンガンのように質問を繰り出し、対する態度を見ているのである。

預け荷物検査を終えた浩志らは、ターキッシュエアラインズのチェックインカウンターで荷物を預けて手ぶらになった。

特に問題はなかったが、ここまで一時間も費《つい》やす。大抵の観光客は機内持ち込みの手荷物検査を受けなければならないため、さらに時間が掛かる。

だが、出国審査で浩志のパスポートと入国カードを見た審査官が、滞在期間が短いことを理由に別室に行くように他の職員に命じた。ここではテロのために入院をキャンセルしたという理由は通じないようだ。

「まずいですね」

辰也は憂鬱《ゆううつ》そうな顔で言った。

四人はグループとしているために、一緒に連れて行かれるのだ。全員偽造パスポートのため、詳しく調べられるとばれる可能性があった。

出国審査をする窓口のすぐ近くにある十二畳ほどの別室に通された。テーブルを挟んで一人ずつ審査を受け、他の者は出入口にあるソファーで待つようだ。最初に浩志が男の審査官の前の椅子に座った。

「トルコでは何をしているのか？」

「なぜイスラエルに来た？」

「どこに行ったのか？」

「どうして、入院をキャンセルしたのか？」

審査官はパスポートを見ながら、同じような質問を次々としてくる。

辟易《へきえき》としながらも浩志は滞りなく答えるが、質問が止む気配はない。

ドアが開いて別の審査官が入って来ると、審査している男に何か耳打ちをした。

「爆弾テロに遭ったあなた方を保護するために、大使館から職員が来ているようです。審査はこれで終了します」

審査官は四人分の出国カードを手渡すと、早く出てってくれとばかりに後ろのドアを指差した。

首を傾げながら部屋を出た浩志らの前に、二人のスーツ姿の男が立っていた。

「高田健司さんに宮本真一さんですね。大使館職員の安永《やすなが》と申します。出国からトルコ入国までのお手伝いをいたします」

満面に笑みを浮かべて言った男は、村瀬である。隣りの男は鮫沼であった。

「どういうことだ？」

浩志は村瀬の耳元で尋ねた。裏で池谷が動いていることは分かっているが、二人が出て来るタイミングがよすぎると、腑《ふ》に落ちないのだ。

「闇雲に捜しても無駄だと悟り池谷さんに相談したところ、大使館員を証明する書類と偽の命令書を送ってくれました。ネットカフェでプリントアウトし、空港で待機していたのです」

村瀬は答えると、鮫沼と顔を見合わせて笑った。

「助かった」

浩志は二人の肩を叩いて頷いた。

四

アブー・カマールの人質収容所から連れ出されたワットは、手錠をかけられてハイラックスの荷台で揺られている。すでに二時間近く移動していた。仰向けにされているワットから見えるのは、雲一つない青空と高い位置に上った太陽だけである。だが、目を閉じて体力を失わないようにじっとしていた。目が焼けてしまうこともあるが、砂埃が酷いからである。

気温は三十五度近くあるだろう。荷台の鉄板が焼け付くように熱い。時刻は午後一時を過ぎているはずだ。車に乗せられる前に水を一口飲まされただけで、朝から食事もしていなかった。三十分ほど前から頭痛がする。脱水症状を起こしているに違いない。

アブー・カマールの市長と自称したサージタに解放すると言われて車に乗せられ、街の西側から砂漠に出た。西にある都市はタドムルかダマスクスである。だが、タドムルまでは直線距離で約二百四十キロ、まして首都ダマスクスまでは約四百四十キロもあった。タドムルは政府軍と反政府軍との戦闘状態が続いており、ダマスクスは完全に政府軍の支配下にある。

ワットが乗せられた車と、後ろに重機関銃を備えたテクニカルの二台だけで行動をしていた。とても戦闘地域や政府軍に遭遇する危険を冒《おか》すとは思えない。

車が凄まじい砂塵を舞い上げて停まった。

「下りろ!」

助手席から下りて来た男が、AK47を片手に声を上げた。

ワットは緩慢な動作で体を起こして荷台から下りたが、膝に力が入らずに前のめりに倒れた。

「せっかく解放してやるのに、このざまじゃすぐに日干しになる。少し水分をやるか」

男はワットの背中に放尿した。

「一張羅が台無しだ」

ワットはゆらりと立ち上がった。

「何が一張羅だ。馬鹿かこいつは」

助手席の男はAK47の先でワットを小突いた。

「止めておけ。ジャラール」

運転席から下りて来た黒いイスラム帽を被った男が、ワットの手錠の鍵を開けて五百ミリリットル入りのミネラルウォーターのペットボトルを渡してきた。

「サージタ様からの差し入れだ。ありがたく受け取れ」

「ありがたい」

ワットはペットボトルの水を二口だけ飲んで、キャップを閉じた。ここから徒歩で行動するとなると、水は貴重だ。五百ミリリットルでは気休めに過ぎないが、ないよりはましである。

「サージタ様のご命令で、おまえをここで解放する。好きなところに行け。ただし、アブー・カマールに近付けば殺されるぞ。もっとも百キロ戻ってこられたらの話だがな」

イスラム帽の男は、鼻で笑った。

「それはご親切にありがとう。西に百キロ来たのか。それじゃ一番近いのはタドムルだな。ここから何キロあるんだ?」

ワットは後ろを振り返って舌打ちをした。二人の男なら倒す自信はあった。銃を奪って後続の車を襲えば何とかなると思っていたが、テクニカルの荷台に射撃手が乗り込み、重機関銃の銃口をワットに向けていた。

「タドムルまで歩いて行くつもりか。百四十キロある」

イスラム帽の男は答えると、ジャラールと呼ばれた男と声を出して笑った。

「ここで殺した方がいいんじゃないのか?」

ジャラールは、ＡＫ47を構えた。

「馬鹿を言うな。殺したことを誰かがしゃべったらサージタ様に殺されるぞ」

イスラム帽の男が、ジャラールの銃身を摑んで下ろさせた。

「そっ、そうだな」

たしなめられたジャラールは、急に真顔になった。よほど、サージタが恐ろしいのだろう。

「俺のことなら、心配しないでくれ。その辺でタクシーを拾うつもりだ」

ワットは額に手をやって、遠くを見る仕草をした。

「こいつ、暑さで頭がいかれたらしい」

ジャラールは、自分の頭を指差して笑った。

「あんたの名前を教えてくれ。地獄の天使に親切にしてくれたと、伝えておく」

ワットは、イスラム帽の男に尋ねた。

「俺はモフセンだ」

男は天使と聞かされて、素直に答えた。

「モフセン、今度礼を言いに行く。ジャラール、おまえは殺してやる」

指を銃の形にしたワットは、ジャラールに向けた。

「なんだと！」

ジャラールは、右拳を振りかぶった。

「放っておけ、さっさと帰ろうぜ」

モフセンは、ジャラールを後ろから摑んで引き離すと運転席に戻った。

「地獄に堕ちろ！」

ジャラールはワットの顔に唾をかけて助手席に乗り込んだ。

ハイラックスが後輪で砂塵をまき散らしながら発進すると、テクニカルも続いて動き出した。

「あばよ。必ず殺してやるからな」

ワットは笑顔で左手を振り、右手の中指を立てて二台の車を見送った。

「どうだい、絶景だな」

周囲を見渡したワットは呟いた。四方は見渡す限り青空とコントラストをなす砂漠の地平線が広がる。戦闘服のシャツを脱ぎ、頭から被った。

「さてと」

ワットは戦闘服のズボンのポケットを探り、衛星携帯を出して電話を掛けはじめた。衛星携帯は、別れ際に加藤がハグをして渡してくれた。危険を顧《かえり》みずにまさに命がけの挨拶をしてくれたのだ。

「ワットだ」

——ワットさん、ご無事で！

携帯電話を振動させるほどの池谷の声が響いた。

「大きな声で言わなくても聞こえる。アブー・カマールに戻りたい。この携帯電話の現在位置を調べて、俺がどっちに行ったらいいか正確な方角を教えてくれ」

徒歩で砂漠を百キロも歩けないことは分かっている。だが、仲間を助ける前に死ぬことはできないとワットは思っていた。

——電話を切ってお待ちください。すぐ友恵君に調べさせます。

待つこともなく携帯電話の呼び出し音が鳴った。

——現在位置は、アブー・カマールから九十キロ西の地点です。時刻は、十三時三十一分です。あまりご無理をされずに、太陽を背にして右方向の東にお進みください。

池谷の声は暗く沈んでいた。ワットの死が頭を掠《かす》めたのだろう。

「九十キロか、ふっかけやがって」

ワットはふんと鼻で笑った。ジャラールらは絶望感を味わわせるために百キロと言ったのだろう。だが、十キロ減ったところで歩ける距離ではない。

太陽に背を向けたワットは、右手を上げて位置を確認した。

「今から仲間を助けにいく。連絡しておいてくれ」

目を見開いたワットは、歩きはじめた。

——よっ、よろしく、お願いします。

池谷の声が震えていた。

五

無事ベン・グリオン国際空港の出国手続きを終えた浩志らは、午後二時四十分発のターキッシュエアラインズ機に乗り、午後五時十八分にトルコのイスタンブールのアタテュルク国際空港に到着した。イスラエルと違ってトルコでの入国審査は実に簡素で何の問題もなく終える。

浩志と辰也、村瀬と鮫沼、それに今や立場が逆転したマフムードとオマールは到着フロアの片隅にいた。

「少しはお役に立てましたか？」

辰也は真っ赤な顔をして握手を求めて来た。イスラエルまでなんとか頑張って一緒に行動していたが、右腕と鎖骨を骨折した彼の体力も限界に達していた。顔が赤いのは熱がまた出て来たからだ。

さすがに本人も足手まといになると、一緒に行くとは言わなかった。病院で治療を受けて日本に戻るのは数日後になるだろう。ただし仕事もある。トルコで解放するオマールをホテルで監視するのだ。彼は改心してＩＳと一切の関係を断つ決意をしたが、裏切る可能性は捨てきれないため見張りは必要だった。

段取りは池谷がつけたのだが、彼は明日にもドイツ政府に引き渡され、ＩＳの内部情報を教えることで多額の報奨金を貰えることになっている。ドイツ大使館員が迎えにくるまでの間、辰也はオマールのお守りというわけだ。

「おまえのおかげで俺は爆弾から解放されたんだ。感謝の言葉もない」

こうした別れは常に今生の別れになるものだ。浩志は辰也の差し出した左手を、悔いのないようにきつく握った。

辰也は直径が十五センチもある黄色いラベルに〝YAKSI〟と印刷されたオイル漬けのアンチョビの缶詰を渡してきた。空港の免税店に売っていたものである。

だが、ただの缶詰ではない。空港のトイレで辰也はギブスから取り外した爆弾を、空にした缶に詰めて細工をした。構造はいたって簡単で強い衝撃を与えると、起爆スイッチを押さえていた留め金が外れる仕組みの手投げ弾なのだ。

「サンキュ！」

浩志はシャツのボタンを外して懐に仕舞った。サイズは大きいが厚さは二センチほどしかないために案外嵩張《かさば》らない。

「ミスター・藤堂、ご相談があります」

オマールが改まった態度で言って来た。辰也との別れの挨拶が終わるのを待っていたようだ。

浩志は頷くと、仲間から離れたところにオマールを連れて行った。

「どうした？」

「私は、イラクのモースルで二年、シリアではアブー・カマールに四ヶ月、その前は、ラッカに半年、どこでもＩＳの最前線にいました。だからＩＳの内部事情もよく知っています」

オマールは小さな声で言った。

「だから、その情報が役に立つんだ。おまえの情報次第で中東でも戦争のない国で暮らせるぞ。心配は無用だ。改心した協力者を裁くような真似は、欧米の国ではしない」

オマールはこれまで忌み嫌っていた西洋の国に頼ることが、心配なのだろう。

「あなた方と一緒に行くことはできませんか」

唐突にオマールは切り出した。

「何？」

浩志は右眉を上げた。

「私なら絶対役に立ちます。それに……アブー・カマールにいる妻を助けたいのです」

オマールは両手を握り締めていた。

「妻だと。家族がいたのか？」

シリアを離れる際まで彼は陽気に話していたが、家族の話など一切しなかった。

「ヤジディ教徒の女です。半年前に払い下げられ、改宗させて結婚したのです。金をもって平和な国で暮らせる夢が現実になってきたら、彼女のことが忘れられなくなりました」

オマールは自分だけ幸せになる矛盾に耐えられなくなったのだろう。

ヤジディ教徒だけでなく、ヨーロッパ諸国からもＩＳの巧みな勧誘でシリアに連れてこられて改宗させられる女は急速に増えている。目的はＩＳの兵士の子供を産ませるためである。マインドコントロールから醒《さ》めない者もいるが、悲惨な現実を体験して地獄の日々を送る者も多いという。

「本気で言っているのか？」

浩志はオマールの瞳の奥まで覗き込んだ。

「正しい行いをすれば、イスラム教徒は天国に行けます」

言葉を変えれば、死の覚悟ができたということだ。オマールは浩志の視線を外さずに答えた。

「いいだろう」

浩志はオマールの目に曇りがないことを確認し、承諾した。

午後七時十五分発のターキッシュエアラインズの国内線で、ガズィアンテプ空港へ午後九時七分に到着する。

空港の駐車場には、村瀬たちが借りたレンタカーのハイラックスがそのまま停めてあった。マフムードに連れ去られた浩志らを尾行していたため返す時間もなかったのだが、グローブボックスに隠してあるマカロフＰＭと無線機を処分する余裕もなかったからだ。

空港からＤ８５０線でガズィアンテプの郊外まで来ると、浩志は田舎道を抜けて街外れにある住宅街に車を停めさせた。浩志と辰也が捕らえられていたＩＳの隠れ家の近くである。寄り道しなければ、空港から十二、三分の距離だ。

「頼んだぞ」

浩志は運転席の村瀬に後部座席に座るマフムードの見張りを頼むと、鮫沼とオマールを連れて街灯もない裏道を進んだ。

時刻は午後九時二十八分になっていたが、アジトの一階の照明が点いている。窓の下で中の様子を窺うと、アラビア語の会話が微かに聞こえた。

「開けてくれ、ハーメド」

オマールは玄関のドアを叩いた。

「いったい、どうしたんだ。オマール？」

無精髭を生やした男が、戸口に出て来た。

マカロフＰＭを構えた浩志はオマールの背中を突き飛ばして、中に押し入った。

「動くな！」

浩志は四人の男たちに銃を向けた。

「すまない、ハーメド。銃で脅されていたんだ」

オマールは両手を上げて、謝った。むろん演技である。

鮫沼はすぐさま階段を駆け上がった。

「クリア、二階は誰もいません」

二階から下りて来た鮫沼の手にガムテープがあった。物置から持ってきたようだ。

「なんてことだ」

ガムテープを見た四人の男たちが、溜め息を漏らした。一昨日の夜も村瀬と鮫沼にガムテープで縛られている。まるでデジャブのように鮫沼は、男たちを次々とガムテープで縛り床に転がした。

「武器の隠し場所まで案内しろ」

浩志はオマールの背中に銃を突きつけて言った。

「撃たないでくれ！」

オマールは悲鳴を上げながらも一階のキッチンまで案内し、流しの台の下の床板を持ち上げた。

「ほお」

浩志はにやりとした。

床下に幅二メートル、奥行き一メートル、深さは五十センチほどの穴が開いている。中には木箱に入ったAK47が十一丁と弾丸が入ったカートン、RPG7二丁にロケット弾が十発あった。それにISの黒い戦闘服にマスクと紋章入りの旗まである。彼らはいつでもテロ活動ができるように準備していたようだ。

鮫沼にＡＫ47を七丁と弾丸、その他に戦闘服にマスクと紋章入りの旗を木箱に入れて運ばせると、浩志はＲＰＧ７を担ぎ、ロケット弾を布袋に入れて家の外に出た。

「どっ、どうされるんですか？」

荷台に武器を載せていた鮫沼が目を丸くして声を上げた。

浩志はＲＰＧ７にロケット弾を装塡していたのだ。

「通報する手間を省《はぶ》く」

ＲＰＧ７をおもむろに構えた浩志は、照準を見ることもなくアジトの二階を狙ってトリガーを引いた。

轟音とともにロケット弾は、アジトの二階に命中して爆発した。

浩志はＲＰＧ７を鮫沼に投げ渡した。

「これだけ派手なことをすれば、さすがにＩＳに無関心なトルコの警察も動きますね」

崩れた壁から白煙を上げる家を見ながら鮫沼は手を叩いて喜んでいる。浩志がすべての武器を奪わなかったのは、警察に武器を発見させるためだ。

「行くか」

浩志は脇腹を擦りながら助手席に乗った。ＲＰＧ７の衝撃は結構堪《こた》えた。

六

夜の砂漠を二台のピックアップが疾走している。時刻は午後九時を過ぎていた。

先頭を走るハイラックスには瀬川と田中と京介の三人が乗り、後続の改造されたダットサントラックにはアンディーとマリアノが乗り込んでいた。

ダットサントラックは日本では生産を終了したD22型のピックアップで、二〇〇五年からエジプトで生産されており、ハイラックスと同様に壊れ難いと武装組織に人気の車種である。

瀬川らリベンジャーズの別働隊は、砂漠で乗って来た車両が二台とも故障するという不運に見舞われ、徒歩でハジーンに向かった。車を乗り捨ててから四十九キロを踏破し、街の郊外に着いたのは午後六時を過ぎていた。

ハジーンはユーフラテス川西岸にあり、アブー・カマールから三十四キロ北西に位置する小さな街である。二〇一四年に入ってから、イラク国境からシリアに至るユーフラテス川沿いはISの支配下に堕ちていた。そのため、ハジーンにも三十人程度のISの小隊が駐屯《ちゅうとん》している。

瀬川らは日没後にハジーンの小隊を殲滅《せんめつ》し、武器と車を奪ってアブー・カマールまで進撃して仲間と人質の兵士を救出する予定だった。
だが、傭兵代理店の池谷からワットが砂漠に放り出されたという緊急連絡が入った。時刻は十三時三十二分、池谷はワットとの通話直後に連絡をしてきたのだ。そのため、予定を急遽変更し、ワット救出を先行させることになった。

砂漠に行くにはユーフラテス川を渡り、対岸に出なければならないが、この辺りでは渡河できる橋は架かっていない。ハジーンの小隊を襲って車を手に入れても、ユーフラテス川を渡るには、アブー・カマールまで行くしかないのだ。

また、ハジーンの対岸で川から西に二キロ離れた場所に国道４号があり、道に沿って農村があった。そこに数人の兵士と二台のピックアップという構成のＩＳの検問所あるという情報が軍事衛星で確認した友恵からもたらされた。そのため、瀬川らはハジーンに駐屯するＩＳの兵士に気付かれないように大きく迂回し、ユーフラテス川を渡河した。

残照でほのかに川面が見える程度のユーフラテス川を渡った瀬川らは、国道４号を挟んで二台の車を停車させ、近くの道路脇で煙草を吸っていた八人のＩＳの兵士を発見した。

ＩＳの支配地域を走る国道４号を好き好んで走る者はいない。彼らは盗賊と同じで、積み荷を盗むために運転手がスンニ派であろうと、異教徒だと言いがかりをつけて殺害し、女が乗っていれば、強姦して殺すという残忍さである。そのため、民間人が車で幹線道路を移動することはなくなった。検問は政府軍や他の反政府組織が支配地域を通過しないかを見張るためであり、基本的に暇なのだ。

村に交代要員がいる可能性もあるため、瀬川らは闇に乗じて八人の男たちの背後に忍び寄り一斉に叩きのめすと、身ぐるみ剝がして裸にし、AK47とRPG7と車を奪って砂漠に入った。

「スピードを落としてくれ！」

ハイラックスの荷台に立っている京介が大声を上げた。運転していた田中はブレーキをかけて速度を落とした。並走しているアンディーが運転するダットサントラックも減速する。並んで走るのは、なるべく広範囲にライトを当ててワットを捜索するためだ。

「どうした？」

助手席の瀬川が、窓から身を乗り出して尋ねた。

「すまない。起伏の影が人に見えたんだ」

京介が怒鳴るように答えた。後部座席からでは外が見えないと、彼は荷台に出てISの兵士から奪ったゴーグルをはめて頑張っている。

「人騒がせなやつだ。まったく」

田中が珍しく苛立っていた。ふけ顔で外見的には一番年上の浩志よりも年配に見えるせいもあるが、いつもは冷静な男だ。

「仕方がないですよ。みんな焦っているんです」

瀬川は苦笑した。

「それだよ。そのバカ丁寧な口調もイライラするんだ。あんたもリベンジャーズの正式な一員になったんだろう。仲間に他人行儀な口をきくのは、止めてくれないか。そもそも今はチームのリーダーで、命令する立場だろう。丁寧語を使われると気持ち悪いんだよ」

田中はヘッドライトに照らし出された砂漠とどこまでも続く果てしない闇を見つめながら、声を荒らげた。ワットを一刻も早く助けたいという一心で、誰もが平常心を失いかけているようだ。

「私の口調がですか……」

瀬川は戸惑いの表情を見せた。彼と黒川は、陸上自衛隊の空挺団出身で傭兵代理店のスタッフだった。三年前に浩志が中国大陸で行方不明になった際、捜索に専念するために黒川とともに代理店を辞めてフリーの傭兵になりリベンジャーズに入っている。

その後、池谷からの復帰の要請もあったが、代理店が人手不足で機能しないと傭兵仲間から不満が出たために、フリーという立場のまま代理店の仕事もしている。そのため、どうしても顧客でもある傭兵仲間に丁寧な言葉遣いをしてしまう。それに上官と年上には尊敬語を使うというのは、自衛隊時代に叩き込まれているのでその癖が抜けないのだ。

「俺たちは、生死をともにする仲間だろう。気遣いは無用だ」

「はっ、はい」

瀬川は頭を掻いて恐縮するほかない。

「おかしい。そろそろアブー・カマールから西に九十キロになる」

田中はダッシュボードの距離計を見て首を捻った。

車を奪って砂漠に入った地点はアブー・カマールから西北に三十キロ以上離れていた。そのため、瀬川らはアブー・カマールの真西になる地点まで車を走らせてから西に向かっていたのだ。

「通り過ぎていたんだ。最後にワットのGPS信号を拾ったのは、アブー・カマールから西に八十キロの地点だった。戻ろう」

瀬川も距離計を覗き込むと、GPS測定器の表示も確かめた。友恵から聞いていた座標を元に進んでいたが、目視を重視するあまりいつの間にか教えられた座標を通り越していたのだ。ワットが倒れていたために気付かなかった可能性もある。

「了解！」

田中は瀬川の口調が変わったことに気付いてにやりとし、クラクションを鳴らして並走するアンディーらに合図を送ると、コンパクトにUターンした。

「十一時の方向に進んでくれ」

GPS測定器を見ながら、瀬川は細かく方位を指示した。

何度も方位を確認しながら、二台の車は時間をかけて進んだ。

「停めてくれ」

瀬川は声を張り上げると、砂塵を巻き上げて停まった車から下りた。日が暮れてから数時間が経つ。しかも砂漠だけに急速に気温は下がっており、肌寒く感じる。

「この辺りか？」

砂煙が舞う中、アンディーとマリアノも現れた。

「ＧＰＳの座標はこの辺りだ。手分けして探そう」

瀬川はポケットからハンドライトを出して点けた。

五人の男たちは互いに背中を合わせ、外に向かって広がりながら調べ始める。ＧＰＳは米軍の打ち上げた衛星から得られる電波で測定されて精度も格段と上がり、現在は砂漠でも誤差は数メートルのはずだ。

「こっちだ。来てくれ！」

数分後にマリアノの声が乾いた闇に響いた。

瀬川も仲間と一緒に駆け寄る。

「見てくれ」

座り込んだマリアノの手には、電源が切れた衛星携帯が握られていた。

「これは代理店で支給された物だ。……電池がなくなったのだ」

瀬川は携帯電話を手に取って確認した。

「一体、どこに行ったんだ?」

マリアノが立ち上がると、居合わせた仲間も周囲の闇に視線を移した。

アブー・カマールへ

一

ガズィアンテプのISのアジトから武器を調達した浩志らは、一昨日シリアから出国した逆の道順でトルコのシャンルウルファを通り、国境の抜け道からシリアに入った。

北部シリアでISは攻勢を強めているが、クルド人が組織する民兵の抵抗は激しい。一昨日と違うのは、ハイラックスの荷台に武器を積載していることだ。見つかれば民間人という言い訳は立たない。

浩志はシャンルウルファの郊外で、運転をオマールに代わっていた。彼は元配管工だと言うが、運転技術に長けているだけでなく裏道も熟知している。というのも、彼はISの幹部の運転手を長い間務めており、最前線の街から国境の抜け道までよく知っていた。そのため、マフムードに駆り出されたようだ。

ガズィアンテプからトルコ国境の街アクチャカレまで二百五キロを二時間四十分、国境からシリアのラッカまで八十五キロを約一時間と、夜間にもかかわらず驚異的なスピードで走り抜ける。

ラッカ郊外でＩＳの検問があったが、オマールは一昨日も通っているため顔パス状態で通過することができた。もっとも浩志らはガズィアンテプのアジトで手に入れた黒い戦闘服を着て、マスクも被り顔を隠していた。しかも荷台にＩＳの紋章入りの旗を括《くく》り付けている。怪しまれるはずはなかった。

午前一時二十分、ラッカの南部の住宅地にある倉庫の前で、オマールは給油のため車を停めた。倉庫はラッカに数カ所あるＩＳの備蓄庫らしい。政府軍の空爆を避けて、分散してあるようだ。鍵はナンバー錠のためいつでも出入りできるが、ＩＳの兵士でも幹部やオマールのような特別な運転手だけが使用できるらしい。

オマールは積んでいた空のガソリンの携行缶を持って、鮫沼を連れて倉庫に入って行った。街は寝静まっているため、倉庫の扉を開ける音すら憚《はばか》る。ＩＳが首都と主張する街だが、市民生活を破壊するＩＳが支配するということは、街自体死んでいるのかもしれない。

しばらくしてオマールは携行缶を提《さ》げて帰って来ると、ガソリンを補充しはじめた。

「こんな物しかありませんでした」

遅れて倉庫から出て来た鮫沼は窓から紙袋とペットボトルの水を手渡して来た。紙袋の中は援助物資と思われるクラッカーであったが、腹が減っているだけにありがたい。

移動中口を閉ざしていたマフムードは、水だけ受け取って顔を背《そむ》けた。サージタに彼らのスケジュールに合わせて一時間おきに連絡をさせていたが、それ以外は一切口をきこうとはしないのだ。

彼らのロンドン行きの予定はイスラエルのベン・グリオン国際空港をルフトハンザドイツ航空で午後五時二十五分に出発し、ミュンヘンで乗り換えてロンドンヒースロー空港に現地時間の午後十時五十分に到着することになっていた。そのため、午後十一時にロンドンに着いたという通話以降は、オマールに連絡を代わっている。

「私の分もあるのですか」

運転席に戻ったオマールに、浩志は水とクラッカーを渡した。

「日本には同じ釜の飯を食うという諺《ことわざ》がある。直訳すれば、同じ釜で焼いたパンを食べるという意味だが、一緒に苦楽をともにした仲間と言う意味だ」

浩志はクラッカーを頬張り、水を慌ただしく飲むオマールを見て言った。彼には夜明け前にアブー・カマールに到着したいと伝えてあるため、急いでいるのだろう。

人質に取られている仲間の救出もあるが、ワットが行方不明になっていると聞いている。瀬川らのチームはまだ砂漠を捜索しているらしい。一刻の猶予もなかった。

「私を仲間だと言われるのですか?」

オマールはクラッカーを食べるのを止めた。

「同じ目的で闘うのなら仲間だ。戦場は敵か味方だけではない。忘れ去られているのは戦闘に巻き込まれる無関係の人間だ。俺たち傭兵は戦闘に巻き込まれた人々を救うために闘って来た。イデオロギーや金のためではない」

浩志は淡々と言った。

「金をもらって闘う兵士を傭兵というのだ。どこが金目当てでないと言うのだ。そもそもイデオロギーのために金で雇われるんだ。白々しい嘘をつく偽善者め、地獄に堕ちろ」

黙っていたマフムードが突然アラビア語で捲し立てた。浩志ではなく、オマールに聞かせるためだろう。

「静かにしてくれ」

隣りに座る村瀬がさりげなく裏拳を振る。コンパクトに振り抜いた強烈な拳が顎にヒットし、マフムードは白目を剥いて気絶した。

「我々はいつだって自主的に闘っている。しかも藤堂さんは、自分のためにお金を使われたことがない。稼いだ金のほとんどを学校に寄付しているんですよ」

村瀬はたどたどしいアラビア語で説明した。文法もおかしいが充分に意味は通じたらしく、オマールは浩志を見て頷いてみせた。

「どこからその話を聞いた？」

浩志は不良や身寄りのない少年のための農業学校の教育者に多額の寄付をしているが、それを誰にも話していない。金は使ってこそ生きて来る。使い道のない金を知人に譲っているだけで、他人に話すような特別なことをしているわけではないからだ。

「池谷さんからお聞きしました。仲間はみんな知っているようですよ」

村瀬は涼しい顔で答えた。

「仕様がないやつだ」

浩志は舌打ちをした。傭兵代理店には報酬だけでなく銀行口座の管理まで任せてあるので、池谷は浩志が学校へ寄付していることを知っていた。

浩志はダッシュボードの時計を見た。午前一時二十八分、ここまでノンストップでやって来ただけに、八分も立ち止まっているのがもどかしく思える。

「出発してくれ。時間がない」

浩志はオマールを急《せ》き立てた。

同時刻、ラッカから百八十キロ南南東の砂漠を四台の砂漠仕様のバギーカーが走っていた。市販されているサンドバギーとは違ってフレームが頑丈に作られ、ボディーにデジタル迷彩柄が施されている。

「うん？」

ワットは上下に激しく揺れる振動で目覚めた。だが、頭痛がする上、目がかすみ視界がはっきりしない。いつどうして乗ったのかまったく記憶にないが、自分が何かの乗り物に乗っていることはなんとか理解できる。だが、周囲は闇に包まれて暗くてよく分からない。驚いたことにライトも点灯せず走っているのだ。

隣りでハンドルを握る男は黒いヘルメットを被り、顔はバラクラバで隠し、暗視ゴーグルまでしている。運転中の男が敵か味方かも判別不能だった。

「……」

男に話しかけようとしたが、喉も舌も乾ききって動かすことができない。しかも急に睡魔が襲ってきた。血糖値が異常に下がり、血圧も低くなっている。生命の危機が眠気を誘っているのだ。

ワットは瞼の重さに耐えられずに意識を失った。

二

午前一時二十八分にラッカを出発した浩志らは、国道4号を猛スピードで走り、午前三時に百三十六キロ南東にあるIS支配下のデリゾールを通過した。ここからアブー・カマールまでは百二十キロ、一時間半もあれば行けるだろう。皮肉な話だが、浩志たちの車が高速で移動できるのは、ＩＳ支配地域を横断しているからだった。

昨年リベンジャーズは、紛争を煽《あお》る目的で化学兵器を売買する工作員を追って、デリゾールまでやってきた。当時の街はまだ反政府勢力のヌスラ戦線が支配していた。その後数ヶ月でＩＳが各地で猛威を振るって政府軍どころか他の反政府勢力を駆逐《くちく》し、支配地域を急激に広げたのだ。

シリア政府が弱体化したこともあるが、ＩＳには中東諸国から得られた潤沢《じゅんたく》な資金と武器があり、イラク戦争で培《つちか》った戦闘能力もあった。

一方で自由シリア軍は欧米に協力を要請したがために中東諸国から反発されて援助が満足に受けられず、米国も彼らに救いの手を差し伸べなかった。米国は残虐《ざんぎゃく》なＩＳと自由シリア軍などの反政府軍との区別がつかなかったことを理由にしていたが、一番の理由は外交素人《しろうと》と揶揄《やゆ》されるオバマ大統領の決断力が不足していたからだ。

「そうか、見つからないのか……」

浩志は衛星携帯でワットの捜索を行っている瀬川と話をしている。

「アブー・カマールまでの到着予定は、午前四時半だ。夜間の捜索は残り一時間で打ち切ってくれ。合流して夜明け前に襲撃し、人質を救出する」

眉間に皺を寄せた浩志は、苦渋の選択をした。

日中の攻撃は、あまりにもリスクが高い。夜が明ける前に行動を起こさなければ、また次の夜まで待つことになる。アブー・カマールには少なくとも数百人のＩＳの兵士が駐屯しているはずだ。全員を敵に回すことはできない。寝込みを電撃的に襲ってこそ、成功する確率はある。またワットは殺されなかったが、日が経つにつれて処刑される人質も出てくるはずだ。時間の猶予はなかった。

「人質を助け出したら、俺もワットの捜索に加わる」

浩志は力強く言った。人質を救出したら、彼らを移送しなければならない。また敵の追撃をかわす必要もあるだろう。だが、安全圏まで人質を連れ出したらすぐに戻るつもりだった。むろんこれは仲間に強要できないため、希望者を募《つの》って行動することになるだろう。だが、浩志はどんな状況でも仲間を見殺しにはしない。たとえワットが死んでいたとしても連れて帰るつもりだった。

「了解しました」

瀬川は沈んだ声で答えると、浩志との通話を切った。

傍らに不安げな表情のアンディーが立っている。

「藤堂さんがアブー・カマールに一時間半後には到着するそうだ。その前に我々と合流して、ＩＳを攻撃し人質奪回を敢行《かんこう》することになった」

瀬川は顔を上げて説明した。

「捜索に残された時間は?」

険しい表情のアンディーが尋ねて来た。

「一時間……だが、合流する時間を考えなければならない。合流場所までは決めてないが、いずれにせよアブー・カマールの近くまで行かなければならない」

瀬川は大きな溜め息を漏らした。現在地は、アブー・カマールから西北に六十五キロ地点を捜索している。夜間の砂漠だけに六十五キロの距離を進むには一時間以上かかる。とすれば、残された時間はほとんどない。

ワットが使っていた衛星携帯が落ちていた場所の近くで、彼の足跡を見つけることができた。そのため、瀬川らは徒歩で足跡を辿っている。

衛星携帯を落とすまでワットはまっすぐアブー・カマールに向かっていたようだが、十キロを過ぎた地点で急に西北に方角を変えている。しかも足跡の間隔も一定ではなくなっていた。おそらくワットは脱水症状を起こし、朦朧《もうろう》とする意識の中で方向感覚も失い、仲間を助けるという信念だけで歩き続けたに違いない。

「行くぞ、瀬川。ワットは必ず近くにいるはずだ」

アンディーがハンドライトを点灯させた。

ワットは放置された場所からほとんど水なしの状態で、二十キロ以上砂漠を歩いているはずだ。もはや人間の限界を超えている。

「急ごう！」

瀬川もライトを点けると、電話中も足跡を追っていたマリアノの元に駆け寄った。彼が足跡だけを追跡し、瀬川とアンディーはマリアノの左右に並んで周囲を調べるのだ。京介と田中はヘッドライトで前方の地面を照らしながら、三人のあとを低速で進んでいる。すでに四時間近く地道な方法で捜索を続けていた。

「こっ、これは……」

マリアノが突然立ち止まった。

「どうした？」

瀬川とアンディーが駆け寄る。

「見てみろ」

マリアノはハンドライトで地面を照らした。乾ききった砂漠に二本の筋と後ろ向きの足跡が残っている。

「ここで倒れていたワットを誰かが引きずって運んだのだ」

マリアノは、二本の筋を追った。

「むっ！」

瀬川はハンドライトの光が捉えた溝を見て、顔面から血の気が引くのが分かった。

「小型の四駆だ。それも数台分のタイヤ痕がある」

マリアノは跪くと、くっきりとタイヤの溝の痕が付けられた砂の起伏を右手で触れた。

「くそっ!」

アンディーはタイヤ痕の砂を蹴り上げた。

誰の目にもワットが連れ去られたことは明らかだった。

三

シリア領でISの武装部隊に襲撃されたのが四日前の五月六日の夜、翌日の未明にアブー・カマールの人質収容施設にリベンジャーズが囚われて三日が過ぎている。

収容施設は元小学校だった建物で、東に2ブロック離れた場所にISの司令部がある元市庁舎もある。また、司令部から南に1ブロック先にシリア軍の砲撃で屋根に大きな穴が開いた保健所跡があり、十人近くのヤジディ教徒やキリスト教徒の女が監禁されていた。

ISが掠奪した街や村で拉致して来た女で、奴隷として扱われている。彼女たちはこの街で戦利品として兵士に渡されるか、奴隷市場に連れて行かれるのだろう。

二〇一四年八月十日に、ISが発行したプロパガンダ誌〝ダビク(Dabiq)〟にヤジディ教徒の女や子供を戦利品として戦闘員に分け与えたことと、イスラム法では奴隷制が認められていると自賛していることが載せられている。

また、イラクのモースルとシリアのラッカには奴隷市場が設立され、女や子供が一人約十ドルで売られているという国連調査員の報告を、英国のデイリー・メールが報道している。

これはイスラム教の預言者ムハンマドが奴隷を所有していたという史実に基づき、奴隷所有を否定すれば、ムハンマドも否定すると考えるためで、千五百年前の歴史的背景をまったく無視した屁理屈である。

ＩＳをはじめとしたイスラム原理主義者が奴隷を認め、女性を蔑視《べっし》し、教育を否定するのは、現代社会のシステムを受け入れられず、教育も文明もない古代社会を懐かしんでいるのだ。彼らは宗教の名を借り、暴力をもってして現実逃避しているに過ぎない。

ＩＳの黒のマスクを被りＡＫ47を肩に掛けた男が石組みの元保健所の陰から通りに出て来ると、離れた場所で煙草を吸いながら談笑していた二人の仲間に手を挙げて挨拶をした。午前四時八分、この時間に起きているのは、街の要所に立つＩＳの監視兵だけである。

男はすぐ裏通りに入って西に2ブロック進み、今度は1ブロック北に歩いて元小学校の人質収容施設の前に出た。

小学校の校舎だった建物の屋上には四人の銃を持った男たちが、二十四時間体制で見張りをしている。

午前二時前に月は沈んでおり、街灯もない街では建物の室内灯から漏れる灯りにでも照らされない限り、どっぷりと闇に包まれていた。司令部となっている建物は空爆を恐れてか一切灯りはないが、小学校の校舎跡の正門前や、見張りが立っている近くの街灯は発電機を使って点灯している。

だが、男は街灯の光を避けて柵に沿って建物の陰になるように進み、シリア軍の空爆で破壊された柵の隙間をすり抜けて敷地内に入った。そのまま建物の裏側に回り、空爆で穴の開いた壁を塞いでいる板を音もなく外して中に足を踏み入れる。男はマスクを外すとポケットから携帯電話を取り出し、鼻先も見えない暗闇を携帯の画面の光で照らした。ISの兵士に化けていたのは、加藤だった。

八畳ほどの部屋の中は棚が倒れて折り重なり、様々な塗料の缶が床にぶちまけられて固まっている。小学校だったころは物置だったらしい。埃を被った部屋の片隅にAK47が九丁、RPG7が一丁立てかけてある。加藤は自分の担いでいた銃を他の銃の横にそっと置いた。

加藤は毎夜何度かに分けてISの武器庫から銃や弾丸を盗んで隠していたのだ。AK47を十丁も盗んだのは、人質となっている他国の特殊部隊の兵士の分も含んでいる

「むっ！」

加藤は携帯の電源を切って元の暗闇に戻すと、マスクをまた被った。

壁の穴とは反対側にある廊下から男の話し声が聞こえたからだ。ドアロに音もなく忍び寄った加藤は足首に隠してあった小型のコンバットナイフを摑んで構えた。

やがて足音も遠ざかり、元の静けさが戻る。加藤はナイフを仕舞ってドアを開けると、黒豹《くろひょう》のように走り、近くの金網の扉の鍵を開けて中に忍び込んだ。

「ふう」

安堵の溜め息をついた加藤は、マスクを剝ぎ取ってズボンのポケットに仕舞う。

「ご苦労さん」

出入口で外の様子を窺っていた宮坂が、加藤を労った。

「まずは報告させてください」

加藤は街の最新の警備態勢と、新たに女性が監禁されている建物を発見したことと、AK47を一丁盗んできたことを宮坂と黒川と一色に報告した。

彼は建物に忍び来んで女性らから事情を聞いて確認していたのだ。女性の一人が車の運転ができるというので、ついでに鍵を外して全員を逃がした。車ならISのピックアップを盗めばいい。ISの支配地域を避けて夜を徹してイラクの国境沿いの道を走れば、北部のクルド人の街に着けるはずだ。

「無事に逃げられればいいがな」

腕組みした宮坂が、思案顔で言った。

「それからこれもまた盗んできました。これで三個目です。もう限界でしょう」

加藤はポケットから衛星携帯を出した。

「脱出の準備は整ったな。こっちも報告する」

宮坂は途端に渋い表情になった。

加藤が外で活動している間、彼は衛星携帯を預かっており、池谷からメールで連絡を受けている。リベンジャーズが分散しているために、池谷は集めた情報を各チームに発信していた。

「ワットさんは、砂漠で何者かに連れ去られたようだ。……生死も分かっていない」

宮坂は言い難そうに最後の言葉を吐いた。

「我々は、ワットさんの強運に賭けるしかありませんね」

加藤の表情が強ばった。

「それから藤堂さんのチームが間もなくこの街の郊外に到着する。瀬川のチームと合流し、予定では〇四三〇時に攻撃を開始するそうだ」

宮坂の顔が幾分明るくなった。

「いよいよですね」

加藤は宮坂と黒川と一色の顔を順に見て大きく頷いた。

「一色さん、今回はとんでもないことに巻き込まれたが、もう少しの辛抱だ」

宮坂は部外者にもかかわらず、一言も文句を言わない一色に気を遣っていた。以前は自衛隊関係者というだけで毛嫌いしていたが、一色の真面目な性格を気に入っているようだ。

「語弊《ごへい》があるかもしれませんが、戦場経験のない自衛官の私にとって貴重な経験になりました。気遣いは無用です」

ワットの安否も分からないので、一色は言葉を選びながら答えたようだ。

「うん？」

加藤は耳を傾けると、仲間に寝た振りをするようにハンドシグナルで合図をした。

廊下に多数の人の足音が響く。

「全員、外に出ろ！」

警備の兵がいきなり扉を開けて、怒鳴った。

「何！」

宮坂は驚く振りをして衛星携帯の緊急ボタンを押し、ズボンのポケットに仕舞った。

四

傭兵代理店のメインのオフィスである作戦室に友恵と中條の姿があった。交代で休むこともあるが、オフィスのソファーで横になるか椅子に座ったまま寝るかで、この数日間まともにベッドで眠ったことはない。友恵はモニターの前で船を漕ぎ、中條はデスクにうつ伏してイビキをかいていた。

二人ともこの数日間の睡眠時間は極端に少ない、もはや体力の限界を超えているのだろう。時刻は午前十時十九分になっている。

「おはようございます」

買い物袋を両手に提げた池谷は、作戦室に入って声を張り上げた。彼は自室のソファーで仮眠したために元気があるようだ。

「えっ？　何？」

友恵がびくっと体を起こした。

「あっ！」

慌てて起きた中條は、椅子からずり落ちそうになる。

「朝ご飯というか、ブランチを買って来ましたよ」

池谷は打ち合わせ机の上に買い物袋を載せて、中からおにぎりやサンドイッチを出しはじめた。防衛省の近辺に買い物ができる店はないので、市ヶ谷駅の近くにあるコンビニにまで行って来たのだろう。

「朝ご飯？　やった！」

ご飯と聞いた友恵は、椅子から飛び跳ねるように立ち上がって喜んでいる。

「すっ、すみません。……うん？」

頭を下げた中條が、モニターに視線を戻して目を擦った。

「どうかしましたか？」

池谷は中條の背後まで駆け寄ってモニターを覗き込んだ。

「緊急信号です！」

中條はモニター上に点滅するアラートという表示を見て声を裏返らせた。

「大変です。宮坂さんからの緊急信号です。友恵君、すぐに監視衛星の映像を出してください」

甲高い声を上げた池谷は、友恵に自席に戻るように指示をした。

「はっ、はい！　使える衛星を探します」

友恵は自分の席に座り、恐ろしいスピードでキーボードを叩きはじめた。彼女のモニターにプログラミングテキストが目まぐるしくスクロールする。

「リアナのハッキングに成功しました」

待つこともなく友恵は、偵察衛星のコントロールに成功したようだ。

「リアナ？」

聞き慣れない衛星の名前に池谷は首を傾げた。仕事上、米軍の偵察衛星のほとんどの名前は知っているが、リアナは初耳である。

「二〇一三年に打ち上げられたロシアの偵察衛星です。あまり米軍のばかり使うと、ペンタゴンにまた察知されてしまいますので、ロシアのも使うことにしたのです」

友恵は表情も変えずに答えた。以前彼女は米軍の監視衛星を使った後で米国国防総省に察知され、自分のパソコンにウイルスを送り込まれたことがある。

「そっ、そうですか。現地の映像は見られますか？」

池谷は顔を引き攣《つ》らせながら尋ねた。作戦中で使われていなければだが、友恵は米軍が有する百個以上の軍事偵察衛星を意のままにコントロールできるという。それにロシアの軍事衛星も使うことができるとなれば、最強である。

「米国の衛星ほど精度は高くありませんが、ＧＰＳの座標にカメラをロックします」

友恵はキーボードを叩きながら言った。

パソコンのモニターに青みがかった白黒の映像が映る。現地は夜のため、赤外線カメラを使ったナイトビジョンモードになっているのだ。

「メインモニターに映してください」

池谷は老眼鏡を掛けながら言った。

「分かっています」

友恵は頬を膨らませながら答えた。

「ほお」

池谷は画像が映し出された八十インチのモニターに寄った。

「例の小学校跡の建物ですね」

座標を再確認した友恵は、地図上の位置を確認した。

「映像が不鮮明ですが、屋上に人が沢山いますね。シリアとの時差は七時間、現在はサマータイムだから、六時間として現地は午前四時二十分ですか。夜明け前にいったい何をしているんでしょう」

腕時計で時刻を確認した池谷は、眼鏡の位置を直しながらモニターに顔を近づける。

「えっ！　ひょっとして宮坂さんと黒川さん、それに加藤さんと一色さんじゃないですか」

友恵は悲鳴を上げた。

屋上の四方の縁に男が一人ずつ座らされ、周りに銃を持った男たちが取り囲んでいる。

「断定はできませんが、似ています。どうしたらいいんだ」

池谷は額に手をやり、呻くように言った。

顔までは認識できないが、背格好が宮坂らに似ているのだ。縁に座らされた男たちは、手錠かロープで縛られているかまでは確認できないが全員後ろに手を組んでいた。体勢から人質であることは確実で、二階の屋上とはいえ、このまま背中を押されれば落下して死ぬ可能性もある。

「たとえ宮坂さんらじゃないとしても、外部からの襲撃に備えて人質を盾にしているんですよ。間違いありません」

映像を分析した中條が悔しげな表情で首を横に振った。

アブー・カマールの中心部に位置するＩＳが司令部としている建物の一室に、三人の男が額を寄せ合っていた。

一人はアブー・カマールの市長だと自ら名乗るＩＳの地方司令官であるサージタで、彼の右隣りにはアラブ系のターヘル、サージタの左隣りには顔を布で隠している男が座っている。部屋は八畳ほどで美しいペルシャ絨毯《じゆうたん》が敷かれているが、調度品は何もない。元々イスラムの祈り部屋なのかもしれない。

呼び出し音が鳴り、ターヘルが懐から無線機を出して応答した。

「刑務所の屋上に人質を配置しました」

無線機の通話を終えたターヘルは、サージタに耳打ちをする。

「それにしても、本当に藤堂が戻って来ると思われますか？」

顔を隠している男が尋ねた。

「サルマーン、私を信じよ。マフムードが、定時連絡を簡素に報告してきた。怪しいとは思わないか?」

サージタはちらりと顔を布で隠している左隣りの男を見た。

「確かにあの男はこの席に就こうと、あなたにいつもへつらっています。おべっかもなしでしたか?」

サルマーンと呼ばれた男は、顔の布から訝しげな目を覗かせた。この席というのは、幹部を意味するらしい。

「実にあっさりとしていた。最後の報告は、ヒースロー空港に着いたと一言で終わりだ。おそらく脅されていたんだろう。マフムードは頭がいいと自惚《うぬぼ》れていたが、所詮軍医あがりで根性がない。戦士の器じゃなかったということだ」

サージタは舌打ちをした。

「続けて任務を与えたために、疲れてお世辞を言う気力もなかったのかもしれませんよ」

ターヘルは首を傾げながら尋ねた。

「マフムードだけなら、危うく見過ごすところだった。不審に思ったのは、むしろオマールの方だ。私の前ではいつもおどおどしているくせに、電話の応対が妙に堂々としていた。まるで私に挑戦しているかのようだった。我々を裏切ったに違いない。藤堂という男を見くびっていたようだ。やつらを利用してテロルートを開発する試験は中止だ。今はリベンジャーズを返り討ちにすることだけ考えよう」

サージタは苦虫を噛み潰すような顔をした。

浩志が考えていたように、サージタは人質となった特殊部隊の兵士らを順次テロに使う予定だったのだろう。

「もし、リベンジャーズが他国の特殊部隊と共同で攻め込んで来たらどうされますか？　おそらく陸と空から襲って来ますよ」

サルマーンは小さな声で尋ねた。

「それも想定に入れてある。ヘリで攻撃してきたら、対処するのみだ」

サージタは動じる様子もなく答えた。対空ミサイルでも持っているのだろう。早い時期から反政府武装組織には、中国製のＨＮ６携帯対空ミサイルが出回っている。ＩＳが装備していてもおかしくはない。

「オマールめ、長年運転手として目をかけてやっていたのに、なんてやつだ！　許さない！　絶対殺してやる！」

二人のやりとりを見ていたターヘルは人差し指を立てて、何度も振ってみせた。

「オマールは藤堂に洗脳されて一緒に行動しているに違いない。捕まえて首を切り落とすまでだ」

サージタは右手を首に当てて横に引いてみせた。

「人質を目立つところに置きました。攻撃を受ければ、彼らが盾となり銃弾を受けます。

「藤堂は攻撃を諦めるんじゃないですか?」

サルマーンが質問をした。

「その逆だ。平常心をなくして攻撃を仕掛けてくるように仕向ける。夜が明けたら、一時間おきに一人ずつ人質の首を切り落とすのだ」

サージタが口元を歪めて笑うと、ターヘルらも笑いながら頷いた。

五

午前四時二十分、浩志らを乗せた車はデリゾールから百二十キロの距離を一時間足らずで飛ばし、国道4号から外れて砂漠に入った。

瀬川らとアブー・カマールの西南一キロの地点で合流することになっている。

「あれだ」

助手席の浩志は、数百メートル先に点滅する光を指差した。こちらのヘッドライトに気が付いた瀬川らが、ハンドライトで合図を送っているのだ。

「了解しました」

オマールはライトに向かってスピードを上げた。

やがてハイラックスとダットサントラックが、ヘッドライトに照らされて砂漠に浮かび上がる。

オマールは減速して二台の車の前でハイラックスを停めて、ヘッドライトを消した。起伏がない土地だけにライトはかなり遠くからでも確認できる。停止した状態でライトを点けておくと敵に察知されてしまうのだ。

瀬川、田中、京介、それにアンディーとマリアノが立ち込める砂塵の中から現れた。全員ＡＫ47で武装している。

浩志は車を下りると、五人の男たちに頷いてみせた。

「お疲れさまです。無線機と衛星携帯を日本から持って来ました。武器はお持ちですか？ＡＫ47なら三丁余分にあります」

瀬川は無線機とマイク付きのヘッドギアと新たな衛星携帯を浩志に渡した。

「心配するな、武器は俺たちも手に入れた」

無線機と衛星携帯を受け取った浩志は、瀬川の肩を叩いた。

「どうぞ」

鮫沼がすかさず木箱から出したＡＫ47を渡してきた。

「調達する時間がよくありましたね」

瀬川は感心してみせた。

「あてがあったからな」

浩志はわずかに口元を緩めた。

ガズィアンテプのＩＳのアジトからＡＫ47を七丁とＲＰＧ７を一丁盗んでいる。少なくとも瀬川らのと合わせてＡＫ47は七丁余る。救助する仲間の分の数を上回ったが、他国の人質となっている兵士にも渡せば問題ない。

「すぐ作戦会議を開こう」

浩志は足下の地面にアブー・カマールの簡単な地図を指先で描きはじめた。

仲間は浩志を取り囲んだ。

「うん？　すみません」

瀬川がポケットの衛星携帯を出して応答した。

浩志は地図を描く手を止めた。行動を起こす直前だけに胸騒ぎがするのだ。他の仲間も瀬川を見て表情が強ばった。

「本当ですか！」

瀬川が両眼を見開いた。

「大変です。リベンジャーズの四人の人質が、収容施設の屋上に上げられたようです」

通話を終えた瀬川が、詳しい状況を説明した。

「見せしめか？」

アンディーも苦りきった顔で浩志を見た。

「見せしめじゃない。四人だけというのなら、俺たちの動きを察知して仲間を人間の盾にしたんだ」

浩志は鋭く舌打ちをした。

「近付けば、仲間は殺されるということですか」

瀬川は首を振って、溜め息をついた。

「しかし、どうして俺たちの行動を察知したというのだ」

腕を組んだアンディーが浩志に迫ってきた。

「ＩＳの支配地域で外国人は、三十秒で拘束される。だが俺たちは、人質を使ってここまで来ることができた。途中の検問所から通報されたんじゃないだろう。とすれば、サージタへの定時連絡で嗅ぎ付けられたのかもしれない。二人の電話連絡は特に怪しい点はなかったが、サージタは疑いを持ったに違いない」

浩志は眉間に皺を寄せた。

マフムードとオマールが連絡する際は、会話をモニターするために衛星携帯をスピーカーモードにして内容はチェックしたが、おかしな点はなかった。もっともマフムードは、脅されているために事務的な口調になっていたのかもしれない。サージタは実に狡猾《こうかつ》で嗅覚が発達しているのだろう、普段と違う二人の微妙な言葉遣いに気が付いたに違いない。

「すまない。俺の作戦ミスだ」

浩志は仲間に頭を下げた。

マフムードらを利用することで、ＩＳの支配地域を安全に通過することはできたが、敵に察知されては意味がない。

「あなたの責任ではない。人質の交換をしてみたらどうだろうか」

アンディーは浩志を責めるつもりではなかったのだろう。恐縮した様子で提案をしてきた。

「ＩＳにおけるマフムードの位置づけが問題だ。大幹部なら向こうも交換に応じるだろう。やつは幹部には違いないが、テロの現場で働いていることから考えれば、一般の戦士と大して変わらないはずだ。それに一対四じゃ、交渉しても無駄だろう」

浩志は沈鬱な表情で否定した。改心したオマールをＩＳに引き渡すつもりもなかった。

「それじゃ、どうすればいいんだ！」

アンディーは両手を振って叫んだ。ワットの消息も分からないために落ち着きを失っているのかもしれない。

「俺たちの闘い方をするまでだ」

浩志はきっぱりと言った。

「映像が送られてきました」

瀬川が自分の衛星携帯で受信したデータを転送し、スマートフォンの画面に映し出して見せた。二階建ての屋上の四方の縁に男が座らされ、その両脇に銃を構えた二人の男が立っていた。人質四人に対してＩＳの兵士は八人いる。映像では人質が仲間かどうかまでは判別できないが、仲間だと考えて慎重に行動しなければならない。

「四方から一度に攻撃しないと、仲間が危ないですね」

瀬川はスマートフォンを浩志に渡して困惑した表情になった。

「四方からこの建物を狙っても一度に八人は殺せない。間違いなく宮坂らは殺されるだろう。しかも、ＩＳの兵士が大勢いる街中で四カ所から同時に攻撃するのは無理だ。そもそもそれほど大規模な攻撃もできない。……人質の交換をする他ないだろうな」

画像を見た浩志は一拍置いて言った。

「人質の交換？　マフムードは使えないと言ったじゃないですか」

アンディーが肩を竦めてみせた。

「あの男はな。だが大物幹部なら交渉できる」

浩志はアンディーを見返した。

「とっ、と言うことは、サージタを拉致するのか」

アンディーの顔が明るくなった。

「そういうことだ。仲間四人と匹敵するほどの価値があるとは思えないが、ＩＳにとってサージタはこの地区の司令官だ。交渉せざるを得ないはずだ」

浩志はそう言うと、再び地面に地図を描きはじめた。

六

衛星携帯を失ったワットはあてどもなく砂漠をさまよっていた。

見渡す限り黄色い砂が地平線まで続いている。だが、空との境目ははっきりしない。黄土色から水色のグラデーションが空に繋がっているのだ。

容赦なく照りつける太陽、体中から水分を奪って行く熱風。ワットは朦朧《もうろう》とする意識の中で左右の足を交互に動かし続けた。

砂丘の向こうに埃まみれのピックアップが走っている。

「ここだ！　ここにいるぞ」

ワットは夢中で手を振って合図を送った。

気が付いたのか、ピックアップは方向転換して猛スピードで近付いて来ると、砂塵を巻き上げながらワットの目の前で停車した。

運転席からはイスラム帽を被った男が、助手席からは立派なあご髭を蓄えた男が下りて来た。

「また、ワットを砂漠に放置した男たちだ。

「おまえたちか。何をしにきた？」

ワットは地面に唾を吐こうとしたが、紙のように乾燥した舌が絡まって咳き込んだ。

「仕事を忘れていた」

イスラム帽の男は答えた。

「どんな仕事だ？」

ワットは男にじりじりと近付いた。テクニカルの姿はない。二人が相手なら叩きのめすことは簡単だ。

「正確には俺の仕事だ」

あご髭の男がだらりと提げていたＡＫ47を構えた。咄嗟《とっさ》に逃げようとしたが、右腕の自由が利かない。男は至近距離から発砲した。

「うっ！」

胸を押さえて目覚めたワットは、体を起こそうとして右腕が引っ張られた。

「気分はどうだ？」

黒のニット帽を被った三十代前半の白人兵が覗き込んでいる。

「……ここはどこだ？」

ワットは男の質問には答えずに周囲を見渡しながら尋ねた。左腕には点滴が打たれているが、手錠が掛けられた右腕は簡易ベッドに繋がれている。自由を奪われた状態が、悪夢を誘ったらしい。

「うん?」

室内と思っていたが、壁が風で揺れていることに気が付いた。足下を照らすために低い位置にLEDのランタンが掛けられているが、点灯部にビニールテープが貼られているため暗くてよく分からない。テントから光が漏れない工夫だが、敵地に設営されているのかもしれない。

「ここはシリアのアブー・カマールの西南西百十キロの地点に設けられた前線基地で、君は我々の偵察部隊に収容されたのだ。名前と所属を教えてくれ」

男は黒い戦闘服を着用しているが、所属を示す紋章も階級章もつけていない。どこかの特殊部隊なのだろう。

「先に水を飲ませてくれ」

砂漠にいるときよりは幾分ましだが、喉はひからびて痛い。しかも口の中に入り込んだ砂が気になった。

「急いで飲まない方がいい」

男は五百ミリリットル入りのミネラルウォーターのボトルを渡し、親切に注意をしてくれた。

ワットは一口目を口の中に含み、ゆっくりと咀嚼《そしゃく》するように飲み干すと、二口目は一気に喉に流し込んだ。

「ＳＡＳに助けられるとは、俺の悪運も捨てたものじゃないな」

ミネラルウォーターを飲み干したワットは、大きな息を吐き出しながら男の左腕の時計で時間を確かめた。午前三時二十八分になっている。六、七時間は、気を失っていたようだ。

瀬川らが砂漠を捜索しているころ、すでにワットは別の場所にいたらしい。

「どうして、我々がＳＡＳだと分かった？」

男は訝しげな目で見つめてきた。

「今シリアの砂漠に特殊部隊を派遣するのは、シリア軍を除く〝ＳＯ８〟の競技会に参加した国だけだろう。それにこのミネラルウォーターだ。慌ただしく派遣されたことは分かるがラベルぐらい外しておくんだな」

ワットは空になったペットボトルを男に投げ返した。スコットランドのパースシャーのラベルだった。

「確かに……」

男は気まずそうな顔をした。

「俺もロンドンに住んでいたことがある。スティル・ウォーターはスコットランド産をよく飲んでいた。俺に尋問する前に手錠を外し、自分の名前と階級を言うんだな」

ワットは腕の手錠を上げて見せた。

森や湖が多いスコットランドやウェールズを除くイギリスの水道は、硬水で石灰分が多いため飲み水には適してない。そのため、ミネラルウォーターがよく飲まれるのだが、炭酸入りの水をスパークリング・ウォーター、ガス抜きのものをスティル・ウォーターと呼ぶ。パースシャーは名水で知られる土地でブランド名にもなっている。

「君はドッグタグも身に着けてなかった。現時点でISの兵士という可能性もあるため手錠を外すことはできない。もっともアブー・カマールの情報を教えてくれたら、たとえISの兵士でもそれなりの礼はするつもりだ」

ワットはネイティブアメリカンの血が混じっている。どちらかというとラテン系の顔だ。男は完全な白人でないため、シリア人やイラク人と勘違いしているらしい。

「ヘンリー・ワット、リベンジャーズに所属している」

舌打ちしたワットは、渋々名乗った。

「リッ、リベンジャーズ！　大変だ」

男は慌てて立ち上がった。

「おい！　こら、待て！」

ワットは呼び止めたが、男はテントから飛び出して行った。だが、すぐに他の兵士を連れて戻って来た。年齢は三十代後半で、最初の男と違い貫禄がある。

「あなたが、リベンジャーズに所属していたという証拠は何かありますか？」

年配の男は挨拶も抜きで、いきなり尋ねて来た。

「身に着けているものでは証明できない。名前ぐらい名乗ったらどうだ」

ワットは苛立ち気味に言った。

「私は、スコット・ブロスナン大尉、彼はエリック・マンスフィールド中尉だ」

ブロスナンは名乗ったが、ワットの手錠を外すつもりはないらしい。近くの折り畳み椅子を引き寄せて座った。

「俺はヘンリー・ワットだ。元は米国陸軍に所属していたが、今はフリーの傭兵でリベンジャーズに籍を置く。日本の傭兵代理店に問い合わせてみろ、顔写真付きで照合してくれるぞ。それに〝SO8〟の競技会に参加していた。大会を主催していたヨルダン軍に問い合わせても分かるはずだ」

ワットは手錠をじゃらりと鳴らして捲し立てた。

「それじゃどうして、砂漠に何の装備もなく倒れていたのか説明してくれ」

ブロスナンはマンスフィールドに命じてワットの手錠を外させた。

「話せば長いぞ」

ワットはシリア上空で飛行機が墜落した場面から説明をはじめ、リベンジャーズが襲撃されたことや自分が砂漠に放り出されたことまで語る。だが、別働隊が動いていることまでは話そうとはしなかった。リベンジャーズの作戦が妨害を受けたり、利用されたりすることを恐れているのだ。

「なんと、砂漠の中で解放されたというのか。死刑を宣告されたも同然だ」

話を聞き終えたブロスナンは首を横に振った。

「俺の場合、悪運が強いんだ」

手錠を外されたワットは、手首を擦った。この数日で何回も手錠やロープを掛けられたために手首は赤く擦り切れている。

「ということは、アブー・カマールに詳しいのだな」

ブロスナンは身を乗り出してきた。

「当然だ。人質が囚われている建物の位置も分かる。アブー・カマールの司令官のサージタの顔も知っているぞ」

ワットは得意げに答えた。

「是非、我々に協力してくれ、夜明けと同時に救出作戦を敢行することになっている」

ブロスナンは真剣な表情で言った。

「もちろん協力する。だが、条件が二つある」

ワットは指を二本立てて、ブロスナンを指差した。

「条件次第だが、善処しよう」

ブロスナンの表情が硬くなった。金でも要求されると思っているのだろう。フリーの傭兵だと馬鹿にしているのかもしれない。

「腹が減っている。条件の一つは、レーションを食わしてくれ」

「レーション？　ああ、一つでも二つでも食べてくれ」

ブロスナンは笑顔で答えた。

「もう一つは、俺も作戦に参加させろ」

「作戦に……。そもそも君は脱水症状で死にかけていたんだぞ」

ブロスナンは腕組みをして唸った。

「俺は人並み以上に体が丈夫なんだ。飯を食えば平気だ。俺を連れて行け、さもなくば情報は一切教えない」

ワットも腕組みをしてブロスナンを見つめた。

「仕方がない。案内役としてなら、加わってくれ」

首を横に振りながらもブロスナンは答えた。

「案内役もしよう。だが、俺もあんたたちと同じフル装備を提供してくれ。俺は米軍の特殊部隊では中佐だった。なんなら指揮を執《と》ってもいいんだぞ」

「分かった。装備も与えよう。だが、現地ではあくまでも後方支援だ。というのも救出作戦は、別の攻撃部隊がヨルダン軍のヘリで、直接急襲することになっている。我々は戦闘バギーの偵察部隊で救出作戦には参加せず、現地ではあくまでも監視活動に専念するように命じられているのだ」

ブロスナンはワットの気迫に押されて渋々承諾した。

「戦闘バギーの地上部隊か。だが、少なくとも攻撃を開始する際は、現地にいるんだな」

戦闘バギーとは、特殊部隊が砂漠の作戦で使う武器を搭載したサンドバギーである。

「我々は救出活動の監視と不測の事態に対処するために待機することになっている。作戦中はアブー・カマールの百メートル手前まで近付く」

ブロスナンは小さく頷いた。

「了解した」

ワットはにやりと笑った。

敵地急襲

一

午前四時五十二分、日の出まで十数分、東の空が明るくなってきた。だが、アブー・カマールは街全体が息を潜めているかのように、ひっそりと静まり返っている。

浩志らはアブー・カマール西南の街はずれの砂漠から車で侵入した。街の西南側が最も警備が薄いというオマールの助言に従ったのだ。

国道4号線の出入口である街の南北は、外敵の侵入を防ぐために常に武装した兵士が待機しており警備は厳しいが、隣接するエリアは逆に手薄になるらしい。また、持ち場としている兵士も守りの要所ではないと士気が低いようだ。

オマールの助言通り、見張りもいなかったために易々《やすやす》と街に潜入して路地裏の廃墟に車を隠し、二手に分かれた。

浩志はAチームとなり、瀬川、田中、京介の他にオマールとマフムードも連れている。マフムードを一人で車に残しておきたいが、ISの兵士に見つかった際、作戦がぶち壊しになることは目に見えていた。Bチームはアンディーをリーダーとし、マリアノ、村瀬、鮫沼の四人である。

オマールとマフムードを除いて全員マイク付きのヘッドギアを装着し、ISのマスクで顔を隠した。AK47を肩に掛けて肩で風を切るように歩く。下手に隠れるよりは、堂々と歩いた方が怪しまれない。京介とマリアノは、AK47とロケット弾を装塡したRPG7を肩に掛けている。見てくれはどうみてもテロリストの一団に見える。

街の中心部にあるISの司令部まではおよそ六百メートル、Aチームは4号線から2ブロック西の裏通り、Bチームはさらに1ブロック西側の路地を北にまっすぐ進む。夜明け前というのに小隊クラスの人数で移動するのは、さすがに憚《はばか》られるからだ。

全員がマスクを被っていたのでは怪しまれるため、オマールらは顔を曝《さら》け出している。またオマールには弾丸を込めた銃を渡してあるが、マフムードの銃には空のマガジンが装塡してあった。

デス・ゲームとなったテロ作戦を知っているのはサージタとターヘルともう一人、顔をいつも隠している三人目の幹部だけらしい。そのため、彼らが他の兵士に見られても問題はないと判断したのだ。

顔を隠している幹部は、マフムードクラスの幹部でも名前を知らされてないという不気味な存在らしい。そうかと言って、ターヘルにもへりくだった態度をとっているので、三人の中では一番位が低いということしかオマールには分からないそうだ。

「オマール、どこに行っていたんだ。捜していたぞ」

三百メートルほど進んだところで、路地裏から出て来た若い男が、咎《とが》めるような口調で声をかけて来た。

「ちょっと遠くまで出かけていたんだ」

オマールは顎で後ろを歩くマフムードを指した。

「そっ、そういうことか。また今度な」

男はマフムードの顔を見た途端、顔色を変えて足早に立ち去った。マフムードは仲間から相当嫌われているようだ。

「おまえの家はどこだ？」

浩志は先ほどの男の態度が気になり、オマールに尋ねた。何か胸騒ぎを覚えるのだ。

「次の交差点を東に3ブロック行ったところです」

オマールは小さな声で答えた。

「ここから先は、俺でも分かる。家に帰って女房と車を隠した廃墟で待っていてくれ」

そもそもオマールはトルコで解放する予定だった。アブー・カマールまで案内してもらえれば充分である。

「ありがとうございます。ありがとうございます」

涙目になったオマールは、何度も礼を言って駆けて行った。

「おまえも最後まで付き合ったら解放してやる。安全に爆弾を外すには、解除コードを送るサージタの衛星携帯が必要だ。だから、サージタを捕縛する手伝いをするんだぞ」

浩志はマフムードの耳元で囁いた。

「分かっている。イギリスの諺で、〃ペニーを手に入れる仕事を始めたら、ポンドも手に入れなくてはならない〃というからな。どうせなら幹部を皆殺しにしてくれ」

日本の諺の毒を食らわば皿までと同じ意味である。マフムードは幹部を殺して自分がその後釜に収まりたいのだろう。虫のいい話だが、使うには便利な男である。

「幹部は、俺が連れて行かれた司令部の広間にいるはずだな」

浩志は念のためにマフムードに尋ねた。

「あの部屋は、普段は使わない。広間の隣りにある祈り部屋をサージタらは執務室として使っているのだ。案内する。その代わり、起爆信号を送信する衛星携帯は私に持たせてくれ、もし戦闘が起きて離ればなれになったら、私の命がなくなるからな」

マフムードは狡そうな顔で笑った。

「いいだろう」

浩志は衛星携帯を渡すと、マフムードを先頭に立たせて歩き出した。

「止まれ」

司令部となっている元市庁舎の百メートル手前で、浩志はマフムードを立ち止まらせた。

「警備が厳しくないか？」

浩志はマフムードに尋ねながら市庁舎に背を向けて、さりげなく煙草を出して吸いはじめた。中東では喫煙率が高く、テロリストの中には戦闘中でもくわえ煙草をしている者もいる。小道具のためにイスタンブールで購入したのだ。

仲間もそれに倣《なら》って煙草を吸って談笑をはじめた。市庁舎がある交差点に数人の兵士が立って警戒に当たっているのだ。浩志が連れて行かれた時に見た兵士の数より多く、彼らが緊張した様子で立っているのが気になった。警備の兵に背中を向けるのは、煙草を吸うのにマスクを下げなければならないためだが、煙草を吸う行為に不自然さはない。

「確かにいつもと違う。サージタは警戒心が強い男なのだ。少しでも危険を感じたら警備を強化する」

街角の様子を観察したマフムードは、気難しい表情になった。

「抜け道を知らないか？」

煙草の煙を吐き出しながら尋ねた。

「もちろん知っている。私も幹部だからな。司令部が爆撃を受けた時に避難壕にもなる地下トンネルがある。幹部だけが使うことを許されており、一般の兵士は存在すら知らない秘密の抜け道なのだ」

マフムードは得意げに答えた。

「案内してくれ」

浩志は煙草を足下に投げ捨てた。

二

浩志らは北ではなく東に向かい、途中でBチームのアンディーらと合流する。

市庁舎から二百メートル東に公共公園がある。紛争がはじまる前までは、公園の中央に星を象《かたど》った噴水があり、市民の憩《いこ》いの場であった。だが、今は噴水の水は涸《か》れ、周囲の緑も荒れ果てて見る影もない。

砂で埋まった噴水の近くに日干しレンガで組まれた小屋がある。サージタが部下に命じて作らせたもので、市庁舎から続くトンネルの出口となっているらしい。マフムードによれば、建設に従事した関係者は口封じのために殺害されたため、存在を知るのはISの幹部数人のようだ。

小屋には噴水を背にして西側に木製のドアがあった。瀬川がドアを蹴破って、村瀬と鮫沼が突入する。

「クリア」

二人はすぐに出入口に顔を見せた。中に警備兵がいる可能性も考えたが、杞憂だったらしい。建物は四メートル四方で内部に地下へと通じる石組みの階段があるだけだった。

浩志はアンディーらBチームを建物に残して、Aチームとマフムードを連れて階段を下りた。Bチームを残したのは、トンネルだけに挟み撃ちにされたら反撃すらできないからだ。

トンネルは高さが一メートル七十センチほど、幅は九十センチ弱、要所にトンネルを支える柱と木枠が組まれている。突貫工事だったらしいが、二百メートルもの距離を掘り進むには相当な労力が必要だったに違いない。

頭を低くして足下が悪いトンネルを二百メートル一気に走った。

石段がトンネルの突き当たりにある。

「この上にある部屋の隣りが、幹部の執務室だ」

マフムードが階段の上のドアを指差した。

浩志は先頭で階段を駆け上がり、ドアに手をかけた。

「うん？」

浩志は右眉を吊り上げた。ドアに鍵は掛かっていない。こうした抜け道は外部からの侵入を防ぐために鍵をしておくものだ。罠だと宣告しているようなものだが、前に進む他ない。

「こちらリベンジャー。〃ロメオ34〃応答せよ」

浩志はアンディーを無線で呼び出した。

――こちら〃ロメオ34〃、どうぞ。

「トラップに突入する」

感情も入れずに浩志は連絡をした。

――了解。成功を祈る。

アンディーも淡白に返事をしてきた。

浩志は無線機をオンの状態にしたまま銃を構えてドアを開けた。八畳ほどで壁際に天井までの本棚とテーブルがある部屋に出た。書斎のようだ。

浩志は部屋の出入口まで進み、ドアを薄く開けて廊下の様子を窺った。すぐ隣りに元は祈り部屋だった幹部の執務室があるようだ。廊下に人影はない。浩志は京介と田中を呼び寄せてハンドシグナルで命令すると、マフムードを残して瀬川と廊下に出た。

「むっ！」

執務室には誰もいない。浩志はすぐさま広間の出入口まで走った。

「ここもか」

広間に入ったが誰もいない。

「銃を捨てろ、藤堂！」

広間に声が反響し、柱の陰から銃を構えた二人の男が現れた。サージタとターヘルである。彼らに続いて他の柱からも五人の兵士が出て来た。

「上を見ろ！」

ターヘルが右手を上げた。すると、天井の二カ所に四角い穴が開き、いくつも銃口が顔を覗かせた。忍者屋敷のような隠し扉がついていたらしい。

「銃を捨てるつもりはない」

浩志はサージタに銃口を向けたまま言った。

「武器を捨てろ！」

広間の後方から声が響いた。後ろの扉から現れたのは、銃を構えた田中とＲＰＧ７でサージタらに狙いを定める京介である。浩志は二人を窓から外に出して、建物の裏側から回り込むように指示を与えていたのだ。

「人数では劣勢だが、破壊力はこっちの方が上だ」

浩志はアラビア語で忠告した。

「小賢《こざか》しい男だ。部下にこの建物に集結するように命じておいた。おまえたちがトリガーに触れることなく殺してやる」

ターヘルが浩志を指差して怒鳴りつけるように言ったが、サージタは黙ったまますました顔をしている。浩志の行動にまったく動じないようだ。

「サージタ、私だ」

廊下からマフムードが両手を上げて現れた。隣りの部屋から出るなと念を押したが無駄だったらしい。

「おお、無事だったか」

ターヘルが笑顔になった。

「銃で脅されたが、私は協力する振りをして、敵を導いて来た。首に巻き付けられた爆弾を解除してくれないか」

浩志が劣勢と見たマフムードは、当然のごとく裏切った。

「そうかよくやった」

言葉とは裏腹にターヘルは、マフムードの首に着けられたカラーを見て眉間に皺を寄せ、サージタに頷いてみせた。

途端、鈍い爆破音とともに、首のカラーが吹き飛び、マフムードは床に転がった。首をえぐり取られた肉体から血が止めどもなく流れ、石畳に血溜まりが広がって行く。

「なっ！」

浩志はぴくりと頬を引き攣らせると、サージタを睨んだ。右手に衛星携帯が握られている。起爆信号を送信したようだ。サージタは表情を一ミリも変えずに衛星携帯をポケットに仕舞った。

「馬鹿な男だ。ヘマをして許されると思っていたのか」

ターヘルのしわがれた笑い声が広間に反響した。だが、居合わせたＩＳの兵士たちの顔は凍り付いている。街を恐怖で支配している彼らにとっても、ショッキングな殺害方法だったらしい。

「うん？」

ターヘルが妙な顔をして、耳に手をやった。

激しい銃声が外から聞こえるのだ。アンディーとマリアノが集結しつつあるＩＳの兵士目がけて銃撃しているに違いない。トラップと分かった時点で行動するように、事前に打ち合わせをしておいた。そのため無線を通話状態にして、状況を彼らにモニターさせていたのだ。

「トルコ土産だ。食ってみろ」

浩志は左手で懐から丸い形をした巨大ないわしの缶詰を出すと、ターヘルらの足下に投げた。辰也が作った手投げ弾である。

密封して爆発力が増したので、十メートル以上離れてくれと言われている。ターヘルらとはおよそ七メートルの距離だ。床に叩き付けるように投げたが、爆発しない。

「何の真似だ？」

ターヘルが首を捻った。

「食えば分かる、はずだ……」

浩志が肩を竦めると同時に缶詰は爆発した。

三

ISの司令部から1ブロック離れた交差点で、銃撃戦がはじまっていた。

二百メートルほど離れた小学校跡の建物の屋上からもその様子はよく見える。

司令部を警護するISの兵士たちは、ストックを切り詰めたAK47で腰だめか、脇に構えて撃っている。ろくな訓練も受けておらず照準で的を狙わない彼らの射撃が、まともにあたるはずがない。一方、攻撃しているアンディーらは少人数だが、一発必中で確実にISの兵士を倒していく。

「何をやっているんだ！」

「敵は二、三人だぞ」

屋上で宮坂らを見張っている男たちが騒ぎはじめた。

司令部を警護していた兵士は五十人以上おり、しかも招集を命じられたために増えている。数では圧倒するが、ＩＳ側は劣勢に立たされているのだ。気が気でないのは当然である。屋上の東と北側の兵士からは、直接見えるために自《おの》ずと銃撃戦に目が奪われた。また仲間の声が気になり、西と南側の兵士も落ち着かない様子で何度も振り返っている。

西側の縁に座らされている加藤が、監視の目を盗みいつも使っている先の尖《とが》った道具をズボンのポケットから出して手錠の鍵穴に差し込んだ。わずか数秒で手錠を外した加藤は、左の兵士を蹴落とすと、右の男のＡＫ47の銃身を握って捻り上げて奪い、前蹴りを鳩尾に食らわせて屋上から落とした。

「何！」

騒ぎに気が付いた他の兵士が、加藤に向かって銃を構えた。だが、このチャンスを宮坂らが逃すはずはない。後ろ手のまま見張りの足を蹴って倒し、体当たりをして屋上から突き飛ばした。すかさず加藤は、仲間の手錠を外す。わずか数秒の出来事であった。

「行きましょう！」

加藤は銃を宮坂に渡して笑顔を見せた。

ＡＫ47を手にした宮坂らは一階まで駆け下りた。二階に二人、一階に四人の監視兵がいたが相手に銃を構える隙もなく、制圧した。所詮素人と射撃のプロではレベルが違い過ぎる。加藤と黒川と一色も、倒した敵から武器を奪って武装した。

先頭を走る宮坂は、自分たちが閉じ込められていた部屋のすぐ近くにある倉庫のドアを蹴破った。

「あったぞ！」

加藤が報告した通り、倉庫の片隅にＡＫ47が十丁、ＲＰＧ7が一丁立てかけてある。

宮坂と黒川と一色はバケツリレーで武器を廊下に運んだ。

「こっちだ！」

一色が階段を下りて来た他国の特殊部隊の兵士らを、手を振って呼び寄せた。二階で分かれた加藤が、牢獄の鍵を開けて解放したのだ。

「これから交戦中の味方を援護し、脱出する」

宮坂は武器を配りながら他国の兵士に命じた。

浩志と瀬川は廊下側の出入口から広間に向かって銃撃していた。辰也の作った缶詰爆弾の爆発で、サージタらと天井の敵の半分は倒したが、天井から狙い撃ちしてくる敵と後方にいた五人を相手に瀬川と闘っているのだ。広間の外では田中と京介が、新たに現れた敵と交戦しているため身動きがとれない。

瀬川が広間の敵に応戦している隙に、空になったマガジンを取り替えようと浩志は廊下に引っ込んだ。

「うん？」

浩志は胸のポケットの振動に気が付いた。衛星携帯の呼び出しのバイブレーションである。何度も呼び出していたらしい。

「俺だ」

浩志はマガジンを装塡しながら電話に出た。

――たった今、宮坂さんから自力で脱出したと連絡が入りました。

池谷の興奮した声が、携帯を震わす。

「司令部を制圧し、車を奪って退却すると、宮坂に伝えろ!」

広間の敵に銃弾を浴びせながら、浩志は大声で伝えた。

――わっ、分かりました。

上擦った声で答えた池谷の通話は切れた。

「こちらリベンジャー。ロメオ34、状況は?」

続けて浩志はアンディーに無線で連絡をする。

――こちらロメオ34、じわじわと押し返されています。銃弾もなくなります。

銃撃音とともにアンディーの声が返ってきた。

「こっちはなんとかなる。車を隠した廃墟まで退却しろ」

――了解。オマールも連れて退却します。

連絡を受けた浩志は舌打ちをした。家に帰れと言ったが、オマールは律儀に戦闘に加わったようだ。

「クレイジーモンキー、応答せよ」

浩志は京介を呼び出した。

戦況は膠着《こうちゃく》している。敷地内の敵は二十人前後だろう。だが敵はいくら倒しても、街に散らばっている兵士が集まってくる。減ることはないのだ。浩志と瀬川の弾丸も残り僅かとなった。広間で倒れている敵兵の弾丸を奪わない限り、これ以上持ちこたえられない。

――こちらクレイジーモンキー、どうぞ。

「建物の裏側から、天井裏の部屋にＲＰＧをぶっぱなせ」

浩志らの場所から天井裏の敵は狙えなかった。

――了解しました！

京介の元気な声が返ってくる。

「藤堂さん」

瀬川がＡＫ47のマガジンを外し、腰のホルスターからマカロフＰＭを出してみせた。ＡＫ47の弾が切れたようだ。

浩志は瀬川を廊下に下がらせて銃撃を続けた。

広間の敵は、天井の数人を除いて後二人。トリガーを引いた。だが、ＡＫ47は反応しない。

「……！」

浩志も弾丸が尽きた。

ドーン。

建物が揺れた。京介のＲＰＧ７のロケット弾が命中したのだ。天井の銃眼となっている穴が白い煙を吐いている。

「自分が行きます」

マカロフを手にした瀬川が駆け出した。足下に銃弾が跳ねる中、瀬川は広間の柱の陰に飛び込み、すぐ傍に倒れている死体を引き寄せる。

「藤堂さん！」

瀬川は死体から奪ったマガジンを自分のＡＫ47に装塡すると、予備のマガジンを浩志の方に床を滑らせるように投げて寄越す。

浩志はマガジンを受け取って交換すると、瀬川の援護射撃で広間に飛び出して残りの二人を倒した。

四

アブー・カマールの西側の砂漠、街からわずか百メートルの地点に六台の戦闘バギーが停車している。フレームトップには、ハンドル脇にあるコントローラーで銃撃できるように改良された〝ミニガン〟と呼ばれるM134連射機関銃が装備されている。通称は可愛らしいが、最高で毎秒百発という発射速度を持ち、人間に当たれば瞬時に肉片と化す。痛みを感じる前に殺すことができるということで、〝無痛ガン〟という皮肉な別名もある。

米国のロケットランチャーを装備した戦闘バギーほどではないが、SASの偵察部隊専用の高性能な車両だ。

機動力を活かすためバギーには一人ずつ乗っているが、一台だけ二人乗っていた。偵察部隊副隊長のエリック・マンスフィールド中尉が運転する車の助手席に、他の隊員と同じ重装備のワットが収まっている。しんがりを務めているため、隊長であるスコット・ブロスナン大尉とは反対側の端にバギーは停められていた。

「くそっ、どうなっているんだ」

ワットは街から響いてくる銃撃音を聞いて苛立っていた。

街の中心部から最初に爆発音が響いたのは、午前五時十六分。それから絶え間なく銃声が聞こえてくる。状況からリベンジャーズの救出チームが闘っているのは明らかだった。ワットは傭兵代理店と連絡が取りたかったが、SASの救出作戦は極秘行動のため外部との通信は許されなかった。

偵察部隊は三十分前からこの場所で街を監視している。すでに午前五時二十九分、夜は明けていた。

「落ち着くんだ。もうすぐ急襲部隊が到着する」

マンスフィールドは声を荒らげた。彼も苛立っているのだ。

「落ち着けるか。仲間が交戦しているのに、こっちは暢気《のんき》に高みの見物だ」

ワットは怒鳴り返した。

「リベンジャーズが交戦しているかは確認できない。ISの内紛も考えられる」

マンスフィールドは気難しい表情になった。偵察部隊にもかかわらず、街の近くにいるだけで身動きがとれないのだ。彼も困惑しているらしい。

――こちら、スコーピオン1、全員に告ぐ。撤退する。

突然隊長のブロスナン大尉から無線連絡が入った。

「ふざけるな!」

ワットは助手席から下りると、一番離れた場所に停めてあるバギーに駆け寄った。

「車に戻れ!」

ブロスナンが立ち上がって命令してきた。

「装備してあるミニガンは、飾りか。そもそも急襲部隊はどうした!」

ワットはブロスナンのすぐ前に立った。

「我々は偵察部隊だ。攻撃には参加しない。それに交戦状態の街に急襲部隊を派遣できるわけがないだろう。特殊部隊の指揮官の経験があるなら、それぐらい分かるはずだ」

ブロスナンが理詰めで言い返してきた。

「仲間が救出作戦を展開中だ。俺が確かめる。衛星携帯を貸せ」

ワットは右手を出して迫った。

「確かめてどうする。リベンジャーズが交戦中なら、我々の作戦を妨害したことになるんだぞ。密かに潜入し、人質を救出してすみやかに撤収する。それが、奪回作戦の基本だ」

ブロスナンの言っていることは、正論である。まともな特殊部隊なら敵に知られた時点で作戦は中止になる。

「教科書通りならそういうことだ」

ワットは歯ぎしりをした。彼も現役時代の指揮官だとしたら、同じことを言ったと自ら悟ったからだ。

「よく考えろ。この街に数百人いるＩＳの兵士を相手にしてどうするんだ」

ブロスナンは諭《さと》すように口調を和らげた。彼はＳＡＳの一員だけあって、決して無能でも臆病でもない。ただ、軍人として常識を持っているに過ぎない。

「分かった。俺一人で行く。そのかわり、餞別《せんべつ》として衛星携帯をくれ」

首を横に振ったワットは静かに言った。

「馬鹿な、死ぬつもりか」

ブロスナンは肩を竦めた。

「クレイジーかもしれない。だが、俺は仲間を信じる。頼む。衛星携帯を貸してくれ」

ワットはブロスナンの両肩を掴んだ。

「……分かった」

ブロスナンはポケットから衛星携帯を取り出し、ワットに渡した。軍で使用する少々大きめのサイズのものだ。

「ありがとう」

ワットは衛星携帯を笑顔で受け取った。

「気にするな。私は衛星携帯を砂漠に落としたのだ。それから懲罰《ちょうばつ》ものだが、これも落としたらしい」

ブロスナンはタクティカルポーチからM61手榴弾を二つ出して、ワットに握らせた。これだけはワットには支給されていない。

「なっ」

ワットは唖然とした。

「私も落としたようです」

いつの間にか傍にいたマンスフィールドもM61をワットに差し出した。二人とも未使用の手榴弾を紛失したとなれば、ただではすまないだろう。

「助かる。帰ったらロンドンのシャーロック・ホームズで奢るぜ」

ワットは、受け取ったM61をタクティカルポーチに仕舞った。

シャーロック・ホームズは、ロンドンのテムズ川の近くにある人気のバーだ。

「予定を入れておく。死ぬなよ」

ブロスナンは運転席に座ると、エンジンをかけた。

「心配するな。約束は守る」

ワットは駆け出しながら、衛星携帯で傭兵代理店に電話をかけた。

「俺だ。ワットだ」

――ワッ、ワットさん、よくご無事で！

池谷の悲鳴にも似た声が響いた。

「現在、アブー・カマールの西の外れにいる。戦況を教えてくれ」

――戻られたんですね。人質は全員救出し、敵の司令部に向かっています。車を奪って逃走する予定です。ただ、司令部の周囲に集まっている敵兵の壁が厚いために突破できずにいます。藤堂さんのチームは司令部の建物の中に、宮坂さんのチームは人質と一緒に監禁されていた建物と司令部の中間地点だそうです。把握している情報は以上です。お役に立てず、本当に申し訳ございません。

池谷は早口で説明し、謝った。というのも、英国の武官であるジョシュア・オースチンを通じ、米軍の協力を求めていたが交渉は決裂していたからだ。池谷は米軍の無人戦闘攻撃機アヴェンジャーでアブー・カマールのISの司令部を爆撃し、その隙にリベンジャーズが人質を救出するという提案をもちかけていた。だが、米軍は人質を誤爆する恐れがあるとして、拒否してきた。自軍に被害がなかったために、リスクを負いたくなかったのだろう。

「充分だ。浩志らの無線機の周波数を教えろ。今度こそ、俺が助けてやる」

ワットは拳を握った。

五

広間にいる最後の敵を倒した浩志は、瀬川とサージタとターヘルの死体を見下ろしている。辰也の作った手製の缶詰爆弾の爆発をもろに受けて二人とも死亡していた。

辰也は殺傷能力を高めるために缶詰に入れた爆薬の周囲にイスタンブールの空港の免税店で購入した安物の金属製のネックレスやブレスレットなどを隙間なく詰め込んだらしい。鋭利なデザインをした物を選んだようだ。爆弾の材料として充分効果があった。

サージタの額には二つの穴があり、ターヘルの上半身にも無数の穴が開いている。爆発で飛び散った金属片がまともに突き刺さったようだ。七メートル離れていた浩志も右太腿に破片が一個刺さっている。瀬川も左腕を負傷していた。至近距離の二人は即死だったに違いない。

「うん？」

敵兵の死体からＡＫ47の銃弾を回収していた浩志は、仰向けに倒れているサージタの顔を改めて見て首を捻った。一度しか会っていないので定かではないが、前回見たときと印象が違う気がするのだ。両眼を見開いた死体だけに違って見えるのは当たり前だが、なぜか違和感を覚える。

「サージタはなぜか押し黙っていたな」

独り言を呟きながらサージタの右袖を捲り上げた。サージタの右腕にはドクロに見える痣のような火傷の痕があったはずだ。

「何っ……」

浩志は舌打ちをした。死体の右腕には何もない。

「左腕だったか？」

慌てて左腕も捲ったが、刺青はなかった。顔を調べてみると顎の下に手術跡がある。整形手術を受けた痕に違いない。

「どうされたんですか？」

怪訝な表情をした瀬川が、死体と浩志を交互に見た。

「こいつは偽物だ。右腕の火傷の痕がない。待てよ。布で顔を隠していた男はサージタと背格好が似ていた」

浩志は三人の幹部の前に引き出された時の光景を頭に描いた。

「ということは、こいつは影武者ですか。サージタは、二人の幹部に任せて安全な場所に逃げたのでしょうか」

瀬川が相槌を打った。

「おそらくこの街にも、いないのだろう」

浩志は眉間に皺を寄せて言った。狡猾な男だけにリベンジャーズだけでなく欧米の特殊部隊の襲撃も予測したのだろう。

「くそったれ！」

瀬川も鬼のような形相《ぎょうそう》になった。

「今は脱出が優先だ」

浩志と瀬川は充分な銃弾をかき集めると広間から建物の前庭に出た。

「どの車にもキーは差さったままでした」

先に外に出ていた田中が、前庭に駐車してあるテクニカルや戦闘車を調べていたようだ。

「私がご案内します」

いつの間にか二人の傍に、宮坂らと一緒にいるはずの加藤の姿があった。無数の敵兵が取り囲む中、誰にも気付かれずに侵入して来たようだ。

「よくここまで来られたな」

一瞬驚いた浩志は、すぐに愚問だったと苦笑した。

「藤堂さんと連絡を取るように、宮坂さんに言われて来たのです」

加藤は淡々と報告した。

「分かった。ＢＭＰ２で先頭を走れ。仲間を迎えに行くぞ」

浩志は加藤を一人で旧ソ連製歩兵戦闘車であるＢＭＰ２に乗せた。仲間や人質だった兵士を乗せるには、車は数台いるが、戦車のようなボディーを持つＢＭＰ２なら弾丸も防げ乗員も入れて十人前後は乗れる。対戦車ミサイルは装備されていないようだが、三十ミリ機関砲を備えていた。

「瀬川、京介、派手に撃ちまくれ」

浩志がテクニカルの運転席に乗り込むと、瀬川が荷台に飛び乗った。

「やった！　お任せください！」

田中も別のテクニカルの運転席に座ると、京介は嬉しそうに荷台に上がって重機関銃のハンドルを握り締めた。この男にとって戦闘は娯楽の一種なのかもしれない。今更ながらクレイジーのあだ名が相応しいと感心する他ない。

ＢＭＰ２も入れて三台、それにアンディーらの二台のピックアップも入れれば、人質だった兵士を全員乗せて余裕で脱出できる。

「行くぞ！」

浩志は運転席から右腕を突き上げて合図を送った。

加藤の運転する戦闘車が鉄製の正門を破壊して外に飛び出した。監禁されていた元小学校まではわずか２ブロック。だが、おびただしい数の敵兵がいる。

戦闘車が銃弾の盾となって進む中、後続のテクニカルの瀬川と京介が重機関銃のトリガーを引いた。

ズガガガッ！　ズガガガッ！

猛烈な銃撃の前に敵兵は四散する。あっという間に２ブロックを走破した。

「藤堂さん！」

小学校の建物の陰から宮坂らや捕まっていた特殊部隊の面々が出て来た。一旦は小学校の敷地から出たのだが、敵兵に囲まれて押し戻されていたようだ。

「怪我人はＢＭＰ２に乗せろ！　宮坂は、三十ミリ機関砲だ」

浩志は車から下りて、周囲を警戒しながら大声で指示を出した。負傷者は仲間の兵士が担いで戦闘車の後部ドアから乗り込んだ。全員特殊部隊の兵士だけに機敏に行動している。

三人の重傷者も入れて八人の特殊部隊の兵士と宮坂がＢＭＰ２に乗り込んだ。拉致された時の重傷者以外の兵士もかなり怪我を負っている。小学校からの脱出後、敵の激しい攻撃で負傷したらしい。

「前方から無数のピックアップとテクニカルが来ます」

荷台の瀬川が側面の敵を重機関銃で銃撃しながら叫んだ。

——メイデイ、メイデイ、こちらロメオ34。敵に追われている。

アンディーからの緊急連絡だ。先頭のピックアップは彼が運転しているのだ。荷台にマリアノが乗り込み、後方の車に向かって銃撃している。もう一台のピックアップは捨てたらしい。

「Uターンだ。全車両、Uターンしろ！」

浩志は黒川に運転を任せると、テクニカルの荷台に乗った。

後続だった田中の車が先頭になり、走りはじめた。助手席に村瀬、荷台にはＳＡＳのチームリーダーであるダレン・リネッカーとホーガン・キャンベルやカールトン・クラウチの三人も銃を構えて乗り込み、機銃は京介である。

アンディーの車が追いついた。加藤がＢＭＰ２の前に入れさせ、追尾してきた敵の車両を宮坂が三十ミリ機関砲で迎え撃つ。瞬く間に敵の車両三台を破壊し、燃え盛る車両で道を塞き止めた。

「ヘリボーイ、次の交差点で左折して砂漠に逃げるんだ」

浩志は無線で田中に命じた。

――了解！

荷台の瀬川と京介は、その間も銃弾をまき散らしている。だが、街に潜んでいるＩＳの兵士からも銃撃を受けた。浩志の耳元をキーンと空を切って弾丸が飛んで行く。

「くっ！」

今度は左肩を弾丸がかすめた。

「一時方向、敵！」

戦闘車両の荷台のリネッカーが大声で指揮を執り、ホーガンやカールトンが精密機械のように次々と敵を仕留める。さすがにＳＡＳの猛者である。だが、荷台は一切の遮蔽物がないだけに、容赦なく弾丸が撃ち込まれる。百メートルほど進んだ時点で、全員が被弾し、鮫沼とリネッカーが倒れた。

先頭を走っていた田中のテクニカルが左折した途端、急ブレーキを掛けて停まった。

「どうした！」

浩志は無線で呼びかけた。

――敵の車列が前方を塞いでいます。

田中が悲痛な声で返事をした。

「くそっ、挟まれたか！」

舌打ちをした浩志は、車から飛び下りて前に出た。

六

浩志らは二台のテクニカルに装甲車が一台、ピックアップが一台の計四台であるが、テクニカルの銃弾は尽きようとしていた。車列の前方には敵のテクニカルが六台、後方にはテクニカルが五台に兵士を大勢乗せたピックアップが三台という構成である。街に分散していた車両が集結したらしい。

瀬川と京介が射撃手となっているロシア製の重機関銃は、口径十二・七ミリ、弾丸の補給は五十発のベルトリンクである。ベルトリンクを取り替えて既に二百発撃ち尽くし、残りは四十発。銃弾が切れた時にピラニアが群がるように敵兵に圧《お》し潰されるだろう。この場に至っては全員で一緒に逃げることは不可能になった。

戦闘車だけ強行突破させる他ない。リベンジャーズは散開し、個々に砂漠に逃げ込めば生存率は高まる。判断を迫られた浩志は、合図のために右手を上げかけた。

「うん？」

首を捻った浩志は手を下ろした。

前方の六台のテクニカルの脇を、バラクラバを被った一人の兵士が駆け抜けて来るのが見えたのだ。黒の戦闘服を着ているが、ＩＳの兵士の服装とは違う。

最後尾のテクニカルが爆発した。すると連鎖的に三台のテクニカルが爆発し、荷台に乗っていた兵士が次々と爆風で吹き飛ばされた。男は四発の手榴弾をテクニカルに投げ込んだらしい。

「何？」

呆気に取られていると、兵士は先頭の二台のテクニカルを機関銃で銃撃しはじめた。

——見てないで手伝え！

いきなり無線連絡が入った。

「何！　進め！」

田中の車の荷台に飛び乗った浩志は、敵の先頭車めがけて銃を連射した。京介も重機関銃を掃射する。敵の先頭車が爆発した。前方の車列から敵兵がぞくぞくと逃げて行く。

「遅れるな！」

振り返った浩志は、後続の車に向かって叫んだ。前方の敵は総崩れだが、後方は敵の車両が列をなしている。

「田中！」

「分かっています」

運転席の屋根を叩いて叫ぶと、田中がスピードを落として他の車に先を譲った。

「摑まれ！」

浩志は体を乗り出して右手を突き出した。

バラクラバの兵士が浩志の右手を摑んで、勢い良く荷台に飛び込んで来た。

「間に合ったな」

バラクラバを剝ぎ取るように脱ぎ捨てたワットが、大きな息を吐いた。

「遅かったぞ」

ちらりとワットを見た浩志は、銃撃を続けた。思わぬ所からＩＳの兵士が攻撃を仕掛けてくる。一寸の油断もできないのだ。

「タクシーがなかなか摑まらなかった」

ワットも銃を構え、建物の上にいる敵兵を撃った。

「砂漠のタクシーは無線で呼ぶんだ。常識だぞ」

浩志がにやりとすると、

「今度はそうする」

鼻で笑いながらワットが答えた。

猛スピードで街を抜けた車列は砂漠に入った。

街の至る所から敵の車が追いかけて来る。テクニカルだけでも十台以上はあるだろう。敵の司令官であるサージタがどこからか命令を出しているに違いない。

無数の車両からＩＳの兵士が一斉に銃撃してきた。しかも走行中にもかかわらず、ＲＰ

G7でロケット弾を撃ってくる者がいる。数メートル先にロケット弾が着弾し、砂煙を上げた。

「イナゴの大群か。一体、どこから湧いて来たんだ」

ワットが顔をしかめた。

「前方から戦闘バギーが来ます！」

先頭のテクニカルの荷台に乗っている瀬川が、大声で叫んだ。

「何だと！」

前方を見ると、迷彩を施した六台の戦闘バギーが横一列になりこちらに向かって来る。凄まじい砂塵を巻き上げているため、砂嵐が襲って来たのかと錯覚すら覚える。

「敵じゃない！　撃つな！」

ワットが立ち上がり、大声で注意をした。

戦闘バギーは瞬く間に浩志らの車列とすれ違い、追っ手のテクニカルをミニガンで掃射する。数秒で十数台のテクニカルと敵兵を乗せたピックアップが破壊されて火を噴いた。あまりの凄まじさに残った敵の車両は一斉にUターンをはじめる。

「すげー！」

「やったぞ！」

荷台に乗っているホーガンとカールトンが、歓声を上げた。

戦闘バギーは砂塵を上げながらみごとなドリフトで戻って来ると、浩志らの車列を挟んで並行に走りはじめた。

「俺が乗って来たタクシーだ」

ワットが右手を上げると、戦闘バギーの兵士らが一斉に拳を上げて応えた。

「しゃれているな」

笑みを浮かべた浩志は、銃を下ろした。

一時間半後、浩志らはＳＡＳの前線基地に到着した。すでに救援のヘリコプターが二機待機しており、負傷者の受け入れ準備も整えられている。

重傷者が優先的にヘリに運ばれて行く。基地はシリア領にあるため、別のヘリが到着次第撤収するらしい。

鮫沼とリネッカーは、数発の銃弾を受けたが、急所を外れていたために命を取り留め、他の重傷者とともにヘリに乗せられた。他にもテントに収容しきれない負傷者が、外に敷かれたシートに寝かされている。一番端に兵士に混じってオマールが横たわっていた。

「どうして、戻って来たんだ？」

浩志は横たわっているオマールの枕元に膝をついて座ると、オマールの右腕に付けられているトリアージ・タッグを見て質問した。

トリアージ・タッグとは、災害や戦場で負傷者や患者が大勢発生した場合、対象者への処置の優先度を識別するためのカードである。

タッグの下部が四色に分けられており、色の部分をちぎって識別するのだ。重傷で直ちに処置が必要な者は〝最優先治療群〟で赤い色、バイタルサインが安定している〝待機的治療群〟は黄色、ほとんど治療の必要がない場合は〝保留群〟で緑色、死亡あるいは処置を行っても助けることができない負傷者や患者は黒色である。

オマールに付けられたタッグは下の三枚の色がちぎられた黒色であった。二発の銃弾が右胸と腹に命中し、腹に命中した弾丸が致命傷らしい。

「……家の中はむちゃくちゃでした。おっ、奥のキッチンに行ったんです。……そしたら、……女房のサナムは、……殺されていました」

オマールは苦しそうに息を吐きながらも答えた。サージタが部下に命じて殺害したのだろう。復讐のためにオマールは闘いに参加したようだ。

「仇はとれたか？」

浩志はあえて尋ねた。

「仇は……。ただ、……正しいことをしたかった。天国に行けば、……サナムに会え……」

オマールは白目を剝いて痙攣し、がくりと首を垂れた。

浩志は右手を撫で下ろすようにオマールの瞼を閉じさせた。

「この男も女のために死んだのか。あるいは女房の復讐はきっかけに過ぎず、天国への切符がほしかったのか。いずれにせよ、イスラム教徒はよく分からないな」

二人の様子を見ていたワットが溜め息まじりに言った。

〝この男〟とワットが言ったのは、昨年〝ベルゼブブ〟という暗号名でスパイとして働き、亡き妻と娘のために命を落としたタージム・アル・フサインというシリア人のことを言っているのだろう。

「男と女に、宗教も人種も関係ない」

浩志は気怠そうに立ち上がった。

傍を通りかかった英国の軍医がオマールの脈を測ると、トリアージ・タッグに死亡と書き込んだ。

「また、ずいぶんと重い十字架を背負ったな」

首を振ったワットは浩志の肩を叩いた。

「傭兵は当分止められそうにないな」

朝日を浴びて離陸するヘリを、浩志は眩しそうに見送った。

七

二〇一四年六月十四日、午前五時、米国カリフォルニア州サンディエゴ湾のコロナド。細い陸地で繋がっているが、湾に浮かんで見えるため島だと勘違いする者もいる。伊豆《いず》諸島で言えば、神津島《こうづしま》ほどの大きさか。この島状の土地に海軍基地と二本の滑走路とゴルフ場に別荘風の住宅街がある。

コロナドの西側で大西洋を一望できるオーシャン・ブールバード沿いに、緑の芝生にヤシの木が生い茂る前庭があり、メキシコ風のオレンジ色の屋根に白壁のしゃれた二階建ての家があった。近隣はどの家も個性的で裕福そうな家が多いため、飛び抜けて目立つことはない。

外気は十八度、一階のリビングは二十二度、湿度は低く快適に過ごせるはずだが、ジョギングをするような格好をした片倉啓吾は、窓際で外を気にしながら額にべっとりと汗をかいている。

「この手の仕事ははじめてなのか？」

右手に注射器を持った背の高い初老の男が、低いしわがれた声で尋ねて来た。男は啓吾の実の父親である片倉誠治である。

「当たり前でしょう。私はスパイでも工作員でもない。ただの分析官ですから。あなたとは違う」

啓吾はぎこちない丁寧語を使った。

「だから日本の情報機関はだめだというのだ。国家を守るには時として、汚れ仕事もいとわない確固たる信念が必要だが、今の日本人はそれを嫌う。困ったものだ」

誠治は注射針の先を薄いゴム手袋をした人差し指で弾いて注射液の空気を抜くと、ソファーにぐったりと座っている男の右腕に刺した。

「私はあなたと行動をともにしていることを、猛烈に後悔しています」

啓吾は顔をしかめて言った。

「そもそも、情報をもたらしたのはおまえだ。最後まで責任を持て。もっとも私も若い頃はそうだった。理性だの社会規範だの道徳だの、身に付けてきた様々な慣習が行動を束縛《そくばく》するのだ。それらの要因は育った環境で身に付いた垢《あか》のようなもので、洗い流すことができる」

誠治は人差し指と親指でソファーの男の瞼を開け、ペンライトで瞳を照らして覗き込んだ。

「だから家族を裏切ることができたんでしょう？」

啓吾は皮肉を言った。

「私は家族を守るために、捨てた。これまで一度も後悔したことはない。おまえに憎まれる覚えはない。もっとも家族すら騙さなければ、敵は欺《あざむ》けなかった。私のような職業の人間は、所詮家族を持っていけないのだ」

誠治は腕時計を見ながら、啓吾の言葉など歯牙にもかけない。

「しかし、梨紗《りさ》のことはどうなんですか。彼女はあなたのことを愛していた。だからこそ、裏切られたと恨みを持っています。それでも平気ですか?」

梨紗とは森美香の本名である。

「情報員は何かを犠牲にしなければならない。というか使命を全《まっと》うするにはすべてを犠牲にする。それが家族でもだ。おしゃべりはそこまでだ。薬が効いて来たぞ」

誠治はソファーの男の様子を見ていたのだ。

「まずは、名前と所属、それに階級を聞こうか」

「私は、ダニエル・ジャンセン、海軍特殊部隊デブグルの少佐だ」

男は五月にヨルダンの空軍基地で行われたSO8の競技会の進行役を務めていたジャンセンだった。誠治は自白剤を注射したらしい。

「それではジャンセン少佐、質問をはじめよう。SO8の競技会中に特殊部隊が襲撃されて拉致された。ISに情報を流したのは、誰だか知っているか?」

誠治は労《いたわ》るように優しく質問をした。

「……私が、直接スティーブン・トールソンに連絡した」

スティーブン・トールソンとは、サージタの本名である。進行役であるジャンセンなら競技会の詳細なスケジュールを教えることは可能だった。

「なるほど。トールソンの目的はなんだったんだ？」

顔色一つ変えないで誠治は質問を続けた。

「ISの力を利用し、欧米を恐怖に陥れることだ」

焦点が定まらない目をジャンセンは天井に向けたまま答え続ける。

「愚問だったな。トールソンは今どこにいる？」

誠治は苦笑を漏らした。

「分からない」

ジャンセンは魂が抜けた人形のように首を振った。

「誰の命令でトールソンは動いているのだ」

険しい表情になった誠治は口調を強めた。

「彼の意志でもあり、米国の意志でもある」

「米国の意志？　具体的には誰なのだ？」

曖昧《あいまい》なトールソンの表現に誠治は首を傾げた。

「米国の軍事産業界の総意だ。彼らこそ米国」

まるで呪文のようにジャンセンは答えた。

「やはり、そうか。おまえも彼らに金を貰って動いているのだな」

「イエス」

誠治の質問にジャンセンは大きく頷いた。

ＩＳに対して態度が煮え切らなかったオバマ大統領が、シリアのＩＳの本拠地への空爆を開始した「わずか数日後に、防衛大手のロッキード・マーティン、ノースロップ・グラマン、レイセオン、ゼネラル・ダイナミックスの株価が軒並み過去最高値をつけた」とニューズウィークでは報告されている。

また、ＩＳの攻勢が続き、戦闘の長期化が見込まれるために攻撃参加国から米国の軍需産業に注文が殺到した。オバマ政権で長らく予算をカットされ低迷を続けてきた軍需産業は息を吹き返すことで米国はドラスティックに経済を立て直し、株価は連日高値を更新しているのだ。

一方で米軍と有志連合による空爆にも問題があり、周辺国から非難を浴びている。ＩＳへの空爆にもかかわらず、実際に被害を受けたのはＩＳと敵対するヌスラ戦線やクルド人反政府組織、それに一般住民であり、ＩＳの根拠地はほとんど無傷だった。そのためＩＳをかえって助けることになり、空爆後に彼らの支配地域を拡大させるという皮肉な結果になったのだ。

「具体的に誰から指示を得ているのだ」

誠治の額に汗が滲んできた。

やり取りを聞いている啓吾も生唾を飲み込む。

「分からない。指示は公衆電話やメールで受け取り、報酬は隠し口座で受ける。誰が指示しているかも知らない」

ジャンセンは首を大きく横に振った。

「この男もコマの一つに過ぎないのか」

誠治は額の汗をハンカチで拭った。

「あなたは結果を分かっていたんじゃないですか？」

啓吾は疑惑の目を誠治に向けた。

「密かに調査していたのだ。だが、相手があまりにも強大なため、手をこまねいている。だから、私が直接ここに来た。この件に関しては誰も信用できないからな」

誠治は鋭い目で啓吾を見返した。

「調査をしているって、組織でやらないの？」

啓吾は言葉を選んだ。誠治はＣＩＡの幹部のはずだが、聞いたところで答えるはずがないからだ。

「米国を繁栄させるのも、破壊に導くのも軍需産業だ。破壊に向かって進みはじめてから調査をしても遅い。だが、彼らが復活したこの時期に調査をすれば、死を覚悟せねばならない。だからこそ極秘に行動し、一切の証拠も残してはいけないのだ」

「やはり、今回の事件の黒幕は米国だったというわけですね」

「米国ではない。米国の闇の組織だ」

誠治は懐から小さな小瓶を取り出すと、ジャンセンの左手に握らせ、蓋を開ける。蓋にも右手の指で挟み込むようにして指紋をつけると、ソファーの脇に置いてあるテーブルの上に置いた。

「なっ、何をするんですか？」

啓吾が慌てて誠治の顔を覗き込んだ。

「この男を罰する法的機関はない。それにおまえは、死にたいのか？」

誠治は啓吾を突き飛ばすと、ジャンセンの鼻を摘んで口を開けさせ、左手に握らせた小瓶の液体を飲ませた。ジャンセンは一度だけ体を震わせて、ソファーから崩れ落ちた。瓶の中身は青酸カリだったらしい。

「なっ！」

啓吾は青ざめた顔で立ち上がった。後戻りできない暗闇に足を踏み入れたことを悟ったのだ。

渋谷ミスティック

六月十五日、日曜日のためミスティックは定休日だが、美香が特別に店を開いていた。午後八時、カウンターの客は浩志一人、いつもの真ん中の席である。美香の自宅は店が入っているビルの最上階にあるのだが、あえて浩志はカウンターで飲みたいと希望を言ったのだ。

ショットグラスには琥珀《こはく》色のターキーの八年ものが注がれていた。

「久しぶりね、お店で飲むのも。怪我はもういいの？」

美香も自分のシェリーグラスに酒を注いだ。彼女はスコッチウイスキーのラガブーリン十二年ものをストレートで飲んでいる。最近は少し癖があるシングルモルトを気に入っているようだ。

「すっかりよくなった」

シリアで人質奪回作戦を敢行した浩志らは、ヨルダンに戻った。仲間とはそこで別れて、浩志は単独でマレーシアのランカウイ島に住んでいる大佐こと、マジェール・佐藤のところに一ヶ月近く世話になっていた。日本に帰って来たのは昨夜遅くだった。

ランカウイ島は観光地化されてしまったが、自然も多く残されており、大佐の住居がある場所にはめったに人が来ないので激戦の疲れと怪我を癒すには最適の場所である。

「仕事が殺到しているって聞いたけど、どうするの?」

美香はラガブーリンを口に含むように飲み、ガラスの器に入ったビターチョコレートを摘んだ。

前回の人質奪回作戦を成功させたために、世界中の傭兵代理店から依頼が殺到していると、池谷から言われている。

「これまで通りだ。政府も含めて特定の組織に利用されて働くつもりはない」

浩志はグラスのターキーを一息に呷った。

「あなたらしくて、いいわ。フリーっていいわね」

ほのかにピンク色に頰を染めた美香は、えくぼを見せて笑うと、浩志のグラスにターキーをなみなみと注いだ。

「組織が面白くないようだな」

浩志はターキーを一口飲んで、口の中で香りを楽しんだ。

本人ははっきりとは言わないが、美香は政府が新たに設立した〝国家情報局〟にスカウトされたはずだ。できたばかりの組織のため、不都合もいろいろとあるのだろう。

「そんなところね。私もリベンジャーズに入ろうかな」

「なっ」

浩志は飲みかけたターキーを吹き出すところだった。

美香はその辺の軍人よりはよほど銃の扱いがうまく、格闘技も相当使える。だが、過去に大けがをして下半身不随になったことがあった。浩志は彼女を看病するために一時は引退も考えたほどである。

「冗談よ。私は私の仕事の仕方があるわ。あらっ」

美香の背後でチャイムが鳴った。

「お客様のようだけど。一緒に飲む？」

厨房を覗いた美香が尋ねてきた。厨房には外の監視カメラの映像が見えるようになっている。先ほどのチャイムは、店の外にある階段に誰かが近付いて来たという警告音らしい。出入口のドアは電子ロックが掛かっている。彼女が浩志に確かめるということは、一般人ではないということだ。

「人にもよる」

おおよその検討はついていた。

「それじゃ、玄関を開けるわね」

美香はドアの電子ロックを解除した。

「おやおや、二人のところを邪魔してしまったか」

大袈裟に額に手を当ててワットが現れ、浩志の隣りに座った。いつもながら芝居がかった男だ。昨日帰ってくることは傭兵代理店に伝えてあった。そこから情報が広まったのだろう。

「お邪魔します」

遅れて辰也がドアを開けると、瀬川、宮坂、田中、京介、黒川、村瀬、鮫沼、加藤の順番に入って来た。日本にいる仲間が揃ったようだ。鮫沼は松葉杖をついて足を引きずっているが、リハビリはうまくいっているらしい。

「うん?」

最後尾の加藤が、ドアが閉まらないように押さえている。

「失礼します」

友恵である。後ろに中條も顔を見せた。

「今晩は」

最後に池谷が入って来ると、加藤はドアを閉めた。

「珍しいこともあるものだ」

浩志は右眉をぴくりと上げた。

池谷と友恵が店に来るのははじめてのはずだ。

「今日は打ち上げだ」

ワットが日本語ですらりと言った。ずいぶんと発音も上達したものだ。

「打ち上げ?」

浩志は首を捻った。

「このあいだの奪回作戦の打ち上げに決まっているじゃないですか。今日は池谷社長の奢りですよ」

隣りに座った辰也が、右指を横に振ってみせた。

「みなさん、どんどん飲んでください。美香さん、よろしくお願いします」

池谷の機嫌がいい。どうせリベンジャーズの働きで、兵士を人質に取られていた国から報酬をたんまりとせしめたのだろう。

「それじゃ、俺が乾杯の音頭をとる」

ワットが立ち上がると、全員立ち上がった。

「乾杯!」

声を上げたのは友恵だった。待ちきれなかったのだろう。

浩志は頬を緩めると、グラスを掲げてターキーを飲んだ。

この作品はフィクションであり、登場する人物および団体はすべて実在するものといっさい関係ありません。

一〇〇字書評

切り取り線

購買動機（新聞、雑誌名を記入するか、あるいは○をつけてください）

□（　　　　　　　　　　　　　　　）の広告を見て
□（　　　　　　　　　　　　　　　）の書評を見て
□ 知人のすすめで　　　　　□ タイトルに惹かれて
□ カバーが良かったから　　□ 内容が面白そうだから
□ 好きな作家だから　　　　□ 好きな分野の本だから

・最近、最も感銘を受けた作品名をお書き下さい

・あなたのお好きな作家名をお書き下さい

・その他、ご要望がありましたらお書き下さい

住所	〒				
氏名		職業		年齢	
Eメール	※携帯には配信できません		新刊情報等のメール配信を 希望する・しない		

この本の感想を、編集部までお寄せいただけたらありがたく存じます。今後の企画の参考にさせていただきます。Eメールでも結構です。

いただいた「一〇〇字書評」は、新聞・雑誌等に紹介させていただくことがあります。その場合はお礼として特製図書カードを差し上げます。

前ページの原稿用紙に書評をお書きの上、切り取り、左記までお送り下さい。宛先の住所は不要です。

なお、ご記入いただいたお名前、ご住所等は、書評紹介の事前了解、謝礼のお届けのためだけに利用し、そのほかの目的のために利用することはありません。

〒一〇一 - 八七〇一
祥伝社文庫編集長 坂口芳和
電話 〇三（三二六五）二〇八〇

祥伝社ホームページの「ブックレビュー」からも、書き込めます。
http://www.shodensha.co.jp/bookreview/

祥伝社文庫

デスゲーム　新《しん》・傭兵代理店《ようへいだいりてん》

平成27年2月20日　初版第1刷発行

著　者　渡辺裕之《わたなべひろゆき》

発行者　竹内和芳

発行所　祥伝社《しょうでんしゃ》

東京都千代田区神田神保町3-3
〒101-8701
電話　03（3265）2081（販売部）
電話　03（3265）2080（編集部）
電話　03（3265）3622（業務部）
http://www.shodensha.co.jp/

印刷所　萩原印刷
製本所　ナショナル製本
カバーフォーマットデザイン　芥 陽子

Printed in Japan ©2015, Hiroyuki Watanabe ISBN978-4-396-34089-6 C0193

祥伝社文庫　今月の新刊